Het bruidsmeisje

Met liefs voor mijn mooie nichten:
Cindy, Diana en Sharon,
Shelley en Brenda,
en Kendra.

Beverly Lewis

Het bruidsmeisje

Roman

Vertaald door Lia van Aken

 de groot goudriaan

Het bruidsmeisje is het tweede deel in de serie *Hickory Hollow*.
Eerder verscheen in deze serie de roman *De violiste*.

© Uitgeverij De Groot Goudriaan – Utrecht, 2013
Postbus 13288, 3507 LG Utrecht
www.kok.nl

Oorspronkelijk verschenen onder de titel *The Bridesmaid* bij Bethany
House, een onderdeel van Baker Publishing Group, Grand Rapids,
Michigan, 49516, USA.
© Beverly Lewis, 2012

Vertaling Lia van Aken
Omslagillustratie Bethany House
Omslagontwerp Prins en Prins Vormgevers
Opmaak binnenwerk ZetSpiegel, Best
ISBN 978 90 8865 281 3
ISBN e-book 978 90 8865 282 0
NUR 302

Proloog

'*Drie keer bruidsmeisje, nooit de bruid.*'

Dat is precies wat mijn jongere zusje over me zei… en nog wel waar onze verloofde nichten bij waren, van wie de meeste van plan zijn om in het komende Amish bruiloftsseizoen te gaan trouwen. Over nog maar vijf maanden.

In mijn hoofd echoden de woorden van de zeventienjarige Cora Jane… en ze beroerden mijn hart. *Jah*, ze was bijgelovig, net als zovelen in Hickory Hollow, maar moest ze dat nou zo ondoordacht tentoonspreiden?

Daar zat ik, in het zand op Virginia Beach, omringd door massa's *Englischers* – gezinnen met kleine kinderen, jonge stelletjes en eenlingen zoals ik. Iedereen was gekomen om de zonsondergang te zien. De een maakte er een groter feest van dan de ander en sommigen zaten ontspannen met een blikje frisdrank op een draagbare strandstoel.

Intussen waren mijn jongere nichtjes Witmer, Malinda, Ruthann en Lena – nichten in de eerste graad van elkaar – en mijn blonde zus Cora Jane verderop op de stoep lachend een suikerspin aan het eten. Zuchtend dacht ik er weer aan hoe nicht Malinda me vandaag opgewonden had gevraagd aan haar bruiloft mee te werken. We waren met Cora Jane en de anderen broodjes aan het inpakken voor een picknicklunch toen Malinda zich naar me toe boog om het te vragen, met een gezicht dat niet alleen rood was van de junizon. Als ik toestemde, zou het de derde keer zijn dat ik *Newesitzer* werd – bruidsmeisje.

'*Het is gewoon niet* schmaert, *Joanna*,' waarschuwde Cora Jane, en haar grote blauwe ogen fonkelden. '*Je bent al vieren-twintig, hoor!*'

En nog steeds een Maidel. Ik schudde de ellendige gedachte van me af, haalde diep adem en probeerde me te ontspannen op het strand, alleen met mijn schrijfschrift... Weg van nicht Malinda en andere familieleden die waren gekomen om de volgende dag de begrafenis van mijn oudoom Amos Kurtz bij te wonen. We waren met grote bestelbussen op reis ge-gaan om de achtentachtigjarige diaken de laatste eer te be-wijzen, die in Hickory Hollow en het kerkdistrict van Ships-hewana in Indiana, waar hij later woonde, in hoog aanzien stond. Als gevolg daarvan waren er veel Amish gekomen voor de begrafenis en om troost te bieden aan zijn bejaarde we-duwe. Jaren geleden waren Amos en Martha hier in Virginia met pensioen gegaan en hadden ze zich aangesloten bij een groeiende gemeenschap van andere Amish ouderen in de buurt van de oceaan waar ze zo van hielden.

Mijn gedachten keerden terug naar de aanstaande bruiloft van nicht Malinda en haar vriendelijke verzoek. Hoewel ik vroeger smachtte naar een *beau* en het huwelijk, had ik de liefde opgegeven. En ik wou dat ik Cora Jane daar nooit over in vertrouwen had genomen. Ik wilde haar medelijden niet... noch dat van iemand anders trouwens. Lieve help, medelij-den had ik al genoeg met mezelf gehad!

Ik sloeg mijn schrijfschrift open bij het eind van de laatste scène in het verhaal waar ik mee bezig was en drukte mijn blote voeten in het warme zand. Ik had mijn groene jurk en bijpassende pelerineschort nog aan. Mijn *Kapp* van witte or-gandie lag veilig in de hotelkamer, het had geen zin om die onnodig vies te maken. Niettemin moest ik een merkwaardig schouwspel opleveren, zoals ik daar geheel van Eenvoud zat te tobben tussen al die mensen in schaarse badkleding en korte broeken. Na jarenlang Amish kleding dragen op de markt en elders buiten de grenzen van de gemeenschap had ik wel als vaststaand feit leren accepteren dat er altijd nieuwsgierige blikken op me geworpen werden.

Maar het was al die aandacht wel waard om het stuivende water en de zoute geur van de oceaan in te drinken. O, het wonder-*gute* gevoel van de zeewind door mijn haar, dat nog opgestoken was in een strakke knot. Wat hunkerde ik ernaar om het los te laten hangen en de wind erdoorheen te laten waaien. Ik wilde echter niet bijdragen aan de misvattingen die veel te veel *Englischers* toch al over ons hadden, sommige zelfs alleen door romans die ze hadden gelezen.

Met mijn pen in de aanslag dacht ik even na voordat ik begon te schrijven. Het gekrijs van een zeemeeuw trok mijn aandacht en achter me begon de zon te zakken, nu steeds sneller leek het. Zijn glanzende stralen waaierden uit naar de wolken hoog aan de lucht. Ik leunde achterover en keek naar het lichtspel dat zich boven mijn hoofd afspeelde, en liet mijn gedachten dwalen terwijl ik naar de strandjutters en schelpenzoekers keek. Het was absoluut niet mijn bedoeling geweest om onbeleefd te zijn door geen acht te slaan op Malinda's verzoek.

Maar ja, durf ik het wel aan te nemen?

Uit mijn ooghoek zag ik een lange Amish jongen op blote voeten door de schuimende branding lopen, terwijl hij om de paar tellen een foto nam. Wat een merkwaardige aanblik! Zijn zwarte broekspijpen waren opgerold en hij had zijn strohoed niet op. Zijn lichtbruine haar viel tot onder zijn oren, het was langer dan dat van de jonge mensen thuis in het kerkdistrict van Hickory Hollow. Ik kon mijn ogen haast niet van hem afhouden.

'Wat doet hij daar?' fluisterde ik, terwijl ik toekeek hoe hij kalm door de bedaarde golven kuierde. Een rozige gloed kleurde zijn knappe gezicht.

Toen keek hij ineens naar mij.

'Hallo.' Hij glimlachte in het wegstervende gouden licht.

Ik keek bijna om om te zien of zijn begroeting wel voor mij bedoeld was. 'Hallo,' bracht ik uit en sloeg gauw mijn schrijfschrift dicht.

Terwijl de lucht haar glans verloor, liep hij bij het water vandaan en kwam recht op me af. 'Mag ik bij je komen zitten?'

'Ja, hoor.'

Hij kwam naast me zitten en wees naar een zwart schip aan de horizon.

'*Jah*, heel mooi.' Ik was te verlegen om meer te zeggen.

We zaten zonder iets te zeggen bij elkaar, in de geur van popcorn en zee, terwijl de lucht in het westen overgoten werd met rode, roze en gouden stralen.

'Geen wonder dat de mensen vroeger dachten dat de aarde plat was, lang voor Columbus,' zei hij zacht.

Ik knikte. 'Hiervandaan lijkt het wel zo.'

'Heb je ooit zoiets gezien?'

'Dit is mijn eerste bezoek aan de oceaan,' bekende ik. 'Nee, dus.'

Onverwachts draaide hij zich langzaam naar me toe. 'Ik ben Eben Troyer, uit Indiana.' Hij had een ontwapenende glimlach.

'Joanna Kurtz... uit Hickory Hollow.'

'Ah, Pennsylvania, waar een paar neven en nichten van me zijn opgegroeid. Maar ik ben er nog nooit geweest. Aparte naam voor een stad, *jah*?'

We praatten door en algauw kwam ik aan de weet dat de

vriendelijke Eben hier was voor de begrafenis van zijn diaken. Ik wist niet hoe snel ik moest vertellen dat dat dezelfde dienst was als waar mijn familie en ik voor waren gekomen. 'Nou, is dat toevallig of niet?' zei hij. Zijn gezicht vervaagde in de schemering.

Hij liet me zijn camera zien en vertelde dat hij vooral foto's maakte van landschappen en dieren, wat onze bisschop John Beiler toestond. 'Zelden foto's van mensen,' merkte hij op... hoewel de manier waarop Eben daarover begon bijna de indruk wekte dat hij een foto van *mij* wilde nemen.

Ik stond verbaasd over zijn aandacht, maar het was bijzonder aangenaam. Nog nooit was iemand zo op me afgekomen. Mijn familie en al mijn nichten hadden me afgeschreven als voorbestemd om een *alt Maidel* te worden.

'Hoelang blijf je hier?' vroeg hij en zijn glimlach verwarmde opnieuw mijn hart.

'Drie dagen, vandaag meegeteld.'

Toen verraste Eben me door te vragen of ik met hem naar de vissteiger in de verte wilde lopen. Ik stemde toe en toen ik opstond van mijn zanderige zitplaats bood hij me beleefd zijn hand. O, heerlijkheid, we moeten kilometers lang gelopen hebben in de avond. Zo ver weg en zo lang dat we de weg terug haast niet meer konden vinden.

ㄔㄕ

De volgende dag snelden Eben en ik na de begrafenis haastig weer naar het strand. Daar waadden we tot onze knieën het water in... met onze kleren nog aan, nota bene. En later, toen we een beetje opgedroogd waren in de zon en de wind, huurden we een tandem en reden heen en weer over de promenade langs het strand, met de warme zon in ons gezicht.

We aten worstenbroodjes en roomijs onder aan de steiger en zijn ogen rustten op me toen hij zei: 'Ik heb het nog nooit zo naar mijn zin gehad, Joanna.'

Mijn hart bonsde in mijn oren.

Die avond en ook de volgende ontmoetten we elkaar bij zonsondergang; we lachten samen en we praatten over wat er ook maar in ons hoofd opkwam tot, wonder boven wonder, Eben mijn hand pakte! Mijn hart bonsde zo wild dat ik me afvroeg of hij het voelde. Ik kon alleen maar denken aan onze vervlochten vingers.

Maar veel te snel moesten onze wegen zich scheiden en kwam er een eind aan onze vertrouwelijke uren samen. Hij vroeg mijn adres en ik gaf het hem maar al te graag. In zo'n korte tijd waren we elkaar zo dierbaar geworden. Ik deed mijn best om niet te huilen.

Onze ontmoeting op het strand – die zo romantisch en bijzonder was – wekte bij mij nieuwe hoop. Het was per slot van rekening bijna een vloek voor een Amish meisje om op mijn leeftijd nog alleen te zijn. *Ach*, maar daar had Eben Troyer beslist verandering in gebracht. Ja toch...

Meteen stelde ik vast dat ik het risico best kon nemen en ik stemde erin toe om nicht Malinda's bruidsmeisje te zijn, terwijl ik met mijn hele hart hoopte te bewijzen dat de scherpe waarschuwing van mijn zus onterecht was.

1

Als Joanna het niet met eigen ogen had gezien, had ze nooit geloofd dat nicht Malinda op de ochtend van haar bruiloft in huilen uit zou barsten. Alle voorbereidingen gaven natuurlijk wel spanning en ook was het weer in november nogal onvoorspelbaar… het was ontegenzeggelijk een teleurstellende dag, de regen kwam met bakken naar beneden. *Maar is dat een reden om tranen te vergieten op je trouwdag?* vroeg Joanna zich af.

De twee andere bruiden die Joanna had bijgestaan, hadden geen van beiden gehuild voordat ze naar beneden gingen om hun belofte van trouw af te leggen. Maar goed, die trouwerijen hadden niet plaatsgevonden op een dag met een wolkbreuk en oorverdovend onweer.

Toen ze met Malinda en haar lange Andrew met de bruine ogen voor de bisschop stond, hoopte Joanna maar dat haar nicht niet iets doorzette waar ze later spijt van kreeg. Als de heilige geloften eenmaal waren afgelegd, was er geen weg terug. Het huwelijk moest het hele leven in ere worden gehouden.

De tranen van nicht Malinda hadden vast te maken met iets anders dan bedenkingen of koudwatervrees. Joanna hoopte het maar. Misschien had het wel iets te maken met al die wisselende emoties.

Door de ramen zag ze de laatste bladeren vallen in de gietregen, de lucht was loodgrijs. Het leek bijna of het al begon te schemeren, al was het nog maar kort na het middaguur.

Joanna richtte haar aandacht weer op de bruid en de bruidegom, en tot haar opluchting zag ze dat Malinda liefdevol naar Andrew opkeek op het moment dat bisschop Beiler hen uitriep tot man en vrouw. 'In de naam van de Vader, de Zoon en de Heilige Geest.'

Na de tranen blijft alleen liefde over, dacht Joanna, zich bewust van de eerbiedige sfeer in het tijdelijke bedehuis. Heel veel kerkleden waren aanwezig vandaag, evenals uitgebreide familie uit andere districten en zelfs *Englische* vrienden en vriendinnen.

O God, zegen nicht Malinda en haar echtgenoot Andrew met Uw liefdevolle zorg, bad Joanna in stilte.

C3&O

Het bleef die hele middag regenen tijdens het bruiloftsmaal en de gezelligheid daarna. De regen stortte van de dakranden en stroomde langs de vensterruiten. Toen veranderde het warempel in natte sneeuw... en later in droge sneeuw, die met dikke vlokken uit de lucht dwarrelde.

'Wat een hoop soorten weer op één enkele dag,' hoorde Joanna Malinda's moeder tegen Andrews moeder zeggen, een zwaargebouwde vrouw van achter in de vijftig.

'Dat maakt het interessant, *jah?*' antwoordde Andrews moeder, met haar ogen gericht op de bijzondere lekkernijen voor de bruid en bruidegom op de *Eck*, de speciale hoek van de bruidstafel. Naast plakjes kauwgom en verpakt lekkers waren er kleine beestjes, gemaakt van Rice Krispies en snoep. En miniatuurrijtuigen die gemaakt waren van marshmallows, en met tandenstokers verbonden aan dierenkoekjes in de vorm van paarden.

Joanna knikte afwezig vanuit de hoek waar zij en enkele

andere vrijgezelle meisjes, onder wie haar blonde nichten Ruthann en Lena, stonden te praten en lekkers te knabbelen. Cora Jane was er ook; ze zag er bijzonder knap uit in haar heldergroene jurk met witte schort. 'Eerlijk gezegd is het weer niet het enige wat mis is vandaag,' zei ze met een schuinse blik op Joanna.

Lieve help, dacht Joanna. Ze liet de opmerking onbewogen over zich heen komen, al voelde het alsof een oceaangolf haar omver dreigde te gooien. Inderdaad, dit *was* de derde keer dat ze als bruidsmeisje had gediend, maar nu Eben Troyer in haar leven was, wilde ze dwaas bijgeloof opzijzetten en gewoon genieten van de dag.

Joanna dacht terug aan het prachtige strand waar ze de knappe Eben had ontmoet. Wat verlangde ze ernaar zijn stem te horen, zoals hij haar naam had gezegd toen ze samen wandelden. Het was makkelijk om in die dagdroom te vervallen; ze miste hem verschrikkelijk. De verrukkelijke dag bij de brievenbus afgelopen zomer, toen ze Ebens eerste brief onder ogen kreeg, met haar naam en adres in zijn sterke handschrift erop geschreven, zou ze niet gauw vergeten. Het was het begin geweest van hun lange-afstands-vriendschap, die zich nu ontwikkelde tot zoveel meer. Heimelijk koesterde ze die speciale brief, ze had hem gelezen en herlezen voordat ze hem veilig weggestopt had in een houten brievendoos in haar uitzetkist. Daar bewaarde Joanna haar meest geliefde bezittingen, waaronder haar schrijf-schriften.

Halverwege de middag werden er exemplaren van het Duitse gezangenboek, de *Ausbund*, uitgedeeld en er werden speciale bruiloftsliederen gezongen tot vermaak van de pasgetrouwden. De jongeren in de verkeringsleeftijd zaten in paren aan de feesttafel. *Wat een gezelligheid*, zei Joanna bemoedigend in zichzelf, hoewel ze zich op zulke bijeenkomsten niet meer op haar plaats voelde.

Ze zette een glimlach op toen ze de knappe Jake Lantz, ook bekend als Sproeten-Jake, aan de andere kant van de voorkamer zag zitten. De bijnaam had hij te danken aan de sproeten op zijn neus en jukbeenderen. Zijn lange, krachtige gestalte bewees dat hij een harde werker was, het soort jongeman dat ieder Amish meisje als *beau* zou wensen. Zijn rossige haar en hazelnootbruine ogen waren identiek aan die van zijn jongere broer Jesse, die vlakbij met andere jongens in hun late tienerjaren zat te zingen. Hoewel Jake drieëntwintig was, waren beide broers nog vrijgezel; volgens de geruchten had Jake een paar meisjes tijdens het eerste afspraakje afgeschrikt omdat hij te snel hun hand wilde vasthouden.

Joanna dacht aan Eben, die op de laatste avond dat ze samen waren geweest haar hand in de zijne had genomen, en glimlachte onwillekeurig terwijl ze met de anderen meezong. Ebens gebaar was zo natuurlijk voortgekomen uit hun genegenheid voor elkaar.

Tussen de gezangen door lachte Joanna om het snoepgoed waarmee de tafel was versierd en dat zo gemaakt was dat het op kleine vliegtuigjes leek. *Sinds wanneer zijn namaakvliegtuigjes de norm op Amish bruiloften?*

Ineens werd ze zich bewust van Jakes blik en ze voelde een golf van medelijden met hem, net zoals ze vorig jaar om deze tijd met zichzelf had gehad, voor het eerst als bruidsmeisje op een trouwerij. Ongetwijfeld wilde Jake gewoon trouwen en doorgaan met zijn leven. *Als hij een zus had, zou hij misschien beter weten hoe hij een meisje moet behandelen…*

Later stortte Joanna haar hart uit in de gospelsong 'I love to tell the story', een van haar lievelingsliederen. Maar ze kon Jake niet lang uit haar hoofd zetten. In de loop van de middag ving hij een paar keer haar blik, hij ging zelfs zo ver om Malinda te vragen hem voor de zangavond in de schuur aan Joanna te koppelen.

'Hij heeft een oogje op je, nicht,' onthulde Malinda zelf op fluistertoon aan Joanna, voorafgaand aan de avondmaaltijd.

Maar Joanna liet niet merken dat ze het had gehoord… noch zei ze dat ze niet langer beschikbaar was. Het was beter om vast te houden aan de traditie en Eben geheim te houden – in elk geval tot het juiste moment.

ೞೞ

Na de avondmaaltijd gingen Joanna en de andere jongelui naar de schuur voor de gewone zang. Het was een bladstille avond. Als het zomer was geweest, was ze misschien bij de vijver achter hun schuur gaan zitten, met haar blote voeten in het water… en haar schrijfschrift op schoot. Daar waaide het af en toe en kon ze haar verhalen verbergen voor nieuwsgierige ogen, vooral voor die van Cora Jane. Dat Joanna een dagboek bijhield was één ding, maar verzonnen verhalen schrijven was iets heel anders, aangezien fictie door de broeders ouderlingen werd afgekeurd.

Afgezien van dat alles schiep Joanna er al enige jaren genoegen in te spinnen aan haar fantasieverhalen. Er schoten nou eenmaal zoveel interessante ideeën door haar hoofd!

Ze keek naar haar jongere zusje, die tussen haar gewone groepje vriendinnen en nichten stond. Joanna had de laatste tijd het vermoeden dat Cora Jane op het punt stond een huwelijksaanzoek te krijgen. Met haar goudblonde haar en grote blauwe ogen wist Cora Jane wel hoe ze de aandacht van een jongeman moest trekken, iets wat ze haar al verteld had toen ze nog vertrouwelingen waren. Maar sinds Joanna

Eben had leren kennen behoorden hun gezusterlijke klets-praatjes tot het verleden. En dat was misschien maar beter ook, met zo'n geheim om te bewaren.

Joanna herinnerde zich duidelijk wat haar zus tijdens een nachtelijk gesprek eens had gefluisterd: dat het belangrijk was om een jongen te laten weten dat je belangstelling had. Je moest zijn blik vasthouden en aan zijn lippen hangen, en hier en daar een opmerking plaatsen maar je moest hem voor-namelijk het woord laten voeren, vooral op het eerste afspraak-je. Met Eben was dat allemaal zo vanzelf gegaan voor Joanna... iets wat nooit eerder gebeurd was.

Zodra het zingen afgelopen was, keek Jake weer Joanna's kant op en om hem op geen manier aan te moedigen ging ze een praatje maken met de jongere zusjes van nicht Ma-linda. Ze wilde niets liever dan ongezien de schuur uit glip-pen om naar huis te gaan. Met een beetje schuldgevoel om haar weloverwogen afstandelijkheid lachte ze toch terug toen ze weer merkte dat hij haar kant op keek. Ze kromde haar tenen in haar schoenen.

Zou hij het verkeerd opvatten?

Toen liepen, als geroepen, Cora Jane en Malinda's jongere zus Mary Rose naar de andere kant van de schuur om met Jake te praten. Opgelucht vroeg Joanna zich af of Cora Jane de zwijgende uitwisseling van lachjes had opgemerkt en Jo-anna's onbehagen had aangevoeld. Was haar zusje opzettelijk tussenbeide gekomen?

Joanna keek om zich heen en zag dat ze eindelijk discreet kon vertrekken. Dus ze duwde de schuurdeur open en ver-trok om door de koude avond naar huis te lopen. Ze lette niet op de sneeuwvlokken waarmee haar neus en lippen werden bestrooid; Joanna trok gewoon haar jas dichter om zich heen, blij met haar sjaal en handschoenen.

Op dat moment moest ze ineens ergens aan denken, het was een gedachte die haar hart verwarmde. Stel dat Eben en zij in het volgende bruiloftsseizoen zouden trouwen? Welke twee meisjes zou *zij* uitkiezen als haar bruidsmeisjes? Joanna lachte in zichzelf; ze liep weer voor de muziek uit. Ze stond erom bekend dat ze een levendige fantasie had, zelfs mama had daar al op gewezen toen Joanna nog klein was. Dus nu stelde Joanna zichzelf de vraag: is het een vrome wens om te hopen dat mijn *beau* me ten huwelijk zal vragen, misschien zelfs via een brief? Of gebeurde dat alleen in de romantische fictie die ze zo dolgraag las... en schreef?

Hoe heerlijk het ook was om uit te kijken naar Ebens brieven en ze te ontvangen, ze werd er altijd door aan herinnerd dat haar *beau* helemaal in Shipshewana woonde, waar hij en zijn uitgebreide familie generaties lang boer waren geweest. Ze was nieuwsgierig naar zijn ouders en broers en zussen – naar zijn hele familie eigenlijk – maar had er nog niet naar durven vragen omdat ze niet al te voortvarend over wilde komen. Soms was ze bang dat ze het zou verknoeien en iets pijnlijks zou schrijven, wat alles tussen hen zou bederven. Daarom paste ze goed op en zorgde ervoor dat haar eigen brieven voornamelijk over het dagelijks leven in Hickory Hollow gingen.

Zorgvuldig had Joanna haar geliefde Hollow in Lancaster County tot in de details vastgelegd. Ook had ze Eben geschreven over lieve mensen, zoals Samuel en Rebecca Lapp, en Paul en Lillianne Hostetler... en Ella Mae Zook, de oude WijzeVrouw tot wie zoveel mensen in de streek zich wendden met hun problemen. Joanna hoopte dat ze zich niet had laten meeslepen in haar afbeeldingen en beschrijvingen van het landschap. Ze hield nou eenmaal van alles in Hickory Hollow en wachtte vol spanning of Eben *daarheen* zou komen om haar het hof te maken, zich te vestigen en uiteindelijk te trouwen. Maar tot nu toe had hij zich niet in die aard uitgelaten.

Ze zette de pas erin en dacht aan Cora Jane en haar vaste *beau*, Gideon Zook. Ze had gezien dat hij haar 's avonds laat na een lange rijtuigrit afzette. In haar hoofd hoorde Joanna nog Cora Janes vrolijke lach – die aantrekkelijke, melodieuze lach.

'Lach ik wel genoeg?' fluisterde Joanna in het donker, niet wetend hoe ze haar luchthartige kant in een brief aan Eben moest laten zien. Maar het was nooit nodig geweest om haar best te doen om indruk op hem te maken. En o, heerlijkheid, pasgeleden was Eben begonnen zijn brieven te eindigen met *veel liefs*.

Wat een gut teken!

En Eben had gezegd dat hij haar morgenavond om zeven uur zou bellen. Hij had het nummer opgevraagd van de gemeenschappelijke telefooncel die in een van de akkers van pa stond.

Daar gaat Cora Jane met haar waarschuwing, dacht Joanna met een glimlach.

Toen werd ze ineens ongerust en onwillekeurig vroeg ze zich af wat Eben door de telefoon wilde bespreken. *En waarom nu?*

2

Joanna ging die avond ruim over tienen naar bed, maar voordat het licht werd ontwaakte ze zo verwachtingsvol en nieuwsgierig naar de dag dat ze gelijk rechtop ging zitten en de lantaarn aanstak. Ze snelde door de kamer, en haar blote voeten werden koud van de tocht die door de vloerplanken heen trok. Ze haalde haar schrijfschrift uit de ringband die ze in haar uitzetkist bewaarde, kroop weer in bed en schreef ruim een uur, tot het tijd was om te douchen.

Haar gedachten vandaag draaiden maar om één ding: het telefoontje van Eben vanavond. O, zijn stem weer te horen!

Na het aankleden borstelde ze haar haar met meer dan honderd slagen, vanuit de gedachte dat ze er op haar allerbest uit wilde zien, al kon Eben haar met geen mogelijkheid zien. Joanna zou de openbare telefoon gebruiken, die in de eerste plaats bedoeld was om in noodgevallen een chauffeur te bellen – voor noodzakelijke dingen, en daar hoorde praten met een vriendje niet bij. Maar zo veel mensen deden kleine dingen achter de rug van de bisschop om onder het motto: *Wat de strenge bisschop niet weet, wat niet deert.*

En dan nog, wat *zou* er gebeuren als Joanna betrapt werd op het gebruik van de telefoon voor persoonlijke doeleinden? Was het echt een overtreding?

Ze maakte een middenscheiding in haar haar en draaide de zijkanten strak voordat ze haar blonde haar opstak in een dikke knot. Toen zette ze haar witte *Kapp* op haar hoofd en snelde weer naar boven om haar bed op te maken en haar schrijfschrift op te bergen. Ze had een onnodig risico genomen door het open en bloot op haar bed te laten liggen, nota bene. Tjonge, ze was bijna *ferhoodled* door het telefoongesprek van vanavond.

Ze had nog steeds geen idee waarom Eben wilde bellen. Was het gewoon omdat hij haar miste? Zijn brieven wezen beslist op zijn blijvende genegenheid. Ze hoopte dat haar brieven dezelfde liefdevolle boodschap aan hem overbrachten.

Na het ontbijt zette ze een braadstuk in de oven, toen ging ze aan de slag om mama's grote keukenvloer te vegen met de bezem. Ze veegde heel goed in de hoekjes, zoals mama haar geleerd had toen ze nog een klein meisje was, amper zo groot als de bezem zelf, en eindigde in de bijkeuken, waar het een grote rommel was. *Hoe krijgen ze het toch telkens in één dag voor elkaar?*

Toen de vloeren smetteloos waren, kwam Cora Jane binnen met een berg verstelgoed. Ze ging aan de keukentafel zitten zonder een woord tegen Joanna of hun moeder te zeggen. Meteen ging ze aan het werk, zonder iemand ook maar een blik te gunnen. Joanna besloot dat het beter was om bij haar zus uit de buurt te blijven, vooral in aanmerking genomen hoe Cora Jane zich gedragen had op de bruiloft van nicht Malinda.

Rond half elf veegde Joanna haar voorhoofd af en ging zich opfrissen voordat ze aardappels begon te schillen voor een royale runderstoofschotel. Cora Janes gedrag in aanmerking genomen kookte ze liever in haar eentje. Mama had de spanning tussen hen ongetwijfeld opgemerkt, maar Joanna hoopte dat er weer wat rust zou komen nu de bruiloft van Malinda en Andy achter de rug was. *Nu ik alweer als bruidsmeisje dienst heb gedaan.*

Joanna begon peinzend de aardappels te snijden. Als ze mocht kiezen wat ze deed in de keuken, koos ze iets anders dan schoonmaken. Koken was een heel ander verhaal, omdat maaltijden bereiden of brood bakken voor haar niet gelijkstond aan huishoudelijk werk. In haar redenering was het ene saai en geestdodend, het andere plezierig. Ze glimlachte bij de gedachte hoe ze het zou vinden om elke dag voor Eben te koken.

Precies op dat moment keek Cora Jane naar haar op. 'Ben je ergens blij om, zus?'

Ook mama keek haar aan, haar blauwe ogen straalden. 'Maak je genoeg stoofschotel om morgen nog wat over te hebben?'

'O, meer dan genoeg,' antwoordde Joanna, blij met mama's tussenkomst. 'Dit is een dubbele portie.'

'*Gut*, want ik *haat* aardappels schillen, het is het ergste wat er is,' klaagde Cora Jane.

'Kom, kind,' zei mama vriendelijk. 'Het is niet nodig om "haat" te zeggen.'

Cora Jane sloot haar mond en knipperde snel met haar ogen. Op haar leeftijd moest ze wijzer zijn dan dingen te zeggen die mama boos maakten, maar soms scheen Cora Jane er gewoon op uit te zijn om vervelend te doen.

Maar Joanna wist dat het geen zin had om over haar zus te tobben. Ze concentreerde zich op het snijden van het rundvlees, daarna braadde ze de dobbelsteentjes aan in boter. Toen dat klaar was, voegde ze er twee grote uien bij, ingemaakte worteltjes van vorig jaar uit de tuin en kruiden. Ze had de maaltijd zo vaak klaargemaakt dat ze geen recept nodig had. Intussen vroeg ze zich af wat Ebens lievelingskostje was. Joanna popelde om alles van hem te weten te komen!

Cঙৎৎ৯

De intense grijze ogen van haar vader waren gericht op de dampende kom met stoofschotel die Joanna voor hem neergezet had, hoewel hij zoals gewoonlijk geen woord zei. Hij leunde met zijn lange gestalte tegen de stoel aan het hoofd van de tafel en met z'n vieren spraken ze in stilte het tafelgebed uit. Ze genoten van de stevige maaltijd, compleet met kwark, versgebakken brood en mama's heerlijke appelboter. Als toetje diende Joanna de rest op van de pompoentaart die haar moeder de vorige dag na de bruiloft had gebakken.

Cora Jane at zonder een kik te geven. Pa zei ook niet veel, maar die praatte in het algemeen weinig, tenzij hij een goede reden had. Mama probeerde een praatje te maken, vooral over het koude weer en de komende sneeuw. Joanna koesterde haar eigen geheime gedachten terwijl ze de verrukkelijke stoofpot oplepelde, in zekere zin opgelucht dat Cora Jane niet zo spraakzaam was als anders.

Joanna keek de grotendeels lege tafel rond en probeerde zich voor te stellen dat Eben daar zat.

Zou *hij* erin slagen pa onder het eten aan het praten te krijgen? Dat konden maar heel weinig mensen. Zelfs Michael Hostetler van verderop aan Hickory Lane niet, de sympathieke zoon van hun buren die tot voor kort in deeltijd voor pa had gewerkt.

'In de komende twee weken krijgen we nog een paar trouwerijen,' zei mama.

Joanna knikte. 'Hebt u al besloten naar de bruiloft van welke nicht u aanstaande donderdag gaat?'

'*Ach*, twee trouwerijen op dezelfde dag in de familie,' zei mama hoofdschuddend. 'Dat gebeurt te vaak, *jah*? Lena en Ruthann... een moeilijke keuze.'

Cora Jane nam niet de moeite om op te kijken en pa zou de beslissing aan mama overlaten. *Arme mama*, dacht Joanna.

'Naar welke bruiloft gaat Salina?' vroeg Joanna. Salina was de enige getrouwde dochter in hun gezin en al moeder van drie kleine kindertjes. Verder hadden Joanna en Cora Jane alleen maar broers, die allemaal getrouwd waren en zelf kleintjes hadden.

Mama's gezicht lichtte op. 'Hé, waarom heb *ik* daar niet aan gedacht? Ik zal het haar vanmiddag vragen.'

Het verbaasde Joanna niet. Salina kwam per slot van rekening heel vaak langs. Dat was dus afgesproken: ze gingen naar de bruiloft die Salina koos.

Bruiloften in overvloed, dacht Joanna, en ze nam nog een hap taart terwijl ze Cora Janes onbeschaamde blik ontweek.

೮ষ৪ð

Toen de wolken tijdens de avondmaaltijd samenpakten en er een hevige wind opstak die sneeuwhopen opwierp, wist Joanna dat het een uitdaging werd om naar de telefooncel een paar akkers verderop te gaan. Het zicht was gevaarlijk slecht – sommige boeren bonden, als het zulk weer was, alleen al om even naar de schuur te gaan een touw aan het huis en aan hun eigen hand.

Ze hoopte dat de sneeuwstorm van korte duur zou zijn en zou gaan liggen tegen de tijd dat ze naar de telefoon moest. Wat smachtte ze naar de heerlijke zomermaanden, als hun dichtstbijzijnde buren makkelijk even konden komen aanlopen voor een stuk watermeloen of zelfgemaakt ijs en een bezoekje aan de achterveranda, of andersom. Mama was bijvoorbeeld in geen weken bij Ella Mae Zook of zelfs bij Rachel Stoltzfus, de schoonmoeder van de bisschop, op bezoek geweest. Joanna miste de spontane gesprekjes aan het eind van de dag, evenals de aanblik van groene bladeren en bloeiende bloemen.

Joanna was nooit helemaal de indruk vergeten die ze van Ella Mae had gekregen toen haar moeder haar had meegenomen voor een kopje thee bij de Wijze Vrouw. Het was jaren voordat Ella Mae's echtgenoot overleed, toen Joanna nog maar vier was en Ella Mae nog op de boerderij anderhalve kilometer verderop woonde. Joanna voelde zich erg op haar gemak in de zonovergoten keuken die zo leek op die van mama. Ze had tegenover mama gezeten op een houten stoel met een berg kussens onder zich, en een gele madeliefjeskop-en-schotel met pepermuntthee was voor haar neergezet.

Mama en Ella Mae zaten aan de andere kant van de tafel thee te drinken en te praten terwijl Joanna haar lepeltje pakte en begon te roeren, kijkend naar het donkere hete water.

'Hier, liefje,' zei Ella Mae, die opstond en naar haar oude ijskast liep om een pot met echte slagroom te pakken. 'Dat maakt je eerste kop thee extra lekker.' Met een twinkeling in haar ogen schepte Ella Mae een kwak slagroom op Joanna's thee. Mama zette grote ogen op toen Ella Mae Joanna aanmoedigde om haar wijsvingertje in de geslagen room te stoppen en het af te likken.

Toen al had Joanna zich afgevraagd hoe zo'n oude vrouw in vredesnaam kon weten wat een kind dacht. Dadelijk had ze gevoeld dat er iets bijzonders was met deze dame die de Gemeenschap van Eenvoud wijs noemde, en wier oprechte en hartelijke manier van doen – en speciaal gezette thee – mensen aantrok als rozen bij een bij doen. In het bijzonder vrouwen, die een liefdevolle vriendin en een luisterend oor nodig hadden.

Joanna glimlachte bij de dierbare herinnering terwijl ze heet water tapte nadat de tafel was afgeruimd. Ze spoot een flinke hoeveelheid afwasmiddel in het water en klopte het erdoor. Cora Jane kwam bij haar, rukte de theedoek van het rek en ging stijf en onmededeelzaam staan wachten tot ze kon afdrogen. Joanna zuchtte inwendig en luisterde of de wind buiten al een beetje ging liggen. Het duurde geen anderhalf uur meer voordat ze de tocht naar de telefooncel moest ondernemen voor de oproep van zeven uur.

Toen de keuken aan kant was, stelde mama voor om met z'n drieën chocoladechipkoekjes te maken voor het aanstaande weekend. Cora Jane klaarde onmiddellijk op en stemde voor suikerkoekjes, waar ze absoluut dol op was. Joanna stemde erin toe om te helpen, maar ze wist dat ze de klok in de gaten moest houden en ook een manier moest vinden om onopvallend te vertrekken zonder opgetrokken wenkbrauwen.

Toen Joanna de gasoven wilde voorverwarmen, zag ze dat pa opstond uit zijn stoel bij de kachel en naar de bijkeuken ging. Mama ging achter hem aan en vroeg waar hij heen ging in dit weer.

'Even bij het vee kijken… zien hoe het met de pasgeboren kalfjes gaat.'

Haar vader opende de achterdeur en Joanna zag dat het niet meer zo hevig waaide als eerst. En toen ze de bakplaat met koekjes in de oven konden zetten, ging mama naar de zitkamer en Cora Jane naar boven. Joanna slaakte een zucht van verlichting.

Het is nu of nooit! Haastig trok ze haar warmste jas aan, laarzen, wollen sjaal en handschoenen. Toen zette ze in allerijl haar zwarte buitenmuts op en verliet het huis.

3

Eben Troyer was door de kou op weg naar Peaceful Acres Lane. Hij droeg zijn oude werklaarzen en zwarte vilthoed, evenals zijn vaders donkerblauwe das. De ijskoude lucht prikte in zijn wangen en neus en hij kon de rook ruiken van de nieuwe houtkachel die pa en hij nog maar een paar dagen geleden in de schuur hadden geïnstalleerd. *Op tijd voor de weersomslag.* Een groot deel van de dag was hij bezig geweest hooi op de zolder aan mijten te zetten en later had hij de watertank voor de paarden aangesloten op de generator om te zorgen dat die niet bevroor.

De gammele telefooncel stond een kilometer van de boerderij van zijn vader vandaan, niet ver genoeg om het paard voor het rijtuig te spannen. Hij had de dagen afgeteld tot hij met Joanna zou praten, en te oordelen naar de manier waarop ze in haar brief gereageerd had op hun gesprek van vanavond veronderstelde hij dat zij net zo opgewonden was als hij. *Een telefoonafspraakje, wie had dat gedacht!*

Toen hij vlak bij de cel was, zag hij dat zijn vaders oudere broer Solomon binnen stond te praten bij lantaarnlicht. Sol gebaarde hevig met zijn handen, zoals hij altijd deed als hij praatte.

Dat had ik niet verwacht, dacht Eben en hij zocht zijn zakhorloge. Hij kon de tijd niet aflezen en haalde zijn zaklantaarn tevoorschijn, maar toen bedacht hij zich. Hij wilde geen aandacht trekken met de praatgrage oom Solomon in de buurt.

Dus bleef Eben tussen de bomen op zijn beurt staan wachten. In de verte hoorde hij kloppende paardenhoeven. Wie had kunnen denken dat het zulk slecht weer zou worden, precies op de avond die hij had uitgekozen om Joanna te bellen? Hij kon zich amper voorstellen hoe het in Hickory Hollow moest zijn.

Hij kreeg het met de minuut kouder, vroeg zich af hoeveel tijd zijn oom nog nodig had en wenste dat hij dikkere handschoenen had aangetrokken. Toch zou hij desnoods de hele avond wachten om Joanna's lieve stem weer te horen.

Hij haalde haar brief tevoorschijn, opgevouwen met het telefoonnummer naar boven. Het was in zekere zin vermakelijk dat van alle meisjes voor wie hij had kunnen vallen Joanna Kurtz toevallig in een andere staat woonde. Maar hij twijfelde er geen ogenblik aan dat zij iedere afstand waard was. En zo knap en aardig als ze was, had het hem in het begin verbaasd dat Joanna nog vrijgezel was.

Heeft God haar speciaal voor mij bewaard? Het was een bemoedigende gedachte terwijl Eben wachtte tot oom Sol op zou hangen, wat hij nu net scheen te doen. Sol hing de hoorn op de haak en opende de houten deur, die hij vlug achter zich dichtdeed. Maar hij was zijn lantaarn vergeten en moest weer naar binnen om hem op te halen.

Ik wacht nog maar even. Eben keek zijn oom na, die over de akker naar zijn boerderij kuierde. Toen knipte Eben zijn zaklantaarn aan en betrad met bonzend hart de cel, voordat er iemand anders langskwam om hem te gebruiken. Nadat sinds afgelopen zomer het uitwisselen van brieven hun enige communicatiemiddel was geweest, was hij er nu zeker van dat deze winteravond een lekker opwarmertje zou krijgen.

CRBD

Joanna stond bibberend in de krappe cel en wachtte ademloos tot de telefoon begon te rinkelen. Het licht van haar
zaklantaarntje begon zwakker te worden en ze wenste dat ze
er nieuwe batterijen in had gestopt voordat ze het huis verliet.

Ondanks het slechte weer was ze een paar minuten voor
de afgesproken tijd aangekomen. Het zou tenslotte jammer
zijn om Ebens telefoontje mis te lopen. Maar nu ze er was en
het tijdstip voorbij was gegaan, vroeg ze zich af of er aan zijn
kant iets tussen was gekomen.

Het sneeuwde nu harder en de wind blies door de ope-
ningen rond de deur. Alle kiertjes die op de warmste dagen
van de zomer hielpen om de cel koel te houden, maakten het
nu ijskoud.

Net toen ze begon te denken dat hij helemaal niet meer
zou bellen, rinkelde de telefoon. Joanna liet hem twee keer
overgaan om niet te gretig te lijken. 'Hallo?' zei ze met een
ontzettend verlegen gevoel.

'Joanna?'

'*Jah*. Met Eben?'

'Het is zo *gut* om je stem te horen.'

'De jouwe ook.'

'Het spijt me dat het een beetje later is dan de bedoeling
was, maar ik kon er niets aan doen.' Hij legde uit dat de telefoon bezet was geweest. 'Je weet het nooit met die publieke
telefooncellen.'

'Dat geeft niet.' Het was zo leuk om zijn stem te horen en
hij klonk zo blij dat hij haar sprak. Ze kon wel dansen; ze had
moeite om stil te blijven staan.

'Onze buren aan de noordkant hebben een telefoon in hun
schuur laten installeren, maar tot nu toe wil mijn vader er
niets mee te maken hebben.'

Ze vertelde dat een aantal jongeren in Hickory Hollow een mobiele telefoon had. 'En ook een paar mensen die ver bij de boerderij vandaan werken.'

'Wat vind jij daarvan?' vroeg hij.

'Dat is niks voor mij; ik ben gedoopt.'

Hij beaamde het enigszins opgelucht. 'Mijn bisschop staat het alleen toe voor zakelijk gebruik,' zei hij. 'Maar hoe zou hij het kunnen afdwingen?'

Ze knikte en lachte omdat hij haar niet kon zien.

'*Ach*, je lacht nog precies zoals ik me herinner,' zei Eben. 'Hoe gaat het met je, Joanna?'

'Heel *gut*, en met jou?'

'O, best. Ik heb het behoorlijk druk.'

Ze vond het heerlijk om naar zijn stem te luisteren, maar was nieuwsgierig naar de reden voor zijn telefoontje.

Van het een kwam het ander en algauw waren ze in een vlot gesprek verwikkeld. Toen verraste hij haar door te vragen: 'Komt het uit als ik, laten we zeggen, volgende week op bezoek kom?'

Joanna was in de wolken. 'Ja, natuurlijk… op welke dag had je gedacht?'

'Donderdag of vrijdag.'

'Nou, donderdag hebben we een bruiloft, dus vrijdag is beter.'

'Goed dan. Ik rijd mee met een mennonitische chauffeur die met een busje regelmatig op en neer rijdt tussen hier en Lancaster. Daar neem ik een taxi. Het is ongeveer tien uur reizen om bij jou te komen.'

'Wat een afstand! Hoelang kun je blijven?' vroeg ze met bonzend hart.

'Eén nachtje maar. De volgende middag moet ik weer terug.' Hij vertelde dat hij iemand moest regelen om zijn werk op de boerderij over te nemen.

'Dus je ouders weten het... van ons?'

'Ik zal het ze te zijner tijd vertellen.'

Ze glimlachte. 'Ik heb het hier ook nog aan niemand verteld. Wij zijn nog steeds een beetje zwijgzaam over zulke dingen.'

'Wij doen dat hier niet meer zo erg als vroeger, maar ik wilde wachten met iets te zeggen tot er wat meer dingen opgelost zijn.'

Ze vroeg zich af wat voor dingen hij bedoelde. 'Je moet een logeeradres hebben.'

'Als het kan. Wat jij en je familie ook maar het beste vinden, Joanna.'

O, wat was het heerlijk om hem haar naam te horen zeggen! 'Ik zal kijken of je bij onze buren, de familie Stoltzfus, kunt logeren. Tenminste, als je er niet mee zit dat de schoonfamilie van de bisschop zal vermoeden dat je hier bent om mij te zien.'

Hij lachte. 'Dat klinkt wonder-*gut*.' Na een korte stilte vervolgde hij: 'Ik wil ook graag je ouders ontmoeten.'

Haar hart sprong op bij de gedachte. *O, verrukking!* Dit begon serieus te worden! 'Goed.'

Plotseling rukte een windvlaag aan de deur.

'Het klinkt alsof het stormt bij jou,' zei Eben.

'Het is zowat een sneeuwstorm.'

'Het lukt toch wel om alleen naar huis terug te gaan?' Er klonk bezorgdheid in zijn stem.

'Het is niet ver en ik ben warm ingepakt, dus maak je geen zorgen.'

'Nou, zorg dat je het niet koud krijgt.'

'Het komt wel goed, Eben,' zei ze. Ze had nog geen zin om op te hangen.

'Ik kan mijn meisje geen kou laten vatten,' voegde hij er zacht aan toe.

Mijn meisje…

O, Eben, dacht ze, met een rilling van iets wat aangenamer was dan de kou.

'Zeg, ik heb een idee. Zullen we elkaar vaker bellen? We kunnen een vaste tijd afspreken. Zou je dat leuk vinden?'

Of ze dat leuk zou vinden? 'Dat lijkt me heerlijk,' zei ze en ze hoopte dat haar stem kalmer klonk dan ze zich voelde. Eindelijk zou het gebeuren… en precies zoals ze had gehoopt. Hij was stellig van plan haar serieus het hof te maken!

Toen bespraken ze nog een paar dingen die ze samen konden doen tijdens zijn korte bezoek en Joanna zei dat ze hoopte dat het een beetje warmer werd. 'Maar in deze tijd van het jaar weet je het nooit.'

'Klopt, maar hoe dan ook, we zullen elkaar beter leren kennen en dat is het doel van mijn komst. Dat, en je familie ontmoeten.'

Ze glimlachte in de telefoon. 'Ik verheug me erop.'

'*Jah…*'

Ze merkte dat Eben net zo weinig zin had om op te hangen als zij. Maar uiteindelijk moest ze hem vertellen dat ze bang was dat haar zaklantaarn het zou begeven.

'Goed, dan laat ik je gaan.' Hij zei dat hij zou schrijven om haar te laten weten hoe laat ze hem vrijdag kon verwachten. 'Ik hoop zo vroeg op pad te kunnen gaan dat ik ergens in de middag aankom.'

'Tot gauw,' zei ze.

'Tot dan,' zei hij. 'Dag, Joanna.'

'Dag.' Langzaam hing ze de hoorn weer op de haak.

Het licht van de zaklantaarn verflauwde en ze pakte hem op. Ze opende de deur van de cel en rende door de sneeuw, in de hoop thuis te zijn voordat het licht helemaal uitging.

Verrukt door het wonder-*gute* telefoontje lette Joanna amper op de wind en de kou.

Eben komt bij me op bezoek!

4

Toen Joanna na haar tocht naar de telefooncel in huis terug-
keerde, werd ze begroet door de vertrouwde geur van versgebakken koekjes.

'Waar heb *jij* gezeten?' vroeg Cora Jane, die haar met een
scherpe blik opnam.

Joanna wilde haar nieuws nog niet bekendmaken, nu mama
er niet bij was. 'O, gewoon buiten.'

'Ja, dat is duidelijk.' Cora Jane pakte twee koekjes en proef-
de beide soorten, terwijl ze haar niet losliet met haar blik.
'Nou zeg, wat doe jij geheimzinnig!'

Joanna negeerde haar en nam er de tijd voor om haar laarzen en bovenkleding uit te trekken. Ze wilde nagenieten van
elk ogenblik van haar telefoongesprek. Het was bijna te mooi
om waar te zijn!

Op dat moment ging de achterdeur open en daar stond pa,
met aangekoekte sneeuw aan zijn laarzen. Hij veegde zoals
gewoonlijk zijn voeten aan het lappenkleedje bij de deur,
zoals zij ook had gedaan, en keek haar nieuwsgierig aan toen
ze haar jas en sjaal ophing. Maar hij zei niets.

Tijdens het Bijbellezen en bidden met het gezin zat Cora
Jane Joanna aan te staren en een deel van haar blijdschap verdween. Zodra het stille gebed was afgelopen glipte Joanna
naar boven om in haar dagboek te schrijven, dat ze verborgen hield tussen de matras en de spiraal.

'Hij komt eindelijk op bezoek!' fluisterde Joanna, terwijl ze
haar nachtgoed aantrok.

Maar het was moeilijk om de slaap te vatten, zo niet on-mogelijk, nu Ebens stem nog in haar hoofd klonk. Ze koes-terde alles wat hij had gezegd en was bijna net zo opgewon-den als de eerste keer dat ze elkaar ontmoet hadden. O, ze kon haast niet wachten om hem in Hickory Hollow rond te leiden!

CR8O

De bittere kou en de stevige wind hadden de volgende mor-gen een teer dessin op de vensterruiten geschilderd. Joanna keek geboeid naar de vorstpatronen toen ze wakker werd op het moment dat de zon opkwam en ze met licht overgoot. Ze had zich verslapen en geen wonder, de hele nacht had ze met een gelukkig gevoel Ebens woorden door haar hoofd laten spelen.

Wanneer moet ik het nieuws over hem – en zijn bezoek – aan pa en mama vertellen? Hier dacht ze over na terwijl ze zich klaarmaakte voor een nieuwe dag van huishoudelijk werk, voorafgaand aan de Dag des Heeren morgen. Met extra zorg inspecteerde ze haar mooiste blauwe zondagse jurken die bij de ladekast aan houten haken aan de muur hingen en be-dacht welke ze vrijdag zou dragen als Eben kwam. Ze wilde er op haar *bescht* uitzien omdat het zo lang geleden was dat hij een blik op haar had geworpen.

Het ontbijt bestond uit appelmoes, bacon en havermout, waarvan mama altijd zei dat het bleef kleven in je ingewanden. Meteen daarna kwam nicht Lena Witmer langs. Ze nam niet de moeite om te kloppen, maar stormde gewoon naar bin-nen en schopte haar laarzen uit bij de achterdeur. Ze betrad de keuken met haar bovenkleding nog aan, en haar blauwe ogen schoten opgewonden heen en weer.

Lena pakte Joanna bij de hand en joeg haar haastig op naar boven, naar haar kamer, waar ze de deur dichtdeed en met jas, wanten en al in Joanna's armen viel. 'O, nicht, ik weet niet wat ik moet beginnen!' huilde Lena. 'Ik hoop dat je me kunt helpen.'

'Wat is er gebeurd?' Joanna probeerde haar te troosten en stelde voor dat Lena op het bed zou gaan zitten.

Lena jammerde nog een poosje door en slaagde er toen in haar tranen af te vegen, hoewel ze er vreselijk ongelukkig uitzag toen ze ging zitten. 'Mijn zus Verna zou mijn eerste bruidsmeisje zijn, maar ze is weggeroepen naar Wisconsin om de zieke zus van onze vader te helpen.' Ze zuchtte en beheerste zich. 'Nu sta ik in de kou, met de bruiloft van aanstaande donderdag.'

Joanna ging naast haar zitten. 'Heb je eraan gedacht een van je jongere zusjes te vragen?'

Nicht Lena zette haar zwarte muts af en speelde met de bandjes. 'Dat is precies het probleem: ze zullen die dag allebei als bruidsmeisje optreden – voor de bruiloft van Ruthann en voor die van ons buurmeisje Kate Elizabeth.'

Joanna wist niet wat ze moest zeggen. Of denken.

Weer zuchtte Lena en de tranen sprongen haar alweer in de ogen. Ze keek Joanna onderzoekend aan en wendde toen haar blik af. 'Ik weet dat het verschrikkelijk laat is, maar ik vroeg me af of, tja, of jij misschien zou willen overwegen om me bij te staan. Samen met mijn nichtje Mary Ruth.'

Joanna vroeg zich af of de verbazing op haar gezicht geschreven stond.

'Ik wil echt niemand anders vragen dan jou, Joanna.'

Dus ze heeft geen andere opties...

Van een ander nichtje had het misschien aanmatigend geklonken, maar Joanna begreep het dilemma van de arme Lena.

'Nou, het is aardig van je om mij te vragen, maar heb je gedacht aan Cora Jane? Zij scheelt minder met je in leeftijd,' opperde Joanna.

Lena trok haar neus op en schudde haar hoofd. '*Ach*, niet om iets lelijks over je zus te zeggen. Alleen, ik heb veel liever jou, Joanna.'

Joanna vroeg zich af of ze nog tijd zou hebben om een bruidsmeisjesjurk te naaien als ze toestemde. 'Wat voor kleur ben je van plan?' Zoals de gewoonte was, pasten de twee bruidsmeisjes hun kleding aan aan de bruid.

'Ik heb gekozen voor donkerrood voor onder mijn witte pelerineschort, omdat bijna alle bruiden tegenwoordig blauw dragen.'

'Tja, ik heb geen jurk in die kleur, maar…'

'O, ik geef je geld voor de stof en het garen. Met alle plezier.'

'Het is alleen dat, tja… ik heb tijd nodig om hem te naaien.' En met Ebens bezoek erbij kreeg Joanna het nog druk.

'Ik kan zomen of wat je maar wilt.' Nicht Lena glimlachte. '*Denki* hartelijk, Joanna! Je hebt geen idee hoe dankbaar ik ben.'

Op grond van Lena's jubelende reactie begreep Joanna dat inderdaad. En meteen was ze overtuigd, zonder echt toe te stemmen. Ze moest proberen het idee van zich af te zetten dat dit nota bene haar vierde keer als bruidsmeisje werd. Als Cora Jane dit hoorde, zou ze zeggen dat Joanna wel lef had. Maar Joanna had er nu meer vertrouwen in dan ooit, want de dag na nicht Lena's bruiloft kwam Eben Troyer. Te bedenken dat hij bijna een halve dag reisde alleen om haar te zien!

Wat doet het ertoe hoe vaak ik bruidsmeisje ben? dacht Joanna terwijl ze Lena een afscheidsknuffel gaf. 'Ik ga maandag meteen beginnen met de jurk, als de was aan de lijn hangt.'

'*Ach*, ik voel me zo'n stuk beter.' Lena gaf haar een kus op haar wang. '*Denki*, lieve nicht.'

Joanna liep met haar mee naar beneden en wachtte terwijl ze haar zwarte muts opzette. Nicht Lena stak haar armen uit om haar nog eens te omhelzen. 'Dit betekent zo veel voor me.'

'Blij dat ik kan helpen,' zei Joanna, zich ervan bewust dat Cora Jane en mama nu binnen gehoorafstand waren. 'Vanmiddag nog ga ik de stof en het garen kopen.'

Wuivend liep nicht Lena over het besneeuwde pad naar haar wachtende rijtuig.

Zoals Joanna al een beetje had verwacht, werd ze van achteren beslopen door Cora Jane. 'Waar ging dat nou weer over?'

Kort beschreef Joanna nicht Lena's netelige situatie.

Mama bleef zwijgen, maar Cora Jane drong aan. 'Dus ze wil *jou*?'

'Ik weet dus al bij welke trouwerij ik aanwezig zal zijn.' Joanna begon vlug over iets anders en vroeg of ze het tuigpaard mocht lenen. Maar mama zei dat ze het aan pa moest vragen, voor het geval hij de merrie zelf nodig had voor een ritje.

Met Cora Janes doordringende blik op zich gericht schoot Joanna haar winterspullen aan en ging op weg naar de schuur om met haar vader te praten. Eerlijk gezegd was ze opgelucht dat ze het huis uit kon. En blij dat ze misschien de kans kreeg om onder vier ogen met pa te praten over Ebens bezoek. Zo'n vader-dochtergesprekje had ze nog nooit ondernomen.

CƷ℘ↄ

De muildieren haalden een paar hooibalen uit elkaar op het erf toen Joanna naar de stal liep. Ze schoof de deur open en werd begroet door de vochtige, aardse geur van dieren en stro.

Haar vader was het stro van de veulens aan het verversen. Ze hield zich even op de achtergrond om moed te verzamelen. Joanna wist hoe gereserveerd haar vader was en voelde zich gespannen nu ze dit nieuws moest vertellen.

Ze haalde diep adem en stapte naar voren toen pa haar zag. 'Mag ik Krissy een uurtje mee? Ik moet heel vlug een boodschap doen.'

Pa knikte toestemmend.

Toen, terwijl hij met een vork stro van de baal haalde, waagde ze het erop en begon over Eben. 'We hebben kennisgemaakt toen we vorige zomer op de begrafenis van oudoom Amos waren en hebben sindsdien over en weer geschreven. Hij komt uit Indiana, pa.' Ze zweeg even, zich ervan bewust dat haar handen klam waren in haar handschoenen. 'En... nog iets. Eben komt aanstaande vrijdag op bezoek.'

Toen haar vader niets zei – hij maakte niet eens oogcontact – probeerde Joanna daar geen belang aan te hechten. Dit was per slot pa's gewone reactie op de meeste dingen. 'Hij wil met u en mama kennismaken, als dat goed is.'

Haar vader stopte met zijn bezigheden en leunde op de hooivork. 'Is dit wat je wilt, dochter?'

'Ik ben het ermee eens, *jah*.'

Pa fronste zijn wenkbrauwen. 'Is hij bereid hierheen te verhuizen en lid te worden van onze kerk?'

'Ik denk het wel.'

Pa pakte de hooivork op en ging weer aan het werk, terwijl hij zei: 'Dan, *jah*, zullen wij hem ontmoeten.'

Joanna moest zich inhouden, anders had ze gegild van blijdschap. Omwille van pa bleef ze kalm, aan de buitenkant tenminste. '*Denki* heel hartelijk!'

Een klein spoor van een glimlach gleed over zijn gezicht, wat haar door en door verwarmde. Toen draaide ze zich om naar de stal om het tuigpaard te halen. *Zo'n vriendelijke blik is een goed begin*, hield ze zichzelf voor.

Dus alles was goed.

Ongetwijfeld zou pa het later in de beslotenheid van hun kamer aan mama doorgeven, dus Joanna hoefde het niet nog eens met haar door te nemen. Maar wat Cora Jane betrof... het was beter om het haar meteen te vertellen. 'Ik wacht tot ze in een *gute* bui is,' mompelde Joanna, terwijl ze haar lievelingsmerrie meenam de schuur uit om haar voor het rijtuig te spannen. 'Wanneer dat dan ook mag zijn.'

5

Midden in de nacht droomde Joanna dat ze door een maïsveld rende, achter Cora Jane aan, omdat ze haar wilde vertellen over Eben. Maar elke keer als Joanna in de droom
dichtbij genoeg was, stoof haar zus verder... en bleef on-
ophoudelijk buiten bereik.

Joanna's hart bonsde in haar slaap. O, wat wilde ze graag
weer eens met Cora Jane praten zoals zussen doen, zeggen
dat ze nog nooit zoiets voor een jongen had gevoeld. Ze
woelde en draaide, en trok aan het laken alsof het een touw
was.

Joanna ontwaakte met een schok en besefte zelfs in haar
versufte staat dankbaar dat het niet echt was wat ze net had
meegemaakt. *Natuurlijk wil mijn zus mijn nieuws wel horen*,
dacht ze, terwijl ze opstond om de dag te begroeten.

Het was de Dag des Heeren en een predikzondag bovendien. De stralen van de zon strekten zich net uit boven de
horizon en Joanna ging eerst bij het ene hoge raam en toen
bij het andere het donkergroene rolgordijn omhoogtrekken.
In plaats van haar schrijfschrift uit haar uitzetkist op te die-
pen zoals ze graag deed, voelde ze zich verplicht om een paar
psalmen te lezen om de dag mee te beginnen. Het leek op
de een of andere manier niet wijs om vanmorgen aan haar
verhaal te werken.

Joanna keek naar de halfdichte slaapkamerdeur van Cora
Jane aan de overkant van de gang en overdacht wat ze moest
doen. Mama wist onderhand vast en zeker af van Ebens plan

om op bezoek te komen. Pa zou het haar onmiddellijk verteld hebben.

Joanna zuchtte en keek naar de rij ansichtkaarten op haar ladekast die ze van haar *Englische* vriendin Amelia had gekregen, die momenteel in Europa zat. Interessante afbeeldingen en beschrijvingen van Londen, Amsterdam en Berlijn – plaatsen die Joanna nooit zou zien.

Ze pakte haar Bijbel en las twee psalmen. Daarna overwoog ze Cora Jane wakker te gaan maken om haar maar meteen over Eben te vertellen, dan was het achter de rug. Maar omdat haar zusje zo gauw iets aan te merken had, was het mogelijk dat het nieuws van een *beau* die in een andere staat woonde de eerbied van de dag zou bederven, en Joanna besloot het niet te doen. *In elk geval niet vóór de kerk.*

CSS&CO

Uiteindelijk stelde Joanna haar gesprek met Cora Jane nog langer uit, omdat haar zus er niet voor in de juiste stemming scheen te zijn. *Misschien na de gezamenlijke maaltijd?* peinsde ze, terwijl ze met nicht Malinda in de kou stond te wachten om de kerk binnen te gaan. Bibberend stonden zij en mama en Cora Jane en haar grootmoeder van moeders kant, *Mammi* Sadie, samen met Salina en verscheidene schoonzussen in de rij met de rest van de vrouwen. Iedereen was warm ingepakt, de meesten hadden hun armen om zichzelf heen geslagen tegen de kou.

Verderop zag Joanna nicht Lena staan met haar moeder en twee jongere zussen. Lena glimlachte ondanks de ijzige kou. *Wat een gelukkige aanstaande bruid!*

Later, na de predikdienst, zocht Joanna Lena op en begroette haar hartelijk. Lena greep Joanna's gehandschoende handen vast en stond erop met haar om de schuur heen te lopen tot de tweede zitting zich aandiende.

In de kou slenterden ze samen weg. Wat een verschil met gisteren voor Lena. 'Je straalt gewoonweg,' merkte Joanna op, haar adem dreef in wolkjes voor haar. 'Je lijkt zelfs ontspannen.'

'Ben ik ook.' Lena toonde een brede lach. 'Vanwege jou.'

'*Ach*, dat weet ik niet, hoor.'

'Nou, ik wel!' Nicht Lena smoorde een giechel en viste een paar bankbiljetten uit haar tas. 'Hier is geld voor de stof van je jurk, voordat ik het vergeet.'

Joanna bedankte haar en nam het geld aan. Lena begon te beschrijven wat voor bijzondere traktaties haar moeder en vele tantes gingen maken voor het bruiloftsmaal bij de ouders van Lena thuis. Joanna wenste dat zij en Cora Jane weer zo ontspannen met elkaar konden praten. Wat was er gebeurd dat Cora Jane zo prikkelbaar was geworden? Ging het er echt alleen maar om dat Joanna bruidsmeisje was geweest?

Toen ze voor de tweede keer om de schuur heen kwamen, zag Joanna Cora Jane wandelen met nicht Ruthann, die ook deze week zou trouwen. Het was duidelijk dat het stel een vertrouwelijk gesprek voerde, dus Joanna en Lena snelden terug naar het huis, waar ze nicht Malinda hun hulp aanboden, ook al waren ze geen van beiden ingeroosterd voor keukencorvee.

'Volgende keer,' zei Malinda en bedankte hen. 'Gaan jullie maar *waerme* – opwarmen.' Ze wees naar de kachel en Joanna deed gewillig wat ze zei.

Uiteindelijk liep Lena weg om een praatje te gaan maken met haar grootmoeder, die genoot van de lichte maaltijd, en Joanna ging naar de met glas omheinde veranda om met een paar jonge nichtjes te praten. Ze vroeg zich af hoe het nieuws van haar *beau* uit Indiana bij elk meisje zou vallen. Wat zouden ze zeggen? Maar Joanna's ouders waren natuurlijk wel wijzer dan het rond te vertellen, ongetwijfeld wilden ze eerst eens zien hoe het bezoek verliep.

Zouden ze Eben aardig vinden?

Ze sloeg Cora Jane gade, die aan de andere kant van het erf nog steeds met nicht Ruthann stond te praten. Met een zucht vroeg Joanna zich af of haar zus zich netjes zou gedragen als Eben kwam. Of zou Cora Jane gewoon Cora Jane zijn en de boel *gut* bederven?

CঞৈৎৎO

Maandagmorgen, wasdag — *Weschdaag* — werkten Joanna, mama en Cora Jane samen met *Mammi* Sadie in het koude, maar zonnige weer om alle natte kleren om half acht aan de lijn te hebben.

Toen het werk gedaan was, snelde Joanna naar binnen om bij haar brooddeeg te kijken. Ze was van plan genoeg te bakken om te delen met haar grootouders en nicht Malinda. Ze liet lauw water over haar bijna bevroren handen lopen om het gevoel erin terug te krijgen. De natte kleren zouden straks zo stijf zijn als een plank op een dag als deze.

Toen het brood in de oven stond, begon Joanna op de keukentafel het patroon van haar jurk vast te spelden op de donkerrode stof. Ze kon zich niet heugen wanneer ze zo'n mooie jurk had bezeten. Ondanks de late uitnodiging was het toch wel erg leuk om een van Lena's bruidsmeisjes te zijn.

Op dat moment kwam Cora Jane de trap af en bood tot haar verrassing aan te helpen het patroon te knippen. 'Ik weet dat je haast hebt, *jah*?' zei ze.

Joanna glimlachte blij. 'Wat aardig van je. *Denki.*' Ze keek naar haar zus op. *Is dit een goed moment om te praten?*

'Een ongewone kleur voor de bruid en bruidsmeisjes, hè?' zei Cora Jane, terwijl ze haar handen over de stof liet glijden.

'Nicht Lena wilde iets anders dan de meeste bruiden hier in de buurt.'

'Dat kun je wel zien.'

'Volgens mij wordt ze een mooie bruid.'

'Voor jou is het ook een mooie kleur,' antwoordde Cora Jane. 'Met je blonde haar en zo.'

Blij dat ze weer eens samen met haar zusje aan het werk was, speldde Joanna de naden, verlangend om ze dicht te stikken op de trapnaaimachine. Het halsbeleg zou niet veel tijd kosten, noch de zoom. Lena had aangeboden die van-avond af te komen spelden.

Cora Jane begon met de hand de plooitjes in de mouwen te spelden, intussen een gezang neuriënd. Haar kennelijke opgewektheid gaf Joanna de moed die ze nodig had.

'Ik wil je iets vertellen,' begon ze.

Cora Jane keek op. 'O?'

'Ik heb iemand ontmoet.'

'Je leek me zo afwezig, dus ik vroeg het me al af.'

'Maar hij komt niet hier uit de buurt.'

Cora Jane fronste haar wenkbrauwen. 'Is dat niet riskant?'

'Niet echt.'

'O, oké... vertel eens wat meer.'

Joanna glimlachte. 'Nou, hij komt uit Indiana.'

'*Ach*, zo ver weg!'

'En hij komt aanstaande vrijdag op bezoek.'

'Je meent het!'

'Hij heet Eben Troyer... en hij wil kennismaken met pa en mama.'

'En de rest van de familie?' vroeg Cora Jane.

'Hij zal vast en zeker graag met iedereen kennismaken die op dat moment in de buurt is.'

Cora Jane was er even stil van. 'Je denkt er toch niet aan om daar te gaan wonen, hè... als je trouwt?'

'Ik veronderstel dat hij hierheen komt, als het zover is.'

'Nou, ik mag het hopen,' zei Cora Jane meevoelend. Ze trok rimpels in haar voorhoofd.

'Je moet je geen zorgen maken over mijn gelofte aan de kerk in Hickory Hollow, als je dat soms denkt.'

'Maar toch, stel dat hij wil dat je daarheen gaat, zoals sommige jongens in andere districten? Wat dan?' Er klonk een spoor van paniek in Cora Janes stem.

Joanna wilde er niet op ingaan; ze had het nog niet eens met Eben besproken. 'Ik neem het zoals het komt.' Ze zuchtte. 'Ik wilde alleen dat je het wist voordat hij komt.' Ze durfde niet te zeggen: *zodat je je netjes gedraagt.*

Cora Jane liep langzaam naar de ramen en keek naar buiten. 'Waar heb je die jongen ontmoet?'

'Van de zomer op de begrafenis.'

'Toen op Virginia Beach al?'

'*Jah.*'

Cora Jane keerde zich naar haar om. 'Waar we van plan waren om heel veel dingen samen te doen.'

'Alsjeblieft, Cora Jane...'

'Ik had me erop verheugd, hoor... maar jij verdween almaar.' Cora Jane trok een beschuldigend gezicht, haar mondhoeken gingen naar beneden. Een hele tijd keek Cora Jane haar alleen maar aan. Ze leek wel verdrietig. Ineens werden haar ogen vochtig, wat Joanna mateloos verbaasde. 'Nou, ik ga niet staan toekijken hoe die jongen jou hiervandaan haalt.'

Joanna stond perplex. 'Het is nooit mijn bedoeling geweest om je van streek te maken.'

Cora Jane pakte naald en draad en de mouw weer op. 'Ik hoop alleen dat je weet wat je doet. Ik heb de ansichtkaarten gezien van je moderne vriendin, die door heel Europa reist.'

'Amelia heeft niets te maken met mijn langeafstands*beau*,' verzekerde Joanna haar.

'Ik ben alleen benieuwd of je soms popelt om hier weg te gaan. Misschien heeft ze je lekker gemaakt voor de wereld.'

Joanna zei verder niets om de zorgen van haar zus te verlichten; Cora Jane kende haar toch wel beter! En ze had ook geen zin, nu Cora Jane zo bezorgd en verdrietig keek, om te zeggen hoe heerlijk het was geweest om al bijna vijf maanden brieven van Eben te krijgen.

Er viel een ongemakkelijke stilte tussen hen. 'Hoe ziet die jongen eruit?' vroeg Cora Jane eindelijk.

Eben was Joanna zeer dierbaar. Ze zou het niet kunnen verdragen als haar zus op iets van hem kritiek had. 'Ik heb nu echt geen zin om meer te vertellen, als je het niet erg vindt. Als je in de buurt blijft, zul je hem met je eigen ogen zien.'

'Schrijft hij je?'

Joanna beaamde het.

'Maar je hebt er nooit een woord over tegen me gezegd.' Cora Jane trok een grimas. 'Zo is het helemaal niet als vroeger. Ik weet echt niet wat ik moet zeggen.'

'Waarom zeg je niet gewoon dat je blij voor me bent?' Joanna voelde een steen in haar maag. 'Jij was toch bang dat ik nooit meer dan een bruidsmeisje zou zijn?'

'Ik *ben* blij. Hoezo?'

Ik zie er anders niets van. Joanna keek haar aan. 'Wat is er met ons gebeurd, zusje?' Haar onderlip trilde.

'Vertel jij dat maar!' Cora Jane gooide de mouw met naald en draad erin over de tafel en stormde de keuken uit.

Joanna kon haar ogen niet geloven. *Wil mijn eigen zus mijn kans op liefde en een huwelijk in de weg staan?*

6

Vandaag is de dag, dacht Eben. Hij was van plan tijdens het middagmaal met zijn ouders te praten. *Ze vermoeden toch wel dat er iets gaande is... al die brieven heen en weer.*

Hij beende over het besneeuwde erf naar de zijdeur, die uitkwam op de keuken. Ongetwijfeld zou zijn vader via de bijkeukendeur het huis binnenkomen, waar hij zijn werklaarzen zou uittrekken om mama's smetteloze keuken niet vies te maken. Eben bekeek zijn eigen laarzen ook zorgvuldig voordat hij het trapje naar de veranda op ging, hoewel hij vandaag niet lang treuzelde, want hij had zin in zwarte *Kaffi*. Eben trok zijn werkhandschoenen en zijn laarzen uit op de achterveranda, waar hij ze bij de deur liet staan. De aanlokkelijke geur van wasdagstoofpot dreef zijn neus binnen en op kousenvoeten liep hij regelrecht de warme en uitnodigende keuken binnen.

De ketel floot toen hij zijn handen waste en afdroogde aan de oude handdoek die mama voor pa en hem apart hield. Hij zag haar zachtjes glimlachen, alsof ze vermoedde wat er de reden van was dat hij de korte weg de keuken in had genomen. Mama knikte en goot kokend water in een koffiebeker, die ze naar de tafel bracht. Eben had nooit moeilijk gedaan over verse koffie of instant, dat maakte hem niet uit. Hij was gewoon blij met het warme opkikkertje op zo'n koude ochtend.

Toen pa verscheen, hervond Eben zijn stem. Het was de hoogste tijd om door te zetten en hun te vertellen over het meisje dat in Lancaster County woonde. De knappe Joanna Kurtz was het liefste meisje dat hij ooit had gekend.

Pa keek naar zijn stoel aan het hoofd van de tafel en kuierde ernaartoe om te gaan zitten. Eben hoorde zijn vaders maag rammelen terwijl ze wachtten tot de maaltijd werd opgediend. Het water liep hem in de mond bij de gedachte aan de dikke brokken rundvlees gemengd met aardappels, maïs en bonen. Maar hij bleef met zijn handen gevouwen onder de tafel op de plek van zijn jongste broer zitten, links van hun vader. De houten bank naast hem was onder de tafel geschoven en wachtte plichtsgetrouw tot een grotere familiebijeenkomst. Het was mama's idee geweest om Eben de stevige stoel te geven, net zo een als die van pa.

Nadat Leroy vertrokken was om de wereld in te gaan.

Eben herinnerde zich de emotionele ravage nog goed die de opstandigheid van zijn broer in de hele familie had aangericht. En omdat Leroy's besluit om weg te gaan nog steeds heel pijnlijk was, had Eben er zo lang mee gewacht om zijn belangstelling voor Joanna uit Hickory Hollow aan zijn ouders mede te delen. Het leek natuurlijk in de verste verte niet op de manier waarop Leroy was vertrokken. Maar pa en mama zouden toch diep getroffen zijn door Ebens bekendmaking van vandaag.

୧୫ଓଏ

'Een meisje in Pennsylvania, zeg je?' antwoordde zijn vader. Sputterend legde hij zijn lepel neer.

Eben legde uit waar en hoe ze kennis hadden gemaakt. 'Het leek wel voorbestemd.'

Pa's bruine ogen werden ineens ernstig. 'Ik neem aan dat je haar hiernaartoe haalt om hier te komen wonen als je getrouwd bent.' Hij zweeg even. '*Als* je trouwt.'

'Ik weet niet wat Joanna daarvan zal vinden.' Eben had het er nooit met haar over gehad, hij wist hoe moeilijk het een paar jaar geleden voor een van zijn nichtjes was geweest om helemaal naar Wisconsin te verhuizen. En ook uit haar brieven bleek duidelijk dat Joanna erg gehecht was aan Hickory Hollow.

'We verheugen ons erop haar te ontmoeten,' zei mama en pa beaamde het met een krampachtige knik.

'Jullie krijgen Joanna te zien voordat we trouwen,' verzekerde hij hun. Hij besefte heel goed dat zijn vaders ernstige en bezorgde blik er alles mee te maken had dat Eben zijn voorlopige partner was in het besturen van de boerderij. 'Ik hoop natuurlijk dat eerst Leroy terugkomt.'

'*Jah*, daar blijven we allemaal nog op hopen,' zei mama.

Pa keek mama streng aan en wendde zich weer tot Eben. 'Je weet natuurlijk wel dat jij en je bruid hier zullen moeten komen wonen als Leroy niet naar huis terugkomt. Je moeder en ik zijn afhankelijk van je, jongen.'

Precies datgene wat Eben 's nachts uit de slaap hield, kwam hem opnieuw kwellen en hij zei niets meer terwijl hij over de uitspraak van zijn vader nadacht.

☙❧

Die middag werkten Joanna en *Mammi* Sadie samen om de was binnen te halen en op te vouwen. Ze slaagde er ook in de donkerrode jurk af te maken, op het zomen na. Vanwege dat laatste was ze niet beschikbaar om mama te helpen vroeg aan de avondmaaltijd te beginnen, zoals ze gewoonlijk deed. Vanavond aten ze een ovenschotel van kalkoen, beboterde eiernoedels en champignonsoep – een lievelingsgerecht van haar vader en Cora Jane.

50

Dankbaar voor een korte pauze in haar dagelijkse programma overwoog Joanna even naar Rachel Stoltzfus te rennen voordat ze de tafel ging dekken voor mama.

'Het ziet ernaaruit dat Cora Jane ertussenuit geknepen is,' merkte mama op met een merkwaardige blik op Joanna, toen die de keuken binnenkwam nadat ze de jurk had weggehangen.

'Ze zal wel boos zijn op mij.'

'Wat is er dan?'

'Ik heb haar verteld over Ebens bezoek.'

Joanna zag aan de glimp van herkenning in mama's ogen dat pa haar had ingelicht.

'Nou, ik zou denken dat ze blij voor je moest zijn.'

Joanna knikte. 'Als u het niet erg vindt, ga ik even naar Rachel om te vragen of Eben een nachtje bij hen mag logeren. Goed?'

'Daar zal hij het *gut* hebben.'

'Ik ben zo terug,' zei Joanna. Ze ging haar laarzen en jas aantrekken voor de oversteek door het besneeuwde veld.

'Als je Cora Jane ergens ziet, zeg dan dat ze naar huis moet komen,' zei mama, terwijl ze Joanna achternaliep naar de bijkeuken. 'Ze moet wijzer wezen dan zo woedend te worden.'

Mama is het ook zat! dacht Joanna, terwijl ze zich een weg zocht over de opgewaaide sneeuw. Ze wikkelde haar sjaal strakker om zich heen om haar gezicht te beschermen tegen de felle kou. 'Hoelang zou het duren voordat het nieuws over Eben en mij verspreid wordt?' fluisterde ze. Haar kostbare geheim was zo lang veilig geweest. Ze huiverde bij de gedachte dat bijna de hele Gemeenschap van Eenvoud van haar zaken af zou weten; de cocon waarin hun liefde was gegroeid, was haar dierbaar. Maar dat was de prijs die je betaalde als je verderging met een romance in het echte leven. Er was niets sprookjesachtigs aan! Maar hoe moeilijk het ook was om hun relatie bloot te stellen aan de kritische blikken van anderen, Joanna was natuurlijk blij dat Eben er kennelijk aan toe was om ernst te maken met hun verkering. *Net als ik...*

Er verschenen plekjes blauw tussen de hoge bewolking en ze wenste dat Eben haar kwam opzoeken als het warmer was. Natuurlijk waren er ook in november wel interessante dingen om te doen. Met al die kou die ze hadden gehad, konden ze misschien zelfs wel gaan schaatsen op de vijver van Samuel Lapp.

De boerderij van Stoltzfus kwam in zicht en ze snelde naar de oprijlaan. Toen bedacht ze dat het misschien beter was om niet te gretig over te komen als ze Rachel begroette en vlug trok Joanna een effen gezicht. Het was niet wijs om Rachel meteen te laten raden wie Eben voor haar was. Ze liep om naar de zijdeur, draaide haar hoofd uit de wind en klopte aan.

'Lieve help! Hallo,' begroette Rachel haar. 'Wil je niet binnenkomen?'

'Hallo, Rachel.' Joanna liep haar achterna naar de keuken, waar verrukkelijke etensgeuren hingen.

'Wat brengt je hierheen in dit weer?' Rachels gezicht was vuurrood van het bakken en braden boven haar houtfornuis. Ze was een van het handjevol vrouwen in de streek die nog steeds op de oude manier kookten.

'Neem me niet kwalijk dat ik zo vlak voor het eten kom binnenvallen,' zei Joanna. 'Ik wilde je een gunst vragen.'

'Natuurlijk... wat je maar wilt.'

'We krijgen aanstaande vrijdag bezoek van buiten de stad... en ik vroeg me af of hij 's nachts bij jullie mag logeren.'

Rachel keek Joanna strak aan, een spoor van een glimlach speelde om haar mondhoeken. 'Ja, hoor, we zullen je gast voor je ontvangen, Joanna.'

'*Denki* heel hartelijk.'

Rachels nieuwsgierigheid was duidelijk te zien aan haar opgetrokken wenkbrauwen. 'Is het iemand die we kennen?'

Joanna vermoedde dat ze hier niet wegkwam zonder een paar kleinigheden los te laten. Dus ze deed haar best om Rachel tevreden te stellen zonder ronduit te zeggen dat Eben Troyer haar *beau* was.

'Je kunt er zeker van zijn dat we Eben *gut* zullen behandelen,' zei Rachel met een knik.

'Hij zal de maaltijden uiteraard bij ons gebruiken. Daar hoef je geen moeite voor te doen.'

'O, het is geen moeite… maar wat je wilt.' Een glimlach verspreidde zich over Rachels gezicht. 'We verheugen ons erop om je vriend te ontmoeten.'

Ze kijkt er regelrecht doorheen! dacht Joanna toen ze zich omdraaide om weg te gaan. *Net zoals iedereen straks.* Toch moest ze erop vertrouwen dat alles goed ging.

Met een onzeker gevoel trok Joanna haar oude wollen jas strak om zich heen en begaf zich haastig terug naar het huis van haar vader.

7

Na het avondeten arriveerde nicht Lena om de zoom van de bruidsmeisjesjurk af te spelden, zoals ze beloofd had. Joanna stond als een standbeeld op een kruk midden in de keuken, terwijl mama vrolijk toekeek vanaf het hoofd van de tafel, waar ze zelden zat.

Intussen babbelde Lena aan één stuk door over de vele familieleden die naar de stad kwamen voor de bruiloft – een paar uit de buurt van Somerset en anderen uit de staat New York, van bij de Finger Lakes. Het waren allemaal volle of achterneven en -nichten van Lena's moeder of vader en ze hadden een geschreven uitnodiging ontvangen.

'Dan is het ook aardig om een paar van mijn eigen achterneven en -nichten te ontmoeten,' zei mama en ze zette de stamboom in beter perspectief voor Joanna.

'Zijn dat dan achterneven en -nichten van Lena die verhuisd zijn?'

Mama bevestigde het. 'En van jou ook.'

Toen de zoom precies was afgespeld, stond Lena erop hem thuis voor Joanna te naaien en ze vroeg of het goed was dat ze de jurk meenam. 'Ik zal hem ook heel netjes voor je strijken.' Haar ogen twinkelden vrolijk.

Joanna vond dat Lena een beetje overdreef. 'Het is jouw bruiloft, nota bene!'

Maar na een korte woordenwisseling begreep Joanna dat Lena niet van gedachten zou veranderen; er viel niets anders te doen dan haar haar zin te geven. Joanna ging naar de badkamer om voorzichtig uit haar nieuwe jurk te stappen en daarna vouwde ze hem netjes op. Ze trok haar werkjurk weer aan en nam de mooie donkerrode mee naar de keuken, waar ze toekeek hoe Lena hem in haar rieten mand stopte. 'Dan kom ik hem woensdagmiddag ophalen. Is dat goed?'

'Ja, hoor,' zei Lena, en ze liep naar de houten haken in de bijkeuken waar ze haar jas en sjaal had opgehangen. Toen was ze ineens klaar om te gaan. '*Denki* heel hartelijk, Joanna!' En ze was de achterdeur uit naar het wachtende paard en rijtuig.

'Nou, ik heb mijn best gedaan om haar over te halen mij de zoom af te laten maken,' zei Joanna en ging bij mama aan tafel zitten.

'Dat is een bruid met een eigen willetje, geloof ik.' Mama lachte zacht en keek naar Cora Jane, die met haar rug naar hen toe aan het aanrecht stond. 'Zulke trekjes zitten in de familie.'

Joanna begreep wat ze bedoelde en rolde met haar ogen.

'Hoe ging het bij Abe en Rachel?' begon mama over iets anders.

'Alles is afgesproken.'

'Heel aardig van Rachel,' zei mama nogal cryptisch.

Joanna lachte kort en beaamde het. 'Ze doet het voor u, hoor, mama. Voor haar *gute* vriendin.'

Mama zei dat dat wel waar kon zijn. 'Maar toch, Rachel moet erg blij voor je zijn... net als ik.' Mama keek weer naar Cora Jane, alsof ze verwachtte dat haar jongste nu iets aardigs zou zeggen.

'Nou, ik kan haast niet wachten tot u hem ontmoet,' antwoordde Joanna.

Daarop ging Cora Jane de kamer uit.

Mama wachtte even tot ze weg was voordat ze zei: 'Volgens mij heeft ze het moeilijk. Maar ik weet niet goed waarom.'

'Misschien had ik niet zo lang moeten wachten voordat ik haar over Eben vertelde.'

Mama haalde haar schouders op. 'Je moet jezelf de schuld niet geven. Sommige mensen zijn nu eenmaal humeurig van aard.'

'Het komt en gaat als de wind, *jah?*'

Mama zuchtte met haar hoofd in haar handen. 'Misschien is het maar beter als je zus er vrijdag niet is, zoals ze gedreigd heeft.'

'Heeft ze dat gezegd?'

Mama knikte. 'Het zou zo jammer zijn als ze de boel voor je bedierf met haar gedrag.'

'Tja, Eben komt uit een groot gezin, dus hij zal vast weleens een *schniekich* – lastige – zus zijn tegengekomen.'

'Ik hoop maar dat ze eroverheen groeit, wat het ook is dat haar mankeert,' voegde mama eraan toe.

Of gewoon een beetje volwassen wordt, dacht Joanna.

C3 80

Woensdag waren Joanna, haar moeder en Cora Jane de hele dag bezig het interieur van het huis een poetsbeurt te geven, alsof ze de predikdienst moesten huisvesten. De dag ervoor hadden ze alle lappenkleedjes gewassen.

Joanna ergerde zich aan Cora Janes overduidelijke min-achting voor de inspanningen om het huis smetteloos te maken. Ze werkte langzaam en onwillig; mama moest haar zelfs naar een paar kamers terugsturen om opnieuw af te stoffen of te dweilen. Mama was streng, maar alles bij elkaar geno-men wel geduldig, zoals een moeder omgaat met een kind. Joanna was dankbaar voor het voorbeeld van haar moeder en besloot zich niet door het chagrijnige gedrag van haar zus uit het veld te laten slaan, terwijl haar binnenkort zoveel geluk wachtte.

⸙

De volgende dag stond Joanna vroeg op om ruimschoots op tijd bij Lena te zijn om de bruid steun te bieden. Joanna bood aan Lena's lange blonde haar te borstelen, terwijl het andere bruidsmeisje, Mary Ruth Beiler, Lena's schort van witte organdie nog één laatste keer streek.

Joanna dacht aan nicht Malinda's zenuwinzinking voor de trouwdienst en glimlachte bij zichzelf. Bij *deze* bruid geen spoor van tranen. Nee, Lena leek te popelen om de bruiloft door te zetten.

Door het raam zag Joanna Salina arriveren met haar man Noah. Ze vroeg zich af of Salina naar Lena's trouwerij was gekomen als Joanna niet een van de bruidsmeisjes was geweest. Toch was het fijn om te zien hoe mooi Noah en zij zich voor de gelegenheid gekleed hadden. Ze vond het prachtig dat ze nog steeds zo liefdevol naar elkaar keken.

Uren later, toen het bruiloftsmaal in volle gang was, merkte Joanna op welke jonge stelletjes aanwezig waren. Hoe mooi de bruiloftstafel ook was, Joanna kon haast niet wachten om naar huis te gaan. Morgen kwam Eben.

Ze was blij dat pa en mama waren gekomen, wat betekende dat Cora Jane ergens in de buurt moest zijn. Maar omdat Gideon Zook kennelijk niet uitgenodigd was, moest haar zus boven haar toevlucht hebben gezocht om zich met de andere nichtjes te vermaken. Joanna gaf het niet graag toe, maar ze voelde zich op dit moment beter op haar gemak als haar zus in een andere kamer zat.

⸙

Pas veel later, na de avondzang, liepen Joanna en Cora Jane samen naar huis. Het was voor het eerst dat ze alleen waren sinds Joanna haar over Ebens bezoek had verteld en Joanna was er tevreden mee dat ze een heel eind zwijgend aflegden.

Toen mompelde Cora Jane ineens iets over Joanna, dat ze het lot tartte. 'Je speelt hoog spel, zus.'

'Zo zie ik het niet.'

'Nou, hoe zie *jij* het dan?'

Joanna haalde diep adem en voelde de ijskoude lucht in haar longen snijden. 'Het gaat eigenlijk om geloven.'

'Dat er iemand met je wil trouwen?'

'Niet zomaar iemand.' Ze zuchtte. *Zal ik het zeggen?*

'Dus je *beau* komt om je ten huwelijk te vragen, is dat wat je denkt?'

'Dat doen jongens meestal nadat ze zo lang met een meisje hebben geschreven.' Ze had niets meer onthuld dan de waarheid.

'Oké, misschien doet hij dat ook wel... maar vergeet niet dat hij je voor altijd weg kan halen uit Hickory Hollow!' Cora Jane klonk gekwetst. Echt gekwetst. En Joanna wist niets te zeggen.

'Hij heeft je tenslotte al eens eerder van me afgepakt: je hebt nooit uitgelegd waarom je steeds weg was toen we in Virginia Beach waren, hoor.' Haar zus zweeg even.

Joanna schudde haar hoofd. 'Ik had niet door dat je op mij rekende, Cora Jane... je leek plezier genoeg te hebben met onze nichten. Eerlijk waar, ik had niet in de gaten dat ik gemist zou worden.'

'Dan weet je het nu.'

Cora Janes toon was bitter en Joanna kon zich er niet toe zetten om haar excuus aan te bieden. Veel oudere zussen hielden romantische zaken voor zich tot de eigenlijke verloving voor de deur stond. Alleen dat Cora Jane zelf altijd zo open was geweest over jongens wilde niet zeggen dat Joanna ook zo moest zijn... zeker terwijl zo weinig jongens door de jaren heen belangstelling voor haar hadden gehad. *En ook wilde ik niet dat Cora Jane iets tussen Eben en mij kapotmaakte terwijl we elkaar net ontmoet hadden,* dacht ze. Nu haar zus zich er zo druk over maakte dat hij uit Indiana kwam, dacht Joanna niet dat ze dat verkeerd had gezien.

Cora Jane maakte wat meer tempo en zei niets meer. En Joanna paste zich weer aan haar aan.

8

Joanna lag die avond tot laat te woelen en te draaien, ze kon niet slapen. Ze was zo opgewonden over morgen, maar ook bezorgd. Ze sprak een stil gebed uit tot God, Hij alleen zag haar gekwelde hart. Als Cora Jane maar niet had geweigerd begrip op te brengen voor haar behoefte om Ebens genegenheid geheim te houden. Dit was per slot van rekening Joanna's eerste en enige liefde. *Waarom kan Cora Jane dat niet begrijpen?*

Het maanlicht kroop onder de donkere rolgordijnen door en speelde over de brede vloerplanken. Kon Cora Jane vanavond soms ook niet slapen? Joanna was te uitgeput om de gang over te steken om te kijken.

Uiteindelijk viel ze in slaap, maar ze sliep onrustig.

Uren later, toen het eindelijk tijd was om op te staan, liep ze op haar tenen naar de kamer van Cora Jane, in de verwachting dat die ook net wakker werd. Maar het bed was keurig opgemaakt en ze was nergens te zien. *Wat is dit?* Joanna klemde haar handen ineen. Waar was haar zus op dit vroege uur naartoe verdwenen? Had ze haar dreigement om te vertrekken al uitgevoerd?

Ook aan de ontbijttafel verscheen Cora Jane niet en toen Joanna mama vroeg waar ze heen kon zijn, schudde haar moeder ontzet haar hoofd. Pa sloeg vluchtig zijn ogen naar mama op en at toen verder van zijn eieren en bacon.

Ze komt wel terug als Eben naar huis gaat, meende Joanna zeker te weten.

Toen de vaat was gedaan en de keuken opgeruimd, kleedde Joanna zich warm aan en snelde naar buiten om de beide tuigpaarden te borstelen en roskammen. Welk paard zouden Eben en zij later gebruiken? Ze had veel zin om hem Hickory Hollow te laten zien en hoopte dat ook hij zou vallen voor de innemende charmes van het stadje. Ze kamde de dikke donkere manen en staart van de paarden tot ze prachtig glad waren.

Toen ze tevreden vaststelde dat ze uitzonderlijk netjes verzorgd waren, zette ze samen met haar vader het tuig in de olie. Hoewel pa zweeg over het onderwerp van Ebens bezoek, betrapte ze hem wel een paar keer op peinzende blikken op haar. Ook had hij de tijd genomen om zijn werklaarzen schoon te maken en hij droeg een van zijn betere zwarte vilthoeden in plaats van de oude grijze gebreide die hij in deze tijd van het jaar gewoonlijk droeg rondom de boerderij.

Het was weliswaar niet mogelijk dat Eben voor vier uur zou arriveren, maar vanaf halverwege de ochtend merkte Joanna dat ze naar hem uit begon te kijken. Ze wilde in alle opzichten volkomen voorbereid zijn. Toen ze tevreden vaststelde dat alles tiptop was, ging ze zich baden en kleden in haar mooiste blauwe jurk met bijpassend schort. Ze depte een beetje licht parfum achter haar oren en op haar polsen. Toen liep ze het huis door en bekeek kritisch de kamers beneden, probeerde die zo goed mogelijk door Ebens ogen te zien.

Een paar minuten later kwam *Mammi* Sadie langs, met samengeknepen lippen. 'Het schijnt dat Cora Jane van huis is weggelopen,' mopperde ze.

'Ik weet het,' zei Joanna en bood haar grootmoeder een stoel vlak bij de kachel. 'Ze is boos.'

'Joanna's *beau* komt uit Indiana,' legde mama uit.

Mammi Sadies ogen lichtten op. Ze keek Joanna vorsend aan. 'Dus het is waar wat Cora Jane zegt.'

'Heeft Cora Jane het verteld?'

'O… zo veel zussen praten hun mond voorbij, vooral over zulk opwindend nieuws, liefje.'

Joanna wist niet wat ze ervan moest denken.

Algauw had *Mammi* Sadie haar weer aan de praat en vlug bracht Joanna haar op de hoogte van wat er de afgelopen zomer op het strand gebeurd was.

'O, wat heerlijk!' *Mammi* keek haar aan als een spinnende moederpoes haar jonkie. 'Vandaag? Komt je *beau* echt vandaag?'

Joanna beaamde het, maar ze wilde meer weten over Cora Jane. 'Weet u waar mijn zus naartoe is?'

'Jazeker. Ze zit bij mij in de keuken mij het huis uit te sikkeneuren.'

'*Ach*, toch.' Mama's schouders ontspanden zich zichtbaar. '*Gut*.'

'Komt ze gauw terug?' vroeg Joanna.

'Ze is in een verschrikkelijke stemming. Dus ik durfde het niet te vragen,' zei *Mammi* Sadie.

'Nou, houd u haar dan maar daar.' Mama keek Joanna veelzeggend aan. 'We kunnen vandaag geen gezeur hebben.'

Mama wil Eben niet afschrikken, zo zit het! Joanna moest er een beetje om lachen toen ze merkte hoeveel zijn bezoek voor haar moeder en grootmoeder scheen te betekenen.

'Zeg maar tegen Cora Jane dat ze welkom is om vanavond bij ons te komen eten, als ze wil,' bood Joanna aan.

Mama schudde haar hoofd. 'Vind je dat echt een *schmaert* idee?'

Joanna dacht even na. 'Tja, ik wil haar niet buitensluiten.'

'Het lijkt mij dat ze dat zichzelf aandoet, hè?' zei *Mammi*

Sadie, terwijl ze de hete koffie aannam die mama haar aanbood.

'*Jah*, het is beter om haar met rust te laten,' zei mama kordaat.

'Goed dan.' Puur uit gewoonte keek Joanna uit het raam. 'Houdt u Cora Jane dan maar bezig.'

'O, dat zal ik zeker doen,' beaamde *Mammi* Sadie. 'Er is meer dan genoeg verstelwerk en zo dat gedaan moet worden.'

Dat zal ze vast wel leuk vinden… Joanna trok een grimas om haar zus, toen schonk ze zich heet water in voor thee en liep naar de voorkamer om *Mammi* en mama alleen te laten praten. Ze ging voor het raam staan dat op de weg uitkeek en tuurde naar buiten. Zware grijze wolken waren binnengeschoven en tere vlokken zweefden door de lucht als stukjes uienschil. Ze hoopte dat het ophield met sneeuwen als Eben aankwam, zodat ze een ritje door Hickory Hollow konden maken, maar ze wilde niet voorschrijven wat voor activiteiten ze zouden ondernemen. Het was aan hem wat ze gingen doen, ook al was hij hun gast.

Als Cora Jane zich nu maar wilde gedragen en ophield met in stilte lawaai te schoppen!

⊂ॐ⊃

Om vijf uur had Joanna bijna de moed opgegeven dat Eben op tijd zou zijn voor haar verrukkelijke maaltijd. Ze was de broodjes die mama en zij met zoveel zorg hadden gemaakt aan het opwarmen toen ze haar moeder een kreetje hoorde slaken.

Joanna keek om en zag een grote gele taxi stoppen bij het begin van de oprijlaan. '*Ach*, hij is er… Eben is er!'

Mama stond op en liep naar het raam, terwijl ze haar schort gladstreek. 'Inderdaad.'

'Bent u ook zenuwachtig, mama?'

Ze lachten, herkenden elkaars nervositeit en Joanna keek haar strak in de ogen.

'O, mama, bid dat er niets misloopt.' Joanna prutste aan haar haar en streek haar middenscheiding glad.

'Wat kan er misgaan?'

Daar durfde Joanna niet over na te denken. In plaats daarvan vroeg ze: 'Zie ik er presentabel uit?'

'Best, kind. Je ziet er prima uit.' Haar moeder glimlachte en wuifde haar naar de deur. 'Ga nu maar. Begroet je *beau*.'

Met bonzend hart en ademloos liep Joanna naar de deur. Alleen in haar verhalen had ze ooit zo'n ogenblik meegemaakt. Pure romantische fantasie...

Joanna zag Eben over de laan aan komen lopen, met een grote zware plunjezak bij zich. Hij droeg een zwarte geklede jas en een zwarte vilthoed, alsof hij naar de zondagse kerkdienst ging. Alles wees erop dat hij achterom zou komen, zoals iedereen deed in Hickory Hollow. En o, wat zag hij er knap uit!

Joanna zette zich langzaam in beweging om hem te begroeten en zag blij dat de rij jassen en laarzen nog steeds netjes was nadat ze vanmorgen had opgeruimd. *Een wonder!* Nu stond ze een meter van de dichte deur en staarde er strak naar, boorde er bijna een gat in van verwachting terwijl ze wachtte tot er aangeklopt werd.

CB&O

's Middags was steeds dikkere bewolking binnengedreven, die het gebied van elke kleur beroofde. De weersverandering had zich pas voorgedaan toen Eben aankwam in Lancaster. Joanna's Hickory Hollow was bleekgrijs onder de halfdonkere lucht toen hij de taxichauffeur betaalde en naar het huis van de familie Kurtz liep. Voor alle zekerheid had hij het adres twee keer gecontroleerd. Eindelijk was de dag waarop hij had gewacht gekomen.

Eben nam de goed onderhouden, oudere boerderij in zich op, die leek op de woning van zijn eigen vader. De hekken om de paardenkraal waren pas gewit en iemand had nog maar net het lange pad dat omliep naar de achterdeur geveegd, waar hij dacht dat hij moest aankloppen. Zou Joanna zelf opendoen? En hoe zou ze hem dan begroeten?

Ontspan je, zei Eben tegen zichzelf. *Dit is het meisje dat je elke week een brief schrijft.*

De herinnering was bemoedigend. En nu was het ogenblik gekomen. Hij richtte zich hoog op, drukte zijn voeten tegen elkaar en haalde diep adem. *O God, zegen deze tijd met mijn lieve meisje,* bad hij.

Hij hief zijn hand en klopte op de achterdeur. Het klonk zelfverzekerd, zelfs in zijn eigen oren.

9

Joanna opende de achterdeur en daar stond haar *beau*, met een brede glimlach op zijn gezicht.

'*Willkumm*, Eben.' Meer was ze nooit van plan geweest.

'Hallo, Joanna… het is heerlijk om je weer te zien.'

'Jou ook.' Haar wangen werden warm door zijn woorden. 'Kom binnen.' Ze opende de deur wijder.

'Het is hier wel erg koud, hè?' merkte hij op, terwijl hij zijn laarzen uittrok.

'*Jah*, het is koud,' zei ze. 'Was het vanmorgen in Shipshewana ook zo winters?'

'Niet half zo koud, en het was ontzettend vroeg toen ik vertrok.' Hij schudde nog steeds glimlachend zijn hoofd. 'De chauffeur zei dat jullie hier misschien een grote sneeuwstorm kregen.'

Joanna nam hem mee door de bijkeuken naar de keuken. Nu ze hem weer zag en het heerlijke gevoel van verbondenheid tussen hen voelde, wenste ze dat ze dagenlang ingesneeuwd zouden raken.

Toen schoot haar te binnen dat haar moeder vlakbij was en Joanna stelde haar voor. 'Eben, dit is mijn moeder Rhoda Kurtz.'

Eben zette zijn plunjezak neer en gaf haar een hand. '*Denki* dat ik uw dochter mag bezoeken.'

Mama's ogen glommen goedkeurend. 'Ik neem aan dat het een lange dag voor je is geweest.' Ze stond op en liep naar het fornuis. 'Wil je iets warms drinken? Koffie, thee… chocolade?'

Eben wilde koffie en Joanna bood aan zijn jas en hoed op te hangen en hij gaf ze aan haar. Ze wilde naar de bijkeuken gaan, maar bedacht zich. Ebens overkleding diende ergens anders te worden opgeborgen. Ze zagen er zo mooi uit... en nieuw. Hij had zich toch niet speciaal voor haar zo uitgesloofd!?

Joanna glipte naar de zitkamer en hing Ebens jas daar op. Toen ze terugkwam, zaten Eben en mama vrijuit te praten en even speet het haar dat Cora Jane er niet bij was om ook kennis met hem te maken.

'Mijn man is nog in de schuur, maar hij komt zo,' zei mama.

Uiteindelijk liet Joanna Eben binnen in de zitkamer. Ze wist wel dat mama het niet erg vond om de tafel te dekken en het eten voor hen vieren op tafel te zetten. Joanna had er zo van genoten de speciale maaltijd klaar te maken, verrukkelijke recepten die al generaties lang in de familie waren: een ovenschotel en Hickory Hollow-salade. Het toetje was citroentaart, die ze heerlijk vond om te maken en op te eten.

'Ik vind het fijn dat je mijn vader straks ontmoet,' zei Joanna toen ze gingen zitten. 'Maar een kleine waarschuwing: hij is zwijgzaam. Hij zegt nooit veel.'

'Aha, zulke ooms heb ik ook.' Hij lachte een beetje. 'Na een tijdje kom je er zo'n beetje achter wat ze denken.'

'Dat klopt precies.'

Eben glimlachte naar haar en boog zich licht naar voren. 'Je bent nog knapper dan toen ik je voor het eerst ontmoette, Joanna.'

Ze boog haar hoofd. '*Ach*, Eben...'

'Echt waar,' zei hij, terwijl hij haar hand pakte. 'Laten we na het eten een eindje gaan rijden... alleen wij met z'n tweetjes.'

Ze stemde toe, ze kon haar blik niet losmaken van de zijne.

'We zullen het reuze naar onze zin hebben,' zei hij.

Dat wist ze. Lieve help, ze kende de omgeving als haar eigen schortzak!

Toen ze mama hoorde in de keuken liet ze zijn hand los en drukte haar rug weer tegen de stoelleuning.

Eben gaf haar een knipoog voordat hij om zich heen keek, terwijl hij zijn handen liet rusten op de gestoffeerde armleuningen van mama's lievelingsstoel. 'Een mooi plekje, *jah*?' Hij keek naar de hoekramen.

'Mama zit hier, waar het licht naar binnen valt, graag in de Bijbel te lezen.'

Hij pakte een tijdschrift op met de titel *Tijdschrift voor dames: inspiratie en bemoediging door gelovige vrouwen.* Hij bladerde erin en stopte bij een bepaalde bladzijde. 'Moet je dit zien… een artikel over natuurlijk tuinieren.'

Joanna boog zich naar hem toe.

'Er staat welke insecten je nodig hebt in een gezonde tuin. Wat zeg je me daarvan?'

Ze lachte teder en hij begon uit het artikel voor te lezen. 'Hoor maar: Zweefvliegen en bronswespen bestrijden bladluis, motluis en stinkwants… o, en zelfs sprinkhanen in schildzaad.' Hij keek haar aan. 'Telen jullie schildzaad?'

'In de late lente, *jah.*' Ze vond het opmerkelijk hoe ontspannen en vertrouwd ze met elkaar waren. 'Mag ik dat artikel eens zien?'

Hij overhandigde haar het tijdschrift en hield het open. 'Het lijkt mij dat mannen dit ook wel leuk zouden vinden. Mijn vader in elk geval wel,' voegde hij eraan toe. 'Maar hij leest niet veel. Voornamelijk in de Bijbel.'

'Net als de mijne. Maar hij leest trouw *The Budget* en de *Farmers' Almanac* – alleen niet in die volgorde.'

Een paar minuten later riep mama zachtjes of ze kwamen

eten, maar zonder de kamer binnen te komen, uit respect voor hun privacy. Ze stonden op en liepen de keuken binnen op het moment dat Joanna's vader binnenkwam door de achterdeur.

Mag het eten alstublieft goed gaan, bad Joanna.

Ze kon haast niet wachten om de maaltijd te delen met Eben. Maar toen ging de achterdeur weer open en Cora Jane stapte binnen, alsof ze nooit weg was geweest.

Ineens drong het tot Joanna door dat mama de tafel maar voor vier had gedekt en ze haastte zich naar de kast om een bord voor Cora Jane te pakken. Haar zus moest niet denken dat ze niet gewenst was, niet nu ze de hele dag hiernaast bij *Mammi* Sadie had gezeten, ongetwijfeld smorend in haar eigen vet.

Maar Cora Jane ving Joanna's blik precies op dat moment en zag wat ze deed. Ze trok een wenkbrauw op toen Joanna het bord op tafel zette en er bestek naast legde. *Nu ontploft ze natuurlijk weer!*

Toen pa de keuken binnenkwam nadat hij zich had opgefrist, wist Joanna niet aan wie ze Eben het eerst moest voorstellen. Maar haar zus toonde de meeste belangstelling, ze stond midden in de keuken en probeerde niet al te opvallend naar Joanna's *beau* te kijken.

'Cora Jane, mag ik je voorstellen: Eben Troyer uit Shipshewana,' zei Joanna toen ze haar stem weer gevonden had. 'Eben, dit is mijn zus Cora Jane.'

'Hallo.' Eben stak zijn hand uit, die ze met een vriendelijke glimlach drukte. 'Prettig jou en je familie eindelijk te ontmoeten… en een gezicht bij een naam te krijgen.'

'*Willkumm* in Hickory Hollow,' zei Cora Jane en ze keek weer naar de tafel. Ze liep naar haar gewone plaats links van pa, die zijn handen afdroogde en nu om Ebens plunjezak heen naar het hoofd van de tafel slenterde zonder iets te zeggen.

'Pa, dit is mijn vriend… Eben Troyer,' zei Joanna en wachtte gespannen af wat hij zou zeggen.

Haar vader zei vriendelijk gedag en stak zijn hand naar Eben uit.

'*Gut* u te ontmoeten.'

'Zeg maar Nate,' zei pa, terwijl hij zijn plaats innam. 'Dat is best.'

Cora Jane probeerde een grijns te onderdrukken, maar dat lukte niet. Als op eieren liep Joanna om de tafel heen om links van mama te gaan zitten, naast Eben met Cora Jane tegenover haar.

Dus de tafelschikking was uit verhouding, anders dan wat Joanna zich had voorgesteld zonder haar zus erbij. Cora Jane had in elk geval wat respect getoond en was thuisgekomen om kennis te maken met Eben. Maar Joanna was er nog niet erg van overtuigd dat dat zo gunstig was.

☙❧

Eben vond de onuitgesproken interactie tussen Joanna en haar jongere zus merkwaardig. Er was beslist een onderstroom van spanning tussen hen. Toch had Joanna in haar brieven niet veel gesproken over Cora Jane of over haar oudere, getrouwde broers en zussen, die allemaal twee of meer kinderen hadden. Ze had voornamelijk geschreven over de zus die Salina heette en haar 'drie S'en', zoals Joanna haar neefje en twee nichtjes noemde. En Joanna had ook verteld over een *Englische* vriendin die Amelia heette en viool speelde, evenals over een bejaarde vrouw die de bijnaam de Wijze Vrouw droeg, en over andere mensen die hier woonden in de Hollow.

Eben luisterde terwijl Rhoda Kurtz Joanna's kookkunst prees en vond het een beetje grappig. Zijn smaakpapillen merkten het tenslotte vanzelf op ditzelfde moment.

'Joanna kookt en bakt bijna alles zelf en vers,' voegde Rhoda eraan toe.

'Behalve pizza,' bemoeide Cora Jane zich ermee. Haar ogen vonkten ondeugend.

Eben voelde hoe Joanna naast hem op de bank verstijfde.

'O, *jah*, de tomatensaus komt uit de winkel,' zei Rhoda ter verdediging van Joanna. 'Nou ja, die gebruiken alle vrouwen.'

Eben keek naar Nate Kurtz, een schijnbaar toonbeeld van een gezonde eetlust. Zijn grijzende baard was op de een of andere manier in de vorm van een V gegroeid, Eben had nog nooit zoiets gezien. Het leek wel of iemand hem met een schaar had bijgeknipt, en op een koddige manier droeg het bij aan het gereserveerde gedrag van de man.

'Is het je eerste bezoek aan Lancaster County?' vroeg Joanna's moeder, die kennelijk vlug over iets anders wilde beginnen.

'Jazeker,' zei Eben, en hij keek Joanna glimlachend aan.

'Was je al eerder van plan om te komen… om kennis met ons te maken, bedoel ik?' zei Cora Jane, met haar ogen strak op haar zus gericht.

Eben moest lachen. 'O, heel vaak.'

Naast hem schoof de lieve Joanna zenuwachtig heen en weer.

'Ik kon niet eerder weg,' legde hij uit. 'Ik ben zogezegd de rechterhand van mijn vader.' Het leek hem wel een geschikt moment om Joanna en haar familie over zijn dilemma te vertellen. 'Kijk, mijn jongere broer is afgedwaald van de kudde… hij heeft ons twee jaar geleden verlaten. Mijn vader had zijn hoop op hem gevestigd om zijn partner te worden in het besturen van de boerderij, maar dat is niet gebeurd. Nog niet, in elk geval.'

Cora Jane zette grote ogen op, net als Nate. Eben keek Joanna of haar moeder niet aan.

'Ben je daarom mijn zus niet meteen het hof komen maken?' vroeg Cora Jane.

Haar vader keek haar geërgerd aan. 'Dochter...' zei hij zacht, maar de waarschuwing in zijn toon was duidelijk genoeg. Toen wendde hij zich tot Eben en zei: 'Maar je bent toch wel van plan om te zijner tijd hierheen te verhuizen?'

Eben knikte. 'Dat is wel mijn bedoeling.' Hij haalde diep adem. 'Als mijn broer naar huis terugkomt.'

Cora Jane zat nu naar Joanna te kijken en boodschappen uit te zenden met haar grote ogen. Het deed Eben denken aan Leroy, die altijd tegenover hem aan tafel gezichten had zitten trekken.

'Tja, je zult onderhand wel weten dat Joanna haar doopgelofte aan God en de kerk hier al heeft afgelegd,' merkte Rhoda op. 'In overeenstemming met *onze* bisschop.'

'Dus hoe moet dat dan ooit gaan werken?' flapte Cora Jane eruit.

'Zus, alsjeblieft!' zei Joanna, ze kwam bijna overeind van de bank.

Cora Jane boog haar hoofd en Nate keek met een ruk op. Vlug stond Rhoda op en snelde naar het fornuis, waar ze de koffiepot pakte. Ze kwam terug naar de tafel en begon beverig voor iedereen in te schenken, zonder te vragen of ze nog wilden.

Eben vond dat het aan hem was om iets te zeggen wat de boel tot bedaren bracht. 'Mijn hele familie, en veel anderen in onze gemeenschap, bidden dat mijn broer Leroy weer tot zijn verstand komt en zich bij de kerk aansluit.'

'God is almachtig,' zei Rhoda kordaat. Ze bracht de koffiepot terug naar het fornuis.

'Dat is Hij zeker,' beaamde Eben.

'In al Zijn wegen,' voegde Nate Kurtz eraan toe.

Eben nam zich in gedachten voor om Joanna's vader onder vier ogen toestemming te vragen om haar in Hickory Hollow het hof te mogen maken. Gezien de bezorgde reactie aan tafel op dit moment, leek dat de verstandigste aanpak. *Ik kan me het beste aan mijn oorspronkelijke plan houden.*

10

Joanna was verrast toen mama Cora Jane liet weten dat zij alleen verantwoordelijk was voor het afruimen van de tafel en de afwas.

In de tussentijd slaagde Joanna erin haar kalmte te bewaren tot pa Eben meenam naar de schuur. 'Je had het recht niet om zo vrijuit te spreken, Cora Jane! Wat bezielde je toch?'

Cora Jane zat nog steeds aan tafel en liet haar hoofd in haar handen rusten.

'Kom, meisjes,' zei mama, die opstond om naar buiten te kijken. 'Dit schiet niet op. Laten we er een prettige tijd van maken.'

'Nou, Eben betekent narigheid.' Cora Jane stond op van haar stoel. 'Hij is… je zult het zien.'

'Hoor eens, ik zou er nooit over peinzen om zo over jouw *beau* te praten.'

'Vind je het dan niet juist *gut* wat ik deed?'

Joanna liep de keuken uit om in de kamer te gaan zitten, waar Eben en zij voorafgaand aan het eten een rustig en ontspannend ogenblik hadden gehad. Zou Eben de eerste bestelbus hiervandaan nemen? Ze zou het hem niet kwalijk nemen als hij onmiddellijk een chauffeur belde. In wat voor wespennest had hij zich begeven? Ach, *ik hoop maar dat hij niet hetzelfde denkt!*

Ze vouwde haar handen en probeerde kalm te worden door een paar keer diep adem te halen. Soms was het goed om alleen maar te ademen, zeker als je woedend was. Joanna keek uit het raam naar de opkomende maan. *Eben heeft me nooit verteld over Leroy's rol in dit alles*, dacht ze droevig.

Maar goed, Eben was hier nu en ze geloofde dat hij ernst maakte met de verkering. Hij was ook zo eerlijk geweest om te vertellen in wat voor lastig parket hij zat. Dus moest ze niet gewoon het beste maken van hun tijd samen? Er kwam uiteindelijk vast wel een oplossing.

Met een zucht wenste Joanna dat Cora Jane maar lekker de hele dag hiernaast bij *Dawdi* en *Mammi* was gebleven.

CঙৈৎO

Eben kwam binnen om zijn handen te warmen bij de kachel en spoorde Joanna aan zich vanavond extra warm aan te kleden. Vlug pakte Joanna zich in, blij dat ze uitgingen. Ze zeiden mama en Cora Jane gedag, Eben pakte zijn plunjezak op en ze gingen samen naar buiten. Tot Joanna's verrassing stond de slee al klaar te wachten. Kennelijk hadden pa en Eben als verrassing Krissy voor de open slee gespannen.

'Het leek me leuk om de streek te zien terwijl het sneeuwt,' zei Eben. Hij leidde haar bij de elleboog over het gladde pad en over de oprijlaan.

Hoewel ze uitstekend zelf in de slee kon komen, nam Joanna zijn hulp aan, overspoeld door opluchting. *Hij gaat in elk geval niet meteen naar huis*, dacht ze.

De schemering viel toen ze op weg gingen door de avond. Op Hickory Lane sloegen ze af naar het westen. De sneeuw viel nu minder dicht.

Ze glimlachte naar Eben en was verrast toen ze zag dat zijn zachte bruine ogen op haar gericht waren. 'Ik wil mijn excuus maken voor het impertinente gedrag van mijn zus aan tafel,' zei ze, en zweeg even. 'Het spijt me vreselijk.'

'Ik vond het niet zo erg, hoor,' zei hij vriendelijk. 'Misschien is het maar beter ook… om alles meteen in alle openheid te zeggen.'

'Ik weet zeker dat het mijn ouders dwarszit. En mij ook.'

Eben pakte haar hand. Hij hield hem dicht tegen zijn borst. 'Ik heb helemaal geen bezwaar tegen een vrouw met pit, zeker niet als ze zegt waar ze in gelooft.'

Joanna kon zich niet indenken dat haar vader zoiets zou zeggen. De meeste mannen die zij kende, vonden juist het omgekeerde – ze wilden dat hun vrouw passief en gehoorzaam was. En hoewel haar eigen vader een man van weinig woorden was, was hij bepaald de familiepatriarch. Hij nam alle grote beslissingen. Mama was zeer meegaand als het om pa ging.

Ze gleden nu op het zandstenen huis van Samuel en Rebecca Lapp aan. Achter de benedenramen gloeide ouderwets amberkleurig licht. Het deed haar denken aan de geadopteerde dochter van de Lapps, Katie, die in de Engelse wereld leefde, niet ver van Hickory Hollow. Katie was verstoten en daardoor buiten bereik van de Gemeenschap van Eenvoud.

'Achter de schuur van de familie Lapp is een mooie grote vijver,' vertelde ze Eben. 'Ik heb er vaak op geschaatst.'

'Misschien kunnen we gaan voordat ik morgenmiddag weg moet. Zou je dat leuk vinden?'

Ze glimlachte, verrukt dat hij zo inschikkelijk was. 'Dat lijkt me wonder-*gut*.'

Toen ze het huis van Samuel en Rebecca een eindje voorbij waren, wees Joanna de boerderij van hun bisschop aan. 'John Beiler was een jonge weduwnaar, maar uiteindelijk is hij met een veel jongere vrouw getrouwd,' vertelde ze. 'Jij logeert vannacht bij de ouders van zijn vrouw. Abe en Rachel Stoltzfus wonen tegenover ons aan de andere kant van het veld.'

'Dan is het zeker geen *gut* idee om het te laat te maken, *jah?*' Hij knipoogde en trok haar speels dichter tegen zich aan.

'Dat bedoelde ik niet,' lachte ze, en legde uit dat Rachel had gezegd dat ze de achterdeur niet op slot zou doen. 'Je kunt in de logeerkamer beneden slapen, net rechts van de keuken. Ze laat een lantaarn voor je branden.'

'Dus we hebben *wel* de hele avond.' Eben kuste haar gehandschoende hand.

'Als we het niet erg vinden om te bevriezen.'

Zijn lach schalde door de lucht. 'Ik zorg wel dat je het niet te koud krijgt, geloof mij maar,' zei hij en wees naar de wollen plaids. 'Je vader heeft me goed voorzien.'

Dat wil zeggen dat pa Eben goedkeurt. 'Dus jullie hebben samengezworen?'

'Zoiets.'

Joanna begreep zijn bedoeling en ze moest lachen. Hij stoorde zich kennelijk niet aan pa's terughoudendheid, stelde ze vast.

'Hij was wel bereid om zijn zegen te geven toen ik erom vroeg,' zei Eben tot haar verrassing. 'Maar ik heb duidelijk gemaakt waar de verkering zich zal afspelen. En nu moeten we vurig bidden om Leroy's terugkeer.'

Ze wou maar dat niet alles afhing van de daden van zijn broer. Maar ze aarzelde om dat te zeggen.

'Waar nu heen?' vroeg hij toen ze bij een kruispunt kwamen.

'Ik weet wat! We zijn zo bij ons schoolgebouwtje met één lokaal,' zei ze, wijzend met haar vrije hand. 'Je ziet het staan in het maanlicht.'

'Heb je weleens lesgegeven op school na de achtste klas?' vroeg hij.

'Het is mij nooit gevraagd, maar mijn zus Salina heeft het drie jaar gedaan voordat ze zich verloofde.'

'En Cora Jane?' vroeg hij.

'Er is wel over gesproken, maar ze is overgeslagen voor een van onze nichtjes.'

'En waarom was dat?'

Joanna wilde niet nog meer negatieve dingen zeggen over haar zus. 'Cora Jane was er gewoon niet klaar voor.'

'Te cru... is dat het?'

'Misschien wel.'

Eben hield het paard een beetje in. 'Als jullie schoolbestuur op het onze lijkt, begrijp ik het wel. Ze hebben nogal onbuigzame verwachtingen.'

Ze beaamde het en ze reden het schoolplein op. Eben hielp Joanna uit de slee en bleef haar hand in de zijne houden toen ze veilig op de grond stond.

CB&O

Eben sloeg zijn arm om Joanna heen terwijl ze door de ramen van het kleine schoolgebouwtje naar binnen tuurden. Ze wees naar de grote plaat aan de muur, vlak boven het schoolbord: *Vertrouw op de Heere.*

'Dat hangt er al zo lang als ik me kan herinneren,' zei ze. Joanna was spraakzaam, expressief zelfs, en de manier waarop ze haar zinnen aan elkaar reeg beviel hem. Het gaf hem het idee dat ze belezen was, hoewel ze het nooit over boeken had gehad. Haar brieven waren beslist uitzonderlijk. Ze schreef op een manier die hij nooit eerder was tegengekomen, alsof ze haar hart uitstortte op het papier.

'Kom, Eben, ik wil je laten zien waar ik vroeger in de middagpauze zat om mijn brood op te eten.' Ze trok hem mee aan zijn hand en hij vond het heerlijk dat ze zo op haar gemak was bij hem.

Hij volgde haar om de school heen naar de voorkant, bij de trap. 'Was je een verlegen meisje?'

'Tja, dat ben ik nog steeds… soms.' Ze keek lachend naar hem op, haar ogen straalden.

'*Meestal*, dus?'

'Eigenlijk wel.' Ze nam hem mee naar de schommel uiterst links. 'Hier. Dit was altijd mijn plekje,' vertelde ze hem. 'Ik vond het leuk om zo hard te schommelen als ik kon, soms leunde ik achterover en keek ik bijna ondersteboven hangend naar de grond, dan hunkerde ik naar dat duizelige gevoel in mijn buik. Snap je wat ik bedoel?'

'Jazeker! Dat heb ik honderden keren gedaan.' Hij zweeg even. 'Dus je nam je brood mee naar de schommel?'

'Ik zette mijn lunchdoos op de grond tot ik het schommelen moe werd; dan lummelde ik een beetje en at mijn broodje later, terwijl mijn voeten door het zand sleepten.'

'Maar dus pas nadat je jezelf had afgemat.'

'Mijn klasgenoten noemden me niet voor niks *schpassich*.' Haar lach tinkelde in de koude lucht.

'Ik vind je helemaal niet raar, Joanna.'

'Tja, je moet me nog leren kennen, *jah*?'

Eben stapte naar haar toe, stak zijn handen naar haar uit en rook de geur van haar parfum. 'Ik kan haast niet wachten tot we daar meer tijd voor krijgen. En… ik vind dat onze verkering niet te lang moet duren.' Hij keek Joanna in de ogen en voelde zich mateloos tot haar aangetrokken. Hij wilde haar nu meteen in zijn armen nemen. Met geweld moest hij de gedachte die licht geopende mond te kussen van zich afzetten.

'We moesten maar gaan,' zei ze, toen ze blijkbaar bespeurde wat hij voelde. 'Er is nog veel meer te zien.'

Inwendig zuchtend stemde hij toe. Er was tijd in overvloed

om haar zijn liefde te demonstreren – er lag een heel leven voor hen. *Als God het wil.*

Het sneeuwde nu harder en dat deed hem denken aan de wollen dekens, die hij openvouwde en over haar heen legde toen Joanna goed en wel weer in de slee zat. 'Je moet het zeggen als je het nog steeds koud hebt. Goed?' zei hij, vol liefde voor haar lieve, bescheiden manier van doen.

Joanna knikte zonder iets te zeggen en hij vroeg zich af of zij er daarstraks soms ook naar had gesmacht dat hij haar in zijn armen nam.

Ze maakten een volledig rondje door Hickory Hollow en Joanna wees hem het ene geliefde punt na het andere. Ze vertelde ook interessante verhalen, over haar vele familieleden, haar contact met *Englischers* op de markt… en over een prachtige afgelegen plek die Weaver's Creek heette en die een eindje van de weg af lag. Ze zei dat ze hoopte dat ze tijd hadden om er minstens even langs te rijden voordat hij morgen vertrok. Zoals ze praatte, twijfelde hij er geen moment aan dat ze buitengewoon gehecht was aan dit kleine vlekje op de kaart. Nee, een meisje als Joanna zou er niet over peinzen huis en haard te verlaten. Het zou niet nodig moeten zijn.

Onze toekomst ligt in de handen van mijn broer…

11

Rond elf uur die avond had Joanna heel weinig gevoel meer in haar vingers en tenen. Zij en Eben waren verwikkeld geraakt in een gesprek over zijn hoop om naar Hickory Hollow te verhuizen om te wonen en te werken. Hij had een sterke belangstelling om leerjongen te worden bij een smid en morgen wilde hij de plaatselijke smid spreken. Boeren zat Eben natuurlijk in het bloed, dus ook dat was een optie, als ze maar een stukje land konden vinden. Maar gezien het gebrek aan beschikbare landbouwgrond was dat niet waarschijnlijk.

Op dat moment legde hij zijn gezicht tegen het hare. 'Tijd om je naar huis te brengen,' zei hij. 'Ik zal uitspannen terwijl jij je gaat warmen.'

'Wil je niet rechtstreeks naar Abe Stoltzfus? Dat is op de terugweg naar huis.' Ze dacht aan hem.

'Maar dan moet jij in je eentje uitspannen,' zei hij ongemakkelijk.

'Het is niet veel werk. Misschien vraag ik Cora Jane om me te helpen.'

Hij lachte. 'Dat doe je toch niet.'

'Nee,' zei ze met een lachje. 'Zo dapper ben ik niet.'

'Ik vind het echt vervelend om jou met dat werkje op te schepen op zo'n koude avond.' Hij zweeg even. 'Laten we gewoon teruggaan naar jouw huis,' stelde hij voor. 'Dan span ik uit terwijl jij je binnen warmt. Als het paard dan op stal staat, kom ik nog een poosje binnen.'

Ze legde haar hand even op zijn arm. 'En dan maak ik warme chocolade voor je.'

'We gaan in de keuken zitten en praten nog een tijdje, *jah?*'

Joanna merkte wel dat het idee hem beviel. '*Gut*, dan.'

Cʒ⅋Ͻ

Eben spande de merrie sneller uit dan Joanna had verwacht. Zijn vingers waren vast en zeker net zo stijf en gevoelloos als de hare en met handschoenen aan was het nog lastiger manoeuvreren. Maar ze zag hem nu al met Krissy naar de schuur lopen.

Ze liep heen en weer voor de kachel en dacht aan wat Eben had gezegd over zijn waardering voor een openhartige vrouw. Ze stond nog steeds verbaasd over zijn antwoord. Kennelijk had Joanna voor niets ingezeten over Cora Janes grote mond.

Uitkijkend over het veld vroeg ze zich af of Rachel Stoltzfus er nog aan gedacht had de lantaarn in de keuken aan te steken. Ze tuurde in het donker en het leek erop dat ze het inderdaad had gedaan. Vanwaar ze stond, kon Joanna net de keukenramen onderscheiden. Ze kon Eben gewoon de juiste richting wijzen en hem in zijn eentje daarheen laten lopen, als hij eenmaal de kans had gekregen om te ontdooien. Ze konden toch moeilijk voor Abes boerderij afscheid nemen voor de nacht! Noch mochten ze het hier in mama's keuken al te knus maken samen. Zoals Eben praatte, zat hij voor wie weet hoelang nog vast in Shipshewana om bij zijn vader te werken.

Dus ik moet me niet door hem laten kussen. Joanna wilde later geen spijt krijgen, als Leroy Troyer om de een of andere reden niet naar huis terugkeerde om de partner van zijn vader te worden. *Voor het geval Eben daar niet weg kan…*

Nee, ze wilde niet het risico lopen haar eerste kus weg te geven.

◌◌◌

Er waren in Ebens leven veel momenten geweest dat zijn hoofd zijn emoties had geregeerd, maar deze avond hoorde daar niet bij. Verlangend om weer naar Joanna toe te gaan duwde hij de schuurdeur met een stevige klap dicht. Hij was blij dat hij eerder vanavond met Nate Kurtz had gepraat. *Mijn toekomstige schoonvader, als het allemaal goed gaat.*

Hij keek naar het huis en zag beweging door het raampje van de achterdeur – stond Joanna daar te wachten? Arm kind, al was ze maar half zo bevroren als hij. Hij ploeterde door de verse sneeuw naar het huis, uitkijkend naar de warme chocolade. En naar nog enkele kostbare ogenblikken met Joanna. Hij moest rustig aan doen, dacht hij, anders gingen ze de hele tijd zitten knuffelen. Hoe hij er ook naar hunkerde om haar dicht tegen zich aan te houden, ze hadden zo weinig tijd samen; hij wilde zo veel mogelijk over haar te weten komen – hij moest haar laten praten. En als hij zich niet vergiste, verzweeg ze iets voor hem, verborg ze iets, maar hij kon er de vinger niet op leggen.

◌◌◌

Eben bedankte Joanna voor de grote beker chocolademelk en het bord met koekjes. Ze had de gaslamp boven de tafel aangestoken, zodat het licht zich door de keuken verspreidde en ook in een deel van de kleine zitkamer binnenviel, waar ze gezeten hadden toen hij aankwam. Nu hij haar weer zag, op deze plek, verwonderde het hem hoe lief ze hem was geworden sinds die eerste avond aan zee. Hij besefte opnieuw hoeveel geluk hij had dat ze nog alleen was, en niet al jaren geleden voor zijn neus was weggekaapt en getrouwd.

Joanna kwam naar de tafel en ging naast hem op de bank zitten. Ze glimlachte zonder iets te zeggen en begon van haar chocolade te nippen, maar haar ogen straalden in de warmte van de keuken.

'Ik heb ervan genoten Hickory Hollow te zien,' zei hij.

'Het is leuk als je het ook overdag kunt zien.'

Hij beaamde het. Toen dacht hij eraan de naam van hun smid te vragen. 'Ik wil hem morgen graag snel spreken, als je het niet erg vindt.'

'Smid Riehl wil vast en zeker graag met je kennismaken en over zaken praten.'

'Natuurlijk wil ik ook graag nog leuke dingen met jou doen,' vervolgde hij. 'Ik vroeg me af... hebben jullie een extra paar schaatsen dat groot genoeg is voor mij?' vroeg hij, en wenste dat hij niet zo gauw weer weg hoefde.

'Die hebben we vast wel ergens.'

Hij knikte. 'Hoe goed kun jij schaatsen?'

Ze boog verlegen haar hoofd. 'Salina zegt dat ik het heel *gut* kan.'

'Ik geloof het graag.' Eben reikte naar een chocoladechipkoekje. 'Dus morgenochtend vroeg gaan we schaatsen.'

'Na een lekker warm ontbijt, *jah*?'

'Als jij het klaarmaakt, zal het verrukkelijk zijn.'

Ze knikte blozend. 'Wat maakt je moeder meestal voor ontbijt?' vroeg ze.

Op dat moment besefte hij dat hij, afgezien van Leroy, niet veel over zijn eigen familie had gepraat. 'Van alles, van

84

havermout en wafels tot kip met jus. Soms roereieren met ham.'

'Klinkt voedzaam.'

'Ik wil graag dat je een keer kennismaakt met mama… en ook met pa.'

'Dat lijkt me heel leuk.'

'Ik hoop dat het gauw kan.' Hij voelde haar plotselinge aarzeling. Wie kon het haar kwalijk nemen, na wat hij onder het eten had onthuld? 'Maak je geen zorgen. Er komt wel een oplossing, Joanna.' Hij pakte haar hand. 'Ik geloof dat God een plan heeft met ons leven… met jouw leven en mijn leven… samen.'

Langzaam begon ze te lachen. 'Zo heb ik het ook gevoeld.'

'Dus daar vertrouwen we gewoon op, *jah*?' Hij boog zich dicht naar haar toe. 'Goed?'

Na een tijdje vroeg ze of hij nog meer chocolade wilde, maar omdat het al laat werd en hij dacht aan het vriendelijke aanbod van de familie Stoltzfus voor de nacht, moest hij maar eens gaan.

Vlug bood Joanna hem een zaklantaarn aan uit de onderste kast. 'Dan kun je zien waar je loopt.'

Ze liepen hand in hand naar de bijkeuken, waar hij zich omkeerde en haar nogmaals bedankte voor de lekkere chocolade en de fijne avond. 'Tot morgen.' Hij zweeg even. 'Mijn lieveling,' voegde hij er fluisterend aan toe, terwijl hij zijn armen naar haar uitstak.

'*Gut Nacht*, Eben.' Ze zette heel lichtjes een stapje naar achteren en hij wist meteen dat hij het niet moest wagen om langer te blijven. Hij pakte zijn plunjezak op.

'*Da Herr sei mit du*, Joanna.' Daarop pakte hij zijn zwarte vilthoed van de dichtstbijzijnde houten haak, duwde de achterdeur open en stapte naar buiten, de ijskoude nacht in.

12

Zodra Eben weg was, ging Joanna naar boven, waar Cora Jane bij haar slaapkamerdeur stond. 'Je verspilt je tijd met Eben,' verklaarde ze.

Joanna liep langs haar zus heen en liet het gaan; ze was niet van plan haar heerlijke avond te laten bederven.

'Ik meen het. Hoe kun je met hem uit rijden gaan terwijl hij je met zoveel woorden heeft verteld dat hij niet weet of hij hier ooit kan komen wonen?'

Joanna rilde toen ze haar eigen angst verwoord hoorde.

'*Hoe*, Joanna?'

Ze draaide zich langzaam om, overwegend wat ze moest zeggen. 'Waarom vind je dat het jouw zaken zijn, zus?'

'Ik wil niet dat je gekwetst wordt… en dat gaat gebeuren.'

'Je lijkt nogal zeker van je zaak,' zei Joanna.

'Ik kan gewoon goed de waarheid zeggen.'

Uitgeput ineens wees Joanna naar haar kamer. 'Welterusten, Cora Jane. *Ich geh noch em Bett.*'

Haar zus zette grote ogen op, maar hield haar mond toen Joanna haar kamerdeur sloot en er in het donker zwaar tegenaan leunde.

Ik wil niet dat je gekwetst wordt, had Cora Jane gezegd.

O, wat zou Joanna er niet voor overhebben om die woorden uit te wissen.

Maar hoe, als de angst van haar zus haar eigen angst was?

‿

86

Eben zocht zich een weg over de besneeuwde grond naar het huis van de familie Stoltzfus, blij dat hij een zaklantaarn bij zich had. Hij knipte hem uit en betrad zachtjes de schemerig verlichte keuken, met zijn plunjezak nog in zijn hand. Daar vond hij een lantaarn en een welkomstbriefje, wat hem deed denken aan de gastvrijheid van zijn eigen moeder.

Joanna had gezegd waar hij zou slapen en Eben nam de lantaarn mee door de keuken naar de voorkamer, waar aan de rechterkant de logeerkamer was. Hij draaide de pit een beetje omhoog en ging op het bed zitten. Hij opende zijn Bijbel bij het Evangelie van Mattheüs en begon te lezen, zoals hij elke avond deed.

Na een paar hoofdstukken begonnen zijn ogen te prikken en hij deed ze dicht. Hij herinnerde zich een middag lang geleden. Hij en de jonge Leroy moesten de kudde naar huis halen om te melken. Leroy had een lange stok gedragen, die hij heen en weer zwaaide boven het smaragdgroene weiland terwijl ze op weg waren naar pa's grote schuur.

Eben had het het eerst gezien: een eenmotorig vliegtuigje dat boven hun hoofd vloog. Maar Leroy's ogen waren groot geworden van verlangen, hij stond stil en hief zijn stok om de tocht van het vliegtuigje door de lucht na te trekken, als het penseel van een kunstenaar doet op een uitgestrekt blauw doek. Plechtig had hij verklaard: '*Let op mijn woorden, Eben. Op een dag ga ik vliegen als een vogel.*'

Destijds had Eben gedacht dat zijn broer bedoelde dat hij een keer als passagier mee wilde op een vlucht. Maar nee, toen al moest Leroy zijn hart erop hebben gezet piloot te worden.

Jaren later, in de kleine uurtjes van de nacht, had Eben Leroy's gympen boven in de gang horen piepen, het geluid stond in zijn hersenen gegrift. Verstijfd onder de dekens had

Eben Leroy de trap horen afdalen en hij was wel wijzer geweest dan achter hem aan te gaan of hem terug te roepen. Eben had niet eens overwogen zijn ouders te waarschuwen. Nee, toen het ochtend werd, wisten ze allemaal dat Leroy weg was.

Eben schudde de ellendige herinnering van zich af en sprak het gebed uit dat hij steeds had gebeden sinds Leroy de wereld in was gegaan. Maar vanavond deed hij het ernstiger dan ooit tevoren: *O God, hoor mijn gebed voor mijn broer. Leid hem naar Uw wil en op Uw tijd naar ons terug, omwille van U.*

Eben zweeg een ogenblik om na te denken hoe hij moest verwoorden wat hij eraan toe wilde voegen.

En ook omwille van Leroy... en ook omwille van Joanna en mij. Amen.

CR&O

De volgende morgen werd Joanna vol verwachting wakker. Ze trok haar witte katoenen badjas aan en trok het rolgordijn omhoog om naar buiten te kijken en de roze dageraad te verwelkomen. Er was die nacht nog een paar centimeter sneeuw gevallen, die een zacht laagje vormde boven op de opgehoopte sneeuw van gisteren. De schoonheid deed haar denken aan Eben, die een klein eindje verderop zat. Was hij ook vroeg op en dacht hij aan hun dag samen?

Joanna keek naar beneden en zag het spoor van een kleine vos, of misschien een jong hert, die door de pas gevallen sneeuw naar het weiland was overgestoken. Het spoor liep kronkelend om een walnootboom in de zijtuin heen. Deze tijd van het jaar was haar altijd bitterzoet; het jaar was gerijpt tot de elfde maand en het bruiloftsseizoen was in volle gang. Het jaargetijde bracht blijdschap voor de meeste families, maar weemoed voor de vrouwen die overgeslagen waren... een nieuwe herinnering aan afwijzing in de liefde.

Ze keerde zich af van het raam en liep naar het tafeltje naast haar onopgemaakte bed. *Ben ik dit jaar gegroeid in de vreze en vermaning van God?* Ze bad erom en ging naast het raam zitten om een enkele psalm te lezen voordat ze vroeg om een zegen over de dag.

ᗜᗝ

Joanna maakte een lekker warm ontbijt om mee te beginnen, hoewel Cora Jane met haar ogen de stille boodschap overbracht dat Joanna zich alleen maar uitsloofde om indruk te maken op Eben.

Toen ging Cora Jane nota bene haastig weg om bij de buren het ontbijt te gaan klaarmaken. Voordat ze door de achterdeur vertrok kondigde ze mompelend aan waar ze naartoe ging.

'Je kent je kleine zusje,' zei mama verontschuldigend tegen Joanna.

Joanna probeerde geen aandacht te besteden aan het blijk van geringschatting en concentreerde zich op Ebens ophanden zijnde komst. Met een vork tilde ze een plak bacon in de pan op te zorgen dat hij perfect knapperig werd.

Toen Eben arriveerde en het eten klaar was, werkte ze met mama samen om alles lekker warm op tafel te zetten. Pa, gretig om aan te vallen, ging voor in het stille gebed voordat ze met z'n vieren genoten van het heerlijke feestmaal.

Verrassend genoeg hadden Eben en pa genoeg te praten tijdens het ontbijt van fruit, koffiebroodjes, gebakken eieren, bacon en bosbessenpannenkoeken. Ze bespraken niet alleen het weer, maar ook de komende boerderijveilingen, en Joanna glimlachte.

Pa vindt hem aardig!

Ook mama was ontspannen vergeleken met de vorige avond en scheen, zonder dat het haar verteld was, te weten dat Joanna en Eben plannen hadden voor de rest van zijn bezoek. Mama joeg hen zelfs bijna de deur uit en zei dat ze de afwas wel alleen deed. 'Veel plezier samen.'

'*Denki*, mama,' zei Joanna, voordat ze zich in de slee nestelde te midden van vele warme plaids, alweer met dank aan pa. Ze vond het heerlijk om weer alleen te zijn met Eben; nooit had ze zich zo bij iemand op haar gemak gevoeld.

Niet veel verderop besloot Joanna eindelijk haar liefde voor schrijven te onthullen. Ze had het juiste moment af willen wachten.

'Verhalen? Echt waar?' Hij glimlachte van oor tot oor.

'En ook wat poëzie.'

'Nou, het verbaast me niet, gezien je brieven... die zijn ook altijd zo interessant. Ik kijk er echt naar uit.'

Ze vertelde niet dat andere mensen – vooral de penvriendinnen met wie ze rondzendbrieven schreef – ook hadden gezegd dat ze van haar beschrijvende brieven genoten. 'Maar mijn verhalen zijn alleen maar voor het plezier, net zoals jij foto's maakt. Ik laat ze aan niemand lezen.'

'Dus... een geheime schrijfster.' Hij scheen erover na te denken en vroeg toen: 'Verweef je weleens iemand die je kent in je verhalen? Mij, bijvoorbeeld?'

Ze flirtte terug. 'Nou... eigenlijk...'

'Nu weet ik zeker dat ik ze moet lezen.'

'O, denk je?' Ze lachte, maar in werkelijkheid was ze verrukt.

'Wat heb je te verbergen?'

'Geen geheimen,' zei Joanna, dankbaarder dan ooit voor

haar fantastische *beau*, iemand met wie ze haar hele hart kon delen.

CB&CD

Hun eerste halte was de smederij van smid Riehl. Tot Joanna's blijdschap greep de potige man van middelbare leeftijd Ebens hand in een vriendelijke handdruk en bood aan hem rond te leiden. Ze wilde niet meeluisteren en liep naar het huis om een praatje te maken met Leah, de vrouw van de smid, die een broek van haar man zat te repareren. Joanna ging zitten en hield haar gezelschap, intussen hopend dat Eben met zijn bezoek de belofte van werk loskreeg van de in hoog aanzien staande smid.

'Dat is een aardige jongeman die je bij je hebt,' zei Leah met lachende ogen. 'Komt hij hier uit de buurt?'

'Indiana,' zei Joanna vlug.

'O, werkelijk?'

Ze knikte; binnenkort zouden de wieken van de geruchtenmolen volop draaien. 'Ik kan je helpen verstellen terwijl ik wacht.'

Leah gaf haar een paar sokken om te stoppen en de twee vrouwen werkten in stilte, maar het viel Joanna op dat Leah herhaaldelijk een blik op haar wierp.

Later, toen Joanna en Eben op weg waren naar de vijver achter de schuur van Samuel Lapp, vertelde Eben uit eigen beweging wat hij en de smid besproken hadden, waaronder het feit dat Eben was aangemoedigd om bij de smederij thuis wat leerwerk te gaan doen.

'Heb je al lang belangstelling voor het smidsvak?' vroeg Joanna.

'Nou, in mijn tienertijd heb ik in een zomer een paar dingen van onze smid thuis geleerd.' Eben legde uit dat zijn vader hem en zijn broers had aangespoord om naast het boerenbedrijf een vak te leren. 'Pa zei altijd: "Je weet maar nooit wanneer het handig van pas komt".'

Joanna voelde zich gerustgesteld door het feit dat haar *beau* plannen maakte voor hun toekomst als getrouwd paar. Toen ze over de vertrouwde binnenwegen reden, besefte ze hoe verrukkelijk het leven in Hickory Hollow zou zijn met Eben aan haar zij.

෬৪ల

Toen ze bij Weaver's Creek kwamen, wees Joanna het mooie plekje aan, zo prachtig met het laagje sneeuw op het rotsblok in het midden van de beek. 'Als je hier eenmaal woont, laat ik je de hele buurt zien,' zei ze. 'Vandaag is het een beetje te koud.'

'Ik kom terug zodra ik kan,' beloofde Eben, terwijl hij haar gehandschoende hand pakte. 'Vertrouw je me, Joanna?' Zijn ogen keken onderzoekend in de hare.

Ze knikte, genietend van zijn nabijheid. Ze zag nu al op tegen zijn vertrek. *Wat zal ik hem missen!*

෬৪ల

Eben was opgelucht dat hij zich kon bezighouden met het parkeren van paard en slee terwijl Joanna naar het grote huis van de Lapps rende om te vragen of ze buiten mochten schaatsen. Hij was er niet op gebrand in een open slee rond te rijden, zodat de hele Gemeenschap van Eenvoud Joanna met een praktisch vreemde zag. Het laatste wat Eben wilde was dat de mensen gingen fluisteren over Joanna's romance met een jongen uit een andere staat. *Hopelijk blijf ik dat niet lang meer*, zei hij tegen zichzelf.

Terwijl hij naast het paard stond te wachten, bekeek hij de twee verdiepingen hoge schuur verderop. Hoe langer hij met Joanna optrok, hoe zekerder hij wist dat ze voor elkaar bestemd waren. De wig die hen nu nog uit elkaar hield, zou mettertijd verdwijnen, zodat Eben vrij was om uit Shipshewana te vertrekken.

CB&O

Joanna en Eben hadden de vijver van de Lapps helemaal voor zich alleen, wat nieuw was voor Joanna, die daar nog nooit had geschaatst zonder de ijsvlakte te moeten delen met minstens een stuk of twaalf andere jongelui. De zon steeg hoger aan de hemel en ze genoot van de warmte op haar rug, terwijl Eben en zij samen hand in hand over het bevroren oppervlak vlogen. Maar wat ze het fijnst vond, was zijn sterke arm om haar middel, die haar leidde en ondersteunde… die hen tot een eenheid verbond. Het was alsof hij er altijd voor haar was geweest.

Wat moet ik beginnen als hij weggaat?

Ze zette de ellendige gedachte van zich af en wenste dat de zon het tempo waarin hij gestaag naar boven klom vertraagde.

CB&O

Na het middagmaal van hartige kippensoep met maïs stelde Eben voor om een wandeling over haar vaders land te maken. Hij zei het met een knipoog die Joanna duidelijk maakte dat hij meer in gedachten had dan alleen het bekijken van pa's landbouwgrond.

Het beviel haar dat hij vandaag gemakkelijker gekleed was, zijn gekamde haar zonder de formele zwarte vilthoed en een warm jack in plaats van de geklede jas waarin hij gisteren was aangekomen. O, wat ze niet allemaal gezien en gedaan hadden in een tijd van nog geen vierentwintig uur! Ze betwijfelde of ze vannacht zou slapen als ze overspoeld werd door gedachten aan Eben. Hoe kon ze zulke sterke gevoelens uitzetten, alleen omdat hij uit het zicht verdwenen was? Hij was erin geslaagd haar hart te raken en ze kon er niets aan veranderen.

Ze liepen op hun gemakje treuzelend over de landweg die langs de buitengrens van pa's uitgestrekte grond liep. Eben hield haar hand vast alsof hij hem nooit meer los zou laten en vaker dan ze tellen kon, raakten hun armen elkaar, zodat er rillingen over haar rug liepen.

'Daar kreeg ik je telefoontje.' Ze wees naar de oude telefooncel aan de linkerkant, helemaal in het zilveren veld.

Hij keek glimlachend op haar neer en herinnerde haar eraan dat hij haar om de andere vrijdag om zeven uur zou bellen.

'Dan kan ik maar beter zorgen dat ik genoeg nieuwe batterijen voor mijn zaklantaarn in voorraad heb,' zei ze.

Hij lachte en toen ze elkaar aankeken, wilde geen van beiden zich afwenden.

'Zul je op me wachten, Joanna?' vroeg hij ernstig, maar hoopvol.

'*Jah*,' zei ze zacht. Ze wist dat zijn woorden eerder een belofte waren dan een vraag.

'Zeker weten?'

Ze verzekerde het hem met een glimlach.

En toen het tijd werd om afscheid te nemen, nam Eben haar teder in zijn armen. Gedurende een heerlijk ogenblik voelde ze zijn hart slaan.

'Ik zal je schrijven, mijn lieveling,' fluisterde hij.

Hoe ze ook van schrijven hield, ze zag ertegen op om terug te keren naar die manier van communiceren, omdat zijn nabijheid zo heerlijk was, het juiste antwoord op haar hartenkreet. En toen hij haar naam zei, hief ze haar gezicht naar hem op, nog steeds in zijn sterke armen.

'O, Joanna, ik zal je zo missen.'

Tranen sprongen in haar ogen toen zijn blik over haar gezicht gleed en bleef hangen bij haar wenkbrauwen, haar ogen… en toen haar lippen. Ze kon er niets aan doen; haar vastberadenheid vloog het raam uit en ze smachtte naar zijn kus.

Boven hun hoofd kraste luid een kraai en vlug verschoof Joanna een beetje en bood haar wang in plaats van de plek waar hij beslist de voorkeur aan zou geven. En waar ook zij naar verlangde. O, het gevoel te kennen van zijn lippen op de hare! *Als Eben mijn echtgenoot is, zal ik het kennen*, bracht ze zichzelf onder het oog. *We moeten wachten…*

Ze glipte voorzichtig uit zijn armen, glimlachend om hem te troosten. En hij volgde haar, pakte opnieuw haar hand toen ze, nu sneller, terugliepen naar de telefooncel, waar Eben de taxi belde. Al te gauw werd hij van haar weggehaald, helemaal naar Indiana.

13

Die avond zette Joanna haar pen op het papier om het verhaal van haar hart op te schrijven. Ze beschreef elke emotie die ze had gevoeld tijdens Ebens heerlijke bezoek en nadat ze de lamp had gedoofd, kon ze haast niet slapen. Steeds opnieuw beleefde ze hoe hij haar had vastgehouden... en het zoete verlangen dat ze zo levendig in zijn ogen had gezien.

De dagen gingen voorbij en ze bezocht nog meer bruiloften, waarbij ze vaak hielp in de keuken, en ze verheugde zich op de wekelijkse quiltkring bij Mary Beiler. Joanna's oudere broers en pa sneden maïsstengels voor stro en bezochten stampvolle boerderijverkopen helemaal aan de oostelijke provinciegrens en in Honey Brook. Andere oudere Amish boeren, die de kou beu waren, gingen als het bruiloftsseizoen voorbij was in zuidelijke richting op weg naar plaatsen als Pinecraft, Florida, en andere met een zonnig klimaat.

Al die tijd zeiden Joanna en Cora Jane verschrikkelijk weinig tegen elkaar. Joanna had gauw genoeg geleerd dat op die manier alles soepeler liep. Twee keer in de week ging ze met plezier bij *Dawdi* Joseph zitten, zodat *Mammi* Sadie tijd had om boodschappen te doen of een stukje taart te eten en een rustige middag door te brengen bij haar oudere zussen of bij mama. Joanna koesterde de tijd met haar *Dawdi*, al leek zijn geheugen zwakker te worden. Bijbelteksten kon hij zich uitstekend herinneren, maar vaak wist hij niet meer waar *Mammi* naartoe was gegaan of wat ze nog maar een dag geleden hadden gedaan. *Hoelang nog voordat hij me niet meer herkent?* vroeg ze zich weleens af.

Naast het plezier dat ze beleefde aan de tijd die ze doorbracht met haar *Grosseldre* was Joanna ook blij met haar bezoekjes nu en dan aan nicht Malinda, waar ze naar uitkeek. En om de andere vrijdagavond een paar minuten voor zevenen stoof ze naar de telefooncel om Ebens telefoontje op te vangen, zonder te letten op de blikken die Cora Jane haar kant uit wierp.

Maar hoe heerlijk de telefoongesprekken ook waren, Joanna treurde om Eben. Ze dacht aan zijn voorstel om op God te vertrouwen voor hun toekomst. Zo veel hing af van een dag die nog te ver weg was… althans naar haar zin. Wat hunkerde ze naar de vier woorden die hij niet had gezegd. Wachtte hij op het juiste moment om *Ik houd van je* te zeggen?

◌3◌

Na de terugkeer van zijn bezoek aan Joanna was Eben aangenaam verrast toen zijn vader goedvond dat hij elke week een dag vrij nam van zijn werk op de boerderij om als leerjongen bij de plaatselijke smid te gaan werken.

De smidswerkplaats van de streek waar Amish boeren naartoe kwamen om hun paarden opnieuw te laten beslaan, stond een eindje van de grote boerderij af en had een eigen oprijlaan. In slechts korte tijd had Eben ontdekt hoezeer het werk hem beviel. Van het bekappen en vijlen van de paardenhoeven met kniptang en rasp, tot het afmeten van het nieuwe ijzer tegen de hoef en het dan verhitten op het gloeiende aambeeld. Eben werkte hard – een ervaren smid kon een paard beslaan in minder dan een uur en besloeg tussen de zes en acht paarden in de tijd van een dag. Eben was vastbesloten om de speciale vaardigheden te leren die erbij kwamen kijken, in de vurige hoop in de toekomst samen te werken met de smid in Hickory Hollow.

Maar terwijl Eben grapjes maakte met klanten en druk aan het werk was, kon hij de onrust die aan hem knaagde niet van zich afzetten: zijn prachtige plannen voor de toekomst zouden op niets uitlopen als Leroy niet terugkwam.

C3 80

Joanna begon te tobben toen de maanden zich voortsleepten zonder een nieuw bezoek van Eben. De winter ging over in het voorjaar en nog steeds bleef hij weg. Krabbelde hij terug? Het moest tot zijn eer gezegd worden dat hij haar bleef bellen en zijn brieven kwamen met dezelfde regelmaat. Hij schreef over het werken met zijn vader op hun grote melkveehouderij en vertelde ook over zijn leerlingschap bij de smid. Hoe veelbelovend dat ook was, verder werd er niets gezegd over Leroy of over een eventueel plan B als zijn broer niet naar huis kwam.

Joanna nam aan dat er zoveel verantwoordelijkheden op Ebens schouders rustten dat hij al zijn vrije tijd opofferde om haar te schrijven, en daar was ze dankbaar voor. Ze vroeg zich wel af of haar zorgen te wijten waren aan haar levendige fantasie. Of zocht ze er te veel achter? Hij was toch stellig niet van gedachten veranderd? Hij hoopte vast en zeker nog steeds uit Shipshewana te vertrekken.

Ze probeerde de moed niet te verliezen en besteedde haar tijd aan het maken van gequilte pannenlappen en geborduurde kussenslopen voor de markt, en aan huishoudelijk werk in en om het huis en in het *Dawdi Haus* naast het hunne. Ze was blij met de kans om extra geld te verdienen op de boerenmarkt in Bird-in-Hand.

Wat haar zus betrof, als Cora Jane niet samen met Joanna marktwaren naaide, ging ze nog steeds uit rijden met dezelfde jongen, Gideon Zook. Joanna benijdde hen om hun vele uitstapjes onder de sterren en koesterde de herinnering aan die ene heerlijke novemberavond in de slee met Eben Troyer. O, ze hoopte dat Eben nog steeds hetzelfde voor haar voelde! Dat hoopte ze met haar hele hart.

⚜

Op een dag in maart kreeg Joanna tot haar blijdschap een brief van haar *Englische* vriendin Amelia Devries. Om Cora Jane er niet op attent te maken nam ze de brief mee naar haar slaapkamer en deed de deur dicht. Ze ging in de stoel bij het raam zitten. Daar voelde ze zich veilig en ze begon te lezen.

Lieve Joanna,

Hartelijk bedankt voor je laatste brief!

Ik hoop dat het goed met je gaat… en dat je nog steeds je prachtige verhalen schrijft. Het zal je misschien verbazen, maar ik denk vaak aan het verhaal dat je me hebt laten lezen toen ik vorig jaar zomer op bezoek was. Het was erg boeiend – je personages zijn zo echt!

Heb je er weleens aan gedacht je verhalen te laten uitgeven? Zo ja, dan zou ik de eerste zijn om je aan te moedigen alles te doen wat daarvoor nodig is.

Kortgeleden heeft mijn eigen moeder een uitgeefcontract gekregen. Mam grapte dat, als zij het kan, iedereen het kan. Natuurlijk heeft ze een hele tijd – net als jij – in het geheim geschreven. Dus dit is in geen geval een plotseling succes…

Joanna glimlachte om Amelia's enthousiasme, maar paste wel op om de opmerkingen niet naar haar hoofd te laten stijgen. En ze was niet van plan om een agent in te schakelen of er alles aan te doen om uitgegeven te worden, want publicatie zoeken werd door veel Gemeenschappen van Eenvoud afgekeurd. Het zou niet in haar opkomen.

Soms dacht ze er stiekem over na hoe andere mensen het zouden vinden om haar werk te lezen... maar ze had werkelijk geen idee welke vorm dat kon aannemen.

CB⁊

Het was nu april – tien maanden nadat Joanna haar *beau* voor het eerst had ontmoet – en de struiken langs Hickory Lane begonnen in bloei te komen. Joanna hoorde een paard hinniken toen ze aan mama's tafel onder de gaslamp alweer een brief aan Eben zat te schrijven. Ze was blij dat ze het huis vanavond voor zichzelf had. En dankbaar dat Cora Jane met mama mee was gegaan de achterdeur uit toen de vaat was opgeruimd, om haastig over de zandweg te lopen voor een bezoek aan Mattie Beiler, die sinds lange tijd Amish vroedvrouw was.

Joanna glimlachte toen ze ondertekende met: *Altijd de jouwe, Joanna.* Het was maar goed dat haar nieuwsgierige zusje er niet was om over haar schouder te gluren! In de afgelopen maanden had Cora Jane duidelijk gemaakt dat ze nog steeds afkeurend stond tegenover Joanna's *beau* uit Indiana. Het deed Ebens zaak ook geen goed dat hij nog steeds vastzat in Shipshewana.

Op blote voeten stond Joanna op en liep naar de hordeur aan de achterkant, waar ze uitkeek naar de nevelige lucht. De zonsondergang werd versluierd door de vochtigheid. In het weiland doolden acht muilezels naar de schuur – donkere, sjokkende gestalten tegen de invallende schemering.

Ze keek ernaar en zuchtte. Het was zo lang geleden dat ze met Eben had geknuffeld, zijn glimlach was zo dierbaar in haar herinnering. Meer en meer leek het slechts een prettige droom. Ze had nog nooit zo pijnlijk naar iemand verlangd. Ze waren zogenaamd een paar. Maar op zulke eenzame momenten vreesde Joanna dat er niets meer kwam van hun lang-afstandsverkering. Per slot van rekening had Eben alleen maar dat ene bezoek gebracht.

Als we maar wat vaker samen konden zijn!

De dagen met hem op het strand, het bezoek van afgelopen november en hun telefoongesprekken waren nauwelijks genoeg om een aanstaande verloving te ondersteunen. Hun relatie had een injectie nodig; ze moesten elkaar weer zien, van aangezicht tot aangezicht. En vaker ook.

Natuurlijk voelt Eben het ook zo.

Joanna zag een goudbruine schuurkat die zich onder de pas geverfde witte verandaomheining door perste. Intussen bespraken haar vader en zijn twee oudere broers in hun rijtje hickoryhouten schommelstoelen de voederprijzen. Ook overpeinsden ze wie van de zomer de meeste luzerne van zijn land zou halen.

Leunend met haar hoofd tegen de deurpost genoot ze van de zoete geur van oom Ervins pijptabak. Noch haar vader, noch oom Gideon had de gewoonte ooit aangenomen. *Bisschop John vindt het niet goed.*

Soms vroeg Joanna zich af hoe het met Ebens bisschop zat. Haar *beau* schreef zelden over zulke dingen in zijn brieven. Was hun man van God geduldig en weloverwogen… vriendelijk? Of onbuigzaam en streng, zoals sommigen waren – zoals hun eigen bisschop John Beiler? Zou het moeilijk voor

Eben zijn om zijn kerklidmaatschap hierheen over te hevelen, als hij te zijner tijd verhuisde naar Hickory Hollow?

Joanna zag mama en Cora Jane nog niet aankomen. Matties echtgenoot had de keuken in het grote huis en het *Dawdi Haus* pas verbouwd en Mattie wilde ze aan mama laten zien. Bijna alle Amish vrouwen in de buurt hadden een prachtige keuken die op alle moderne keukens leek – behalve natuurlijk dat het fornuis en de koelkast op propaangas liepen. Toen Mattie hier vanmorgen koffiedronk, had ze niet kunnen ophouden over het mooie eiken houtwerk en dat had Joanna's moeder kennelijk aangespoord om met grote spoed te gaan kijken. De twee vriendinnen konden goed samenwerken, in de tijd van een paar uur maakten ze gelei en jam in, zelfs na de dagelijkse huishoudtaken. En o, de verhalen die dan van hun lippen vloeiden… vooral van Mattie, die vertelde over de vele baby's die ze door de jaren heen had opgevangen.

Joanna ging weer naar binnen, pakte haar brief aan Eben op en ging naar haar kamer, waar ze hem voorlopig in de middelste lade van haar kast legde. Haar hart bonsde bij de gedachte dat hij hem over een paar dagen al zou lezen.

Joanna streek de knot in haar haar glad en ging weer naar beneden. Ze vertrok door de voordeur om haar vader en ooms niet te storen. Ze wandelde langs het grote huis heen om haar grootouders in het aangrenzende *Dawdi Haus* te bezoeken. *Mammi* Sadie bakte vaak zoete kersentoetjes – een lievelingsvrucht van Joanna – en ze zette de pas erin bij de gedachte aan warm kersengebak met een dot vanille-ijs erop.

Het was niet nodig om aan te kloppen aan de achterdeur, jarenlang had ze van *Mammi* te horen gekregen dat ze gewoon binnen moest komen en dat deed ze, ze duwde de hordeur open en stapte naar binnen.

En ja, hoor, *Dawdi* en *Mammi* zaten aan hun keukentafel

hun dessert te eten, na al die jaren nog steeds als de beste vrienden. 'Hallo,' zei Joanna zacht. 'Ik dacht, ik kom even langs… om te kijken hoe het met jullie gaat.'

'O, best… best,' zei *Dawdi* een beetje dromerig, terwijl hij nog een hap op zijn vork schoof. 'Trek een stoel bij, kind.'

'*Denki*.' Ze deed het terwijl haar grootmoeder een royale portie kersengebak opschepte op een van de vele dessertbordjes die op tafel stonden te wachten tot er bezoek kwam. *De beste bakster van Hickory Hollow, gegarandeerd.*

Mammi Sadie was rood aangelopen en reikte in de mouw van haar jurk om een wit zakdoekje tevoorschijn te halen, waarmee ze zich koelte toewuifde. 'Een *gut* sterke bries zou helpen om die vochtigheid weg te blazen, *jah*?'

Joanna beaamde het en nam een nieuwe hap van het toetje, blij dat ze gekomen was. 'Hebben jullie het avondgebed en de Bijbellezing al gedaan?' vroeg ze.

Dawdi Joseph smakte met zijn lippen. '*Gut* nagedacht. Sadie, waar is de oude *Biewel*?' Hij gaf Joanna een knipoog. 'Laat onze kleine wijsneus de lezing maar doen.'

'Nou, mijn Duits is niet zo *gut*,' waarschuwde Joanna.

'Het mijne is ook niet om over op te scheppen.' *Dawdi* wees naar de boekenkast. 'Zoek de bladwijzer maar op.'

Joanna stond op en liep naar de plank waar de Bijbel voor dagelijks gebruik werd bewaard, en ook de oude familiebijbel met zijn gerafelde randen. Ze streek er zachtjes over en bedacht dat deze Bijbel misschien wel in 1737 met een van hun voorouders meegekomen was uit Zwitserland op de Charming Nancy. De *Lancaster Mennonite Historical Society* zou hem dolgraag willen hebben voor hun beveiligde archieven, als ze het wisten.

Ze pakte de nieuwere Bijbel op, vond de bladwijzer in de Psalmen en kwam terug naar de tafel. Ze wenste dat haar grootouders de Engelse Bijbel gebruikten, zodat ze de teksten makkelijker konden begrijpen, zoals Eben zei dat hij deed. Een aantal jonge mensen hier in de buurt deed het ook.

'*Heere, God van mijn heil, overdag en in de nacht kom ik voor U en roep ik. Laat mijn gebed voor Uw aangezicht komen, neig Uw oor tot mijn roepen…*'

Toen ze klaar was met lezen sloeg ze de Bijbel eerbiedig dicht. Ze vond het merkwaardig dat de lezing vanavond zo passend voor haar was. Hoe goed van God om op haar droefheid te letten. Joanna dankte Hem in stilte.

'Lief van je om voor ons te lezen,' zei *Mammi* Sadie, terwijl ze ongevraagd nog een lepel ijs op Joanna's bord legde.

Ze weet dat ik dol ben op zelfgemaakt roomijs!

Dawdi Joseph gluurde over zijn bril. 'Bewaar maar wat voor Reuben, anders is hij teleurgesteld als hij komt.'

Mammi's mond viel open. 'Joseph, lieverd, je broer is bijna twee jaar geleden overleden.'

'Wat klets je nou, Sadie Mae?'

Mammi keek fronsend naar Joanna, haar doffe blauwe ogen stonden somber en bezorgd.

'Ik heb Reuben net nog gesproken… gisteren zelfs. Kom nou, zeker weten.' *Dawdi* schudde nadrukkelijk zijn hoofd, het zweet stond op zijn gezicht. 'Je haalt steeds dingen door elkaar.' Hij bleef mummelen. 'Jij was weg, ergens taarten bakken of zoiets.'

Mammi Sadie zei wijselijk niets meer en perste haar lippen op elkaar. Joanna had haar wel ergere dingen zien aanpakken, soms praatte ze zachtjes tegen *Dawdi* als hij onrustig of in de war was door geheugenproblemen. Dan zei ze dingen als: 'Ik weet dat het moeilijk voor je is, Joseph,' of 'Ik blijf bij je tot je je beter voelt.'

Mammi Sadie was net zo vriendelijk als Ella Mae Zook en Joanna was blij dat zij en *Dawdi* in hun laatste jaren zo dicht bij hen woonden.

Later, toen *Dawdi* Joseph naar de zitkamer was gedwaald en Joanna alleen was met *Mammi*, vroeg ze naar *Dawdi's* fixatie op het verleden. 'Over dingen van vroeger is zijn herinnering zo scherp, hè?'

'Zo schijnt het te gaan als je ouder wordt,' antwoordde *Mammi*. 'Voor sommige mensen tenminste.'

Joanna had medelijden met haar grootvader, maar ze wist dat hij in goede handen was bij *Mammi* Sadie, die een heldere geest had. 'U laat het me weten als u een poosje vrij wilt hebben, *jah?*' bood Joanna aan. 'Ik wil met alle plezier vaker dan een paar keer per week bij hem gaan zitten.'

'Het gaat best, hoor.'

'Nou, u moet er ook eens uit, vergeet dat niet.'

Mammi reikte over de tafel en legde haar hand op de hare. 'Ik denk dat jij degene bent die er vaker uit moet, kind.'

Ze knikte, in het vermoeden dat haar grootmoeder het van mama had gehoord. 'U hebt wel gelijk.'

'Dat brengt me op de gedachte, je nicht Malinda vroeg laatst naar je.'

'O?' Joanna spitste haar oren. 'Gaat het goed met haar?'

'Ik geloof van wel, maar ze mist haar familie soms, zoals sommige jonge bruiden doen.'

'Ik zou vaker bij haar op bezoek moeten gaan.' Joanna at haar toetje op.

'*Jah*, ik denk dat ze dat fijn zou vinden.'

Joanna schoof haar stoel naar achteren en bedankte haar grootmoeder voor het lekkere dessert. Toen liep ze naar de achterdeur, riep *Gut Nacht* tegen *Dawdi* en besloot de volgende dag bij nicht Malinda op bezoek te gaan. Malinda's ouders en jongere broers en zussen woonden helemaal aan de andere kant van de Hollow, dus geen wonder dat ze soms een beetje eenzaam was.

Misschien worden we er allebei vrolijker van.

14

'Kijk eens aan!' zei Malinda de volgende avond na het eten lachend toen ze de achterdeur opendeed en Joanna op de veranda stond. Haar blonde haar was netjes in het midden gescheiden en keurig onder in haar slanke nek in een dikke knot vastgespeld. Op haar slapen glinsterden zweetdruppeltjes.

'Ik heb je gemist.' Joanna kuste de vochtige wang van haar nicht.

'Alles goed?'

'O *jah...* ik ben druk met het aanplanten van de familiegroentetuin en wat niet al.' Joanna volgde Malinda om het huis heen naar het tuinschuurtje in de zijtuin. '*Het hart van mijn tuin*,' zei Malinda altijd. In de zomer was het een koel plekje om je te ontspannen of te bidden tussen opgestapelde potten, laden vol pakjes zaad en boekenplanken die ideaal waren om tuinbladen en -gidsen op te bewaren. In een oude aardewerken pot stonden metaalscharen, snoeischaren en planttroffels. Vogelzaad, sproeiers, een paar extra emmers, schoffels, harken en schoppen, evenals kniekussentjes waren keurig gerangschikt in vele hoeken en gaten. En langs één muur zonder ramen had Malinda een bord met haken waar ze heggenscharen, gewone scharen en een hamer voor kleine reparaties bewaarde. Ze had zelfs een comfortabele oude schommelstoel in de hoek staan.

Joanna's nicht stak een kleine lantaarn aan en trok twee houten krukken tevoorschijn, en ze nestelden zich voor een gesprek van hart tot hart naast de kruiwagens en een grasmaaier.

'Ga je morgen naar de quiltbijeenkomst?' vroeg Joanna. Ze merkte op hoe de blonde Malinda straalde in het licht van de lantaarn.

'De volgende keer misschien. Ik help mijn buurvrouw met de voorjaarsschoonmaak.'

'We hopen een heel mooie vriendschapsquilt in elkaar te zetten,' voegde Joanna eraan toe.

Malinda glimlachte nog steeds.

Joanna keek haar aan en voelde dat ze iets op haar hart had. 'Heb je me iets te vertellen?'

Malinda keek over haar schouder naar de schuur. 'Eigenlijk zal het je wel niets verbazen.' Ze zweeg even, haar ogen glinsterden. 'Tot nu toe heb ik het alleen aan Andy verteld.'

Joanna's hart sprong op. 'O, ik denk dat ik het kan raden.'

'Ja?'

Joanna knikte en zei: 'Verwacht je een baby?'

Malinda klapte in haar handen en lachte zacht. 'Nou, jij bent een slimmerd.'

'O, wat een wonder-*gut* nieuws!' Joanna gooide de kruk bijna om in haar haast om haar nicht te omhelzen. 'Ik ben zo blij voor je.'

Malinda's gezicht straalde van blijdschap. 'Denk je eens in… ons eerste kleintje, dat begin november komt.'

De tranen sprong Joanna in de ogen. O, getrouwd te zijn zoals Malinda en een gezin te stichten! Ze zag al voor zich hoe ze haar nicht net zulk mooi nieuws toevertrouwde als ze eenmaal met Eben was getrouwd.

Joanna keerde terug naar haar kruk en waagde een snelle blik op Malinda's buik, die nog geen tekenen vertoonde van het wonderlijke nieuws. Ze stelde zich voor hoe het voelde als haar eigen piepkleine kindje onder haar hart zou groeien.

Malinda praatte maar door. 'Ik denk dat het veel te vroeg is om wiegdekentjes en andere babyspullen te maken. Maar ik ben al begonnen namen op te schrijven.'

'Dat zou ik ook doen als ik in jouw schoenen stond.' Op hetzelfde moment viel het Joanna op dat ze allebei op blote voeten waren en ze lachten hartelijk.

'Mag ik vragen hoe het er voorstaat met je *beau*?' Malinda trok een ernstig gezicht.

De vraag was beslist gerechtvaardigd, maar hij overrompelde Joanna. Ze haalde haar schouders op en voelde de behoefte om haar mond dicht te houden.

'Kom, er moet toch *iets* zijn.' Malinda boog zich naar voren, het was duidelijk dat ze het uit haar wilde trekken. Joanna herkende die blik, ze had hem ook op mama's gezicht gezien. 'Ik beloof dat ik zal zwijgen,' verzekerde Malinda haar.

'Er valt niet veel te vertellen.'

Malinda fronste haar voorhoofd en begon kritischer te kijken. 'Kom, nicht.'

'Nee, echt.'

Malinda liet het erbij. 'Goed dan. Maar ik zal je gedenken in mijn gebeden.'

Joanna lachte gedwongen. Ze vond het vervelend om haar niet af te schepen, maar wat kon ze zeggen?

Het begon donker te worden. 'Niemand weet dat ik weg ben van huis,' zei ze. 'Mag ik een zaklantaarn lenen om terug te lopen?'

'Natuurlijk.' Malinda stond op en wenkte dat Joanna haar moest volgen. 'Maar voordat je gaat, wil ik je iets laten zien wat ik op zolder heb gevonden toen ik laatst wat opgeslagen spullen heb gelucht. Het is een heel onverwachte vondst, vind ik.'

'Wat is het?'

'*Ach*, je zult het wel zien.' Malinda glimlachte geheimzinnig. 'Ik weet zeker dat je verrukt zult zijn… vooral als je eenmaal verloofd bent met je jongeman.'

'Is het voor mij, bedoel je?'

'O, *Mammi* Kurtz staat erop.'

'Heb je er met onze grootmoeder over gesproken?'

Malinda knikte terwijl ze door de tuin liepen. 'Je wordt er heel blij van, geloof me.'

Joanna liep achter haar nicht aan en bedacht dat ze de vraag moest stellen die ze in een soort opiniepeiling al aan verscheidene familieleden had gesteld. Ze wilde enkele van de antwoorden opnemen in het verhaal dat ze aan het schrijven was, het langste tot nu toe. Ze genoot ervan mensen – *echte* mensen – te observeren en de beelden op te slaan in haar hoofd. Dat was al een hobby vanaf haar kindertijd, toen ze anderen gadesloeg waar ze ook ging, of het nu in het Amish schoolgebouwtje was, tijdens de zondagse predikdienst of in de groentekraam aan de weg waar *Englischers* langskwamen. Later pas was Joanna begonnen die herinneringen in fictie te verwerken op de bladzijden van haar schrijfschrift.

Joanna en Malinda slenterden terug naar het huis en Joanna was zich bewust van de sterren die een voor een verschenen. Insecten fladderden tegen de hordeur, gelokt door het licht. Ze dacht aan de kleine bijtjes die ze laatst opgerold had zien slapen in de romig geel met roze bloemblaadjes langs de zijkant van het huis. *De wonderen van de lente…*

Joanna stond even stil op de achterveranda en leunde op de omheining. 'Heb je er weleens over nagedacht wat tot nu toe de gelukkigste tijd van je leven is geweest?'

Malinda sloeg haar armen om een hoekpaal van de veranda en sloot haar ogen een ogenblik. Toen lachte ze zacht en deed ze weer open. 'Eerlijk gezegd hoef ik daar niet lang over na te denken. Het is de dag dat ik met Andy trouwde.'

Joanna was blij dat te horen, juist omdat Malinda zo hevig emotioneel was geweest. Lieve help, te bedenken dat ze zich zo volkomen in haar nicht had vergist! 'Veel vrouwen zeggen dat hun gelukkigste moment was toen ze voor de eerste keer moeder werden,' vertelde Joanna.

'Dat zal ik dan gauw genoeg weten.'

Joanna knuffelde haar. 'Het doet me zo *gut* om je zo vergenoegd te zien.'

Malinda keek haar even onderzoekend aan. 'Waarom vroeg je dat, Joanna?'

'O, het is gewoon iets waar ik nieuwsgierig naar ben.' Ze zette door. 'Ik wil graag weten wat anderen denken… misschien omdat ik houd van verhalen schrijven.'

'Verhalen?'

'*Jah*… het is een geheim dat ik voor bijna iedereen heb verzwegen. Nou ja, behalve Eben en mijn vriendin Amelia.' Joanna zweeg een ogenblik en hoopte maar dat het geen vergissing was om dit aan haar nicht te onthullen. Maar Malinda had altijd goed een geheim kunnen bewaren.

'Volgens mij ben jij al vanaf je geboorte van het nieuwsgierige soort.'

'Ik denk dat je gelijk hebt. Maar nu begin ik me af te vragen of ik het voor mezelf had moeten houden en helemaal niet aan Eben had moeten vertellen.'

Malinda beet nadenkend op haar lip. 'Nou, ik heb nog nooit gehoord van een romanschrijver in de Gemeenschap van Eenvoud.'

'Ik ook niet. Nou ja, in elk geval niet in Lancaster County.'

'Bisschop John wil niet dat we te hoog van onszelf denken… daar heeft de Schrift een heleboel over te zeggen.'

111

'*Jah*, het is beter om nederig te blijven.'

'Als je nou verhalen schrijft om anderen te helpen…'

'Dat is een idee,' beaamde Joanna. 'Maar tot nu toe zijn ze eigenlijk alleen voor mezelf.' Het was een hele opluchting dat Malinda niet slechter over haar was gaan denken vanwege haar bekentenis. 'Eerlijk gezegd ben ik bang dat mijn *beau* een beetje begint terug te krabbelen.'

'Wat bedoel je toch?'

Joanna wist niet of ze meer moest zeggen.

'Ik heb weleens gehoord dat de Amish in Indianapolis in sommige opzichten minder streng zijn dan wij.' Malinda glimlachte ontwapenend. 'Weet je zeker dat hij afstandelijk begint te worden?'

Joanna schudde haar hoofd. 'Het is maar een gevoel.'

'Misschien pieker je te veel.'

Daar had haar nicht wel gelijk in. 'Misschien wel.'

Samen gingen ze naar binnen, door de keuken, toen naar boven naar een van de logeerkamers. Malinda liep naar een mooie eikenhouten dekenkist aan het voeteneind van een tweepersoonsbed. Voorzichtig tilde ze de dekens en ander beddengoed eruit en legde het op een stoel. Toen bracht ze de mooiste dubbele-trouwringenquilt omhoog die Joanna ooit had gezien, helemaal gemaakt in rode, paarse en blauwe tinten. 'Kijk maar eens.'

'Lieve help!' Met samengeknepen ogen bekeek Joanna het schitterende kunstwerk. 'Hij is adembenemend.' Ze stak haar hand uit om één kant vast te houden en Malinda hield de andere kant vast terwijl ze achteruit schuifelde om de hele lengte van de prachtige quilt te tonen.

'*Mammi* Kurtz zegt dat het een familie-erfstuk is.'

'En in volmaakte staat… hij is vast niet 's nachts gebruikt om onder te slapen.'

'Dat is precies wat ik dacht,' zei Malinda. 'Hij heeft veertig jaar op de verkeerde plek gelegen.'

Joanna bekeek waarderend de grote in elkaar grijpende cirkels. 'Wat een wonder-*gute* ontdekking heb je gedaan.'

'Nou, ik ben niet van plan om hem te houden,' zei Malinda.

'O, dat moet je wel doen!'

'Weet je nog wat ik je vertelde?' Malinda's ogen waren zacht. '*Mammi* staat erop dat hij naar jou gaat.'

'*Jij* bent toch de pasgetrouwde in de familie,' protesteerde Joanna.

'Dat is aardig van je, maar ik heb al meer dan genoeg quilts.'

Joanna keek haar nicht onderzoekend aan. 'Weet je het zeker?'

'Met onze grootmoeder valt niet te twisten.'

'Met jou ook niet, hè?' Joanna was opgetogen.

'Bovendien zit er een interessant verhaal achter deze quilt.'

'Ze zeggen dat iedere quilt een verhaal heeft.'

Malinda knikte langzaam, haar ogen glinsterden. 'Het is niet zomaar een verhaal, hoor.'

Joanna was een en al oor. 'Tja, geen wonder. Moet je zien.'

'Ik bedoel niet de kleuren of de steekjes.'

'O?'

'*Mammi* Kurtz zegt dat hij een spirituele erfenis heeft. En,' zei ze zachter, 'er zit een soort mysterie aan vast.'

'Heeft *Mammi* je dat verteld?'

'Ze zei dat het vele jaren geleden een bekend geheim was, maar het werd vergeten toen de quilt verdween.'

'Nu maak je me nieuwsgierig.' Ze onderzocht de quilt op initialen. '*Mammi* moet weten wie hem gemaakt heeft, *jah*?'

'Ze zegt dat hij aan het eind van de jaren twintig gemaakt is door een van onze oud-oudtantes.'

'Zo lang geleden?'

Malinda spreidde hem uit op het bed en Joanna knielde neer om met haar vinger het bekende patroon na te trekken, zich verwonderend over de keuze van zo'n brutale combinatie van kleuren. 'Het verschilt niet echt veel van ons huidige dubbele-trouwringenpatroon, *jah*?'

Malinda beaamde het en knielde aan de andere kant van het bed. 'En kijk toch eens hoe recht de steekjes zijn. Ik hoorde dat hij gemaakt is door slechts één quilter, als je het je kunt voorstellen.'

'Wat een reusachtige onderneming,' fluisterde Joanna.

Ze zwegen een tijdje en bewonderden de familieschat. Joanna stelde zich de vrouw voor, hun getalenteerde voorouder, die liefdevol de tijd had genomen om deze quilt te maken. En dan te bedenken dat Malinda dit erfstuk van de zolder had gered. En nog mooier, dat *Mammi* wilde dat Joanna hem kreeg!

Joanna was diep geroerd door de gevoelens van haar nicht en grootmoeder. '*Denki*,' bracht ze uit. 'Heel hartelijk bedankt.' Betekende dit dat ze niet langer geloofden dat ze voorbestemd was om *Maidel* te zijn?

Haar nicht bood aan de quilt te bewaren tot Joanna hem een ander keertje kon komen ophalen met het rijtuig en Joanna bedankte haar terwijl ze naar beneden liepen en de veranda op gingen. Een luid koor van krekels klonk op en de geur van kamperfoelie hing in de lucht. Ze zagen Andy de stal uit komen.

Malinda gaf haar een lieve omhelzing en een zaklantaarn. 'Niet weer zo lang wachten met op bezoek komen, hè?'

Joanna zei dat ze morgen langs zou komen, na de quiltbijeenkomst. Ze zwaaide en daalde de verandatrap af. Ze was in de wolken, niet alleen met Malinda's zwangerschap, maar ook met de bijzondere quilt. Wat een prachtig geschenk! De gedachte dat ze hem in haar uitzetkist zou leggen, gaf Joanna weer nieuwe hoop.

Ze verheugde zich erop te horen wat *Mammi* Kurtz wist over het verhaal achter de quilt. *Binnenkort, zeer binnenkort.*

15

Tuigpaarden draafden op en neer over Peaceful Acres Lane, het geklepper van hun hoeven werd versterkt door de stilte van de avond. Eben veegde zijn voorhoofd af met de onderkant van zijn mouw voordat hij de brievenbus openmaakte, die aan de voorveranda van zijn vaders dakspanen boerderij bevestigd was. Hij hoopte op een brief van Joanna en vond tot zijn verrassing een dikke stapel, waarop hij zich afvroeg waarom mama niet naar buiten was gekomen om voor het avondeten te kijken of er post was.

Zijn oog viel op een enkele brief toen hij de reclamepost en rekeningen doorkeek. Eben kon zijn ogen haast niet geloven. *Leroy's handschrift… en een brief aan mij gericht?*

Vlug maakte hij hem open, met ingehouden adem. Hoelang was het geleden dat hij iets van Leroy had gehoord? Naar zijn beste herinnering waren er ruim zes maanden voorbijgegaan sinds zijn vierentwintig jaar oude broer had geschreven.

Zonder een seconde te verspillen liep Eben om naar de zijkant van het huis en spande zich in om in het licht van de schemering de korte brief te lezen. Bij de laatste regels voelde hij een golf van opwinding door zich heen slaan.

Eén of twee dagen nadat je deze brief krijgt, kom ik thuis, en het werd tijd. Ik verheug me erop jou en mama en ook pa te zien. Het zal een mooie hereniging worden. Hartelijke groeten, je broertje Leroy.

Eben vouwde de brief weer op en tuurde naar de schuur en de bijgebouwen, waaronder de houtschuur, waar hij en zijn zwager die morgen urenlang bezig waren geweest met houthakken. 'Fantastisch! Een hereniging dus?' mompelde Eben hardop, terwijl hij langs de zijkant van het huis naar de deur liep. 'Wat zou er zijn?'

Het huis van de familie Troyer stond een eindje van de smalle landweg af en werd omringd door tachtig hectare akkers en weiland, het was een voornaam en uitnodigend huis. Zijn ouders en twee generaties grootouders van vaderskant daarvoor hadden het huis van de grond af opgebouwd. Ze hadden het land bewerkt en bebouwd, fokten varkens en kippen, en melkten een kleine kudde koeien voor het gezin en om de kost te verdienen. Het huis zelf was meer dan honderd jaar oud en Eben wist uit de eerste hand wat dat betekende, omdat hij door de jaren heen geholpen had met de voortdurende reparaties.

Hij stak zijn hand uit naar de deur die uitkwam op de combinatie van met horrengaas omheinde veranda en bijkeuken, door mama de 'modderkamer' genoemd.

'Komt Leroy zijn rechtmatige plaats opeisen?' vroeg Eben zich hardop af, terwijl hij naar binnen stapte. Zo ja, wat een verhoring van zijn gebeden in de tweeënhalf jaar sinds Leroy zijn opvoeding verloochende en hunkerde naar een hogere opleiding. Niet lang nadat Leroy weg was gegaan had de bisschop een preek gehouden over doorleren, en de jonge mensen op het hart gedrukt dat te mijden als de pest. 'Er is een reden voor dat de universiteit "hogere opleiding" wordt genoemd,' had de geestelijke verklaard. Voor hem wees het woord *hoger* op een verlangen naar zelfverbetering en ongehoorzaamheid aan God. En alsof de middelbare school en de universiteit nog niet genoeg waren, had Leroy zelfs geleerd een vliegtuig te besturen, ver en vrij.

Vrij…

Dat was Leroy kennelijk wel, bevrijd en modern… ten nadele van zijn eigen familie en goede vrienden. En ten nadele van Leroy zelf. Het bericht had zich snel door hun gemeenschap verspreid: de jongste jongen van Will Troyer is ten slotte de wereld in gegaan.

Met de brief nog in zijn hand overwoog Eben of het verstandig was om dit nieuws aan zijn ouders bekend te maken. Leroy had al twee keer eerder aangekondigd dat hij op bezoek kwam, maar elke keer was er iets tussen gekomen waardoor het uitgesteld werd. Eben schiep er geen genoegen in zijn moeder dat verdriet nog eens te laten doormaken, nadat ze zo lang met smart op hem had gewacht. En voor pa was het net zo zwaar, die arme man. Nee, het was beter om maar eens af te wachten wat er gebeurde. Kijken of de moderne Leroy dit keer wel doorzette.

Eben stopte de brief in zijn zak, scheurde de envelop doormidden en stopte die in de afvalbak onder de gootsteen. Zijn lieve moeder zat in de kleine kamer naast de keuken met haar neus in een boek – een Amish liefdesverhaal, zo te zien. Ze zei geen woord daar in dat hoekje, genesteld in haar gestoffeerde stoel, omringd door stichtelijke tijdschriften en de wekelijkse krant, *Die Botschaft*.

Eben begaf zich naar zijn slaapkamer boven aan het eind van de lange gang. Het was vanavond nog vroeg genoeg om aan Joanna te schrijven. Wat zou hij er niet voor overhebben om haar dit nieuws te vertellen – kwam er eindelijk een einde aan het vreselijke oponthoud in hun formele verkering?

Lieve help, als er ooit een meisje een fatsoenlijke verkering verdiende, dan was het Joanna wel, de schat. En met elke maand die voorbijging en met elke brief die hij schreef, voelde Eben zich geërgerd omdat hij zijn meisje niets nieuws te vertellen had. Er was gewoonweg geen bericht gekomen van Leroy… tot nu.

☾☙☽

Toen Joanna thuiskwam van nicht Malinda, haastte ze zich naar boven en zag Cora Jane met een verlegen gezicht in haar deuropening staan. 'Wat doe je?' vroeg ze wantrouwig.

'Gewoon, een beetje nadenken.'

Joanna excuseerde zich en glipte langs haar zus heen. Ze deed haar kamerdeur dicht en liep meteen door naar haar uitzetkist om te kijken of haar ringband met verhalen nog steeds veilig verstopt was.

Tevredengesteld dat er niets van zijn plaats was, zette ze haar bezorgdheid van zich af en daalde op tijd de trap af voor het Bijbellezen.

Cora Jane had zich al bij hun ouders in de voorkamer gevoegd toen Joanna binnenkwam en plaatsnam in haar gewone stoel bij de ramen. Cora Jane had zich in de verste stoel opgerold tot een bal, met haar hoofd naar het raam gewend. Dacht ze soms aan haar *beau*?

Zich nestelend tegenover mama stelde Joanna zich voor waar hun oudere broers en zussen in de voorkamer altijd hadden gezeten voor het ochtend- en avondgebed. Joanna had vijf oudere broers en twee oudere zussen en wist meer dan genoeg van hun persoonlijke aanvaringen, maar ze wist ook dat geen twee broers of zussen ooit gelijk waren. Weer keek ze naar Cora Jane en vroeg zich af hoe *zij* zou reageren als ze het hoorde van het erfstuk.

Joanna probeerde zich ook Eben en zijn familie tijdens hun avondgebed voor te stellen. En zijn broers en zussen –

zes in totaal, had hij verteld. Lazen en baden zij ook elke morgen en avond, zoals haar familie? Behalve Eben waren ze op zijn jongere broer na allemaal getrouwd. En ook net als Joanna was hij de op een na jongste. *Nog een gemeenschappelijke band tussen ons.*

Wat haarzelf betrof, stelde Joanna zich er voorlopig mee tevreden een van de laatste twee thuiswonende kinderen te zijn. Ze had het bijvoorbeeld zo geregeld dat zij degene was die elke middag de post ophaalde. Verrassend genoeg had dat ertoe bijgedragen dat vragen over Ebens dilemma tot een minimum beperkt gebleven waren. *Tot nu toe, althans…*

Nu begon pa uit de oude *Biewel* voor te lezen met de vaste stem die hij altijd opzette voor de lezing van Gods Woord. Hij legde zijn eeltige handen keurig op de dunne blaadjes. Mama zat nederig met haar roze handen gevouwen in haar schoot en Joanna luisterde, terwijl ze keek naar haar zus die zenuwachtig zat te friemelen.

De Bijbel had altijd een belangrijke plaats ingenomen in het hart van haar ouders en ook in Joanna's hart. Vanaf hun jongste kindertijd had pa op deze manier de Schrift voorgelezen, elke dag begon en eindigde met gebed en Bijbellezen.

Later zal Eben het Woord van God willen voorlezen aan onze kinderen. Voor haar geestesoog zag Joanna zichzelf naast Eben zitten terwijl hij het gezin voorlas – hoeveel kinderen? O, ze hunkerde ernaar om aan haar toekomst te beginnen en haar alleenstaande en soms eenzame leven achter zich te laten. Ze hunkerde ernaar bemind te worden.

Later, toen het tijd was om te knielen voor het gebed, sprak Joanna een stil dankgebed uit voor Malinda's ontdekking van de quilt en ze bad ook voor Ebens afgedwaalde broer Leroy.

Toen pa amen had gezegd, ging mama naar de keuken en pa slofte nog één keer naar de schuur.

Joanna wenste Cora Jane welterusten en snelde naar boven naar haar eigen slaapkamer. *Had morgen maar vleugels*, dacht ze, verlangend om de schitterende bruiloftsquilt in handen te krijgen.

Voorzichtig ontstak ze de gaslamp in haar kamer en liep naar het raam dat uitkeek op het westen, naar Indiana. *Ik mis je, Eben…* Een hele tijd bleef ze daar staan uitkijken.

Toen voelde ze dat er iemand anders in de kamer was. Ze draaide zich om en daar stond Cora Jane in de deuropening, haar goudblonde haar golfde over beide schouders en ze had een borstel in haar hand. 'Mag ik binnenkomen?'

'Tuurlijk,' antwoordde Joanna. 'Wil je dat ik je haar borstel?'

'Wil je dat doen?' Even lichtte Cora Janes gezicht op.

Joanna wees haar een robuuste rieten stoel bij het raam. 'Het is lang geleden,' zei ze zacht. *Te lang…*

Cora Jane zat netjes stil en zei geen woord meer. Nu ze zo naar haar zusje keek, vond Joanna het triest dat zij tweeën weinig contact meer hadden sinds Joanna Eben had ontmoet in Virginia. Ze probeerde over koetjes en kalfjes te praten terwijl ze Cora Janes prachtige haar borstelde, over het volgende uitstapje naar de bakkerij en dat ze binnenkort een keertje bij *Mammi* Kurtz op bezoek wilde. Dingen die niet in de buurt kwamen van wat ze vroeger met elkaar deelden, als ze soms tot laat in de avond bij elkaar op bed lagen.

Maar Cora Jane zei helemaal niets.

Joanna vormde de woorden in haar hoofd. *Het spijt me dat we onenigheid hebben*, dacht ze verdrietig. Maar vanavond geloofde Joanna dat ze de kloof tussen hen niet zou kunnen overbruggen als ze dat gewild had. Cora Jane wist hoe ze zich voelde. Haar zus was onwrikbaar in haar denken dat Eben hier toch nooit kwam wonen… dat hij niet helemaal recht-uit was tegen Joanna.

Joanna hield Cora Janes zware haar in haar linkerhand en borstelde met lange, strelende slagen, steeds opnieuw. *We zijn van elkaar losgeraakt*, peinsde ze, in de hoop dat dit gebaar haar zorgzaamheid voor Cora Jane liet zien.

En omdat haar zus bleef zwijgen, liet Joanna haar gedachten weer naar Eben dwalen terwijl ze borstelde. Het was zo lang geleden dat ze hem had gezien en ze wenste dat ze één fotootje van Eben bezat. Maar dat had ze niet, in overeenstemming met hun strenge *Ordnung* – de kerkelijke ordinantie.

Ik kan me amper herinneren hoe je eruitziet, mijn lief…

16

Nadat Cora Jane de kamer uit was gegaan, tilde Joanna het deksel van haar uitzetkist. Daarin was nauwelijks genoeg ruimte voor de geërfde quilt. 'Ik moet ergens plaats maken,' fluisterde ze, vol verlangen om het prachtige handwerk in haar bezit te krijgen.

Ze groef dieper en haalde er voorzichtig een houten brievendoos uit, een geschenk van Salina voor haar eenentwintigste verjaardag. Elke brief die Eben ooit had gestuurd, werd daarin veilig bewaard.

Ze vond haar lievelingsbrief – een die hij aan het begin van de winter had geschreven – met de bedoeling hem voor de honderdste keer te lezen. Ze had hem gemarkeerd met een roze hartje op de envelop, zodat ze hem altijd kon vinden tussen zijn vele brieven als ze hem miste.

Liefste Joanna,

Hoe gaat het met je?

Je kunt erom lachen, maar zo'n beetje om de dag kan ik haast niet wachten om te gaan kijken of er een brief van je is. Denk dat je zoveel schrijft... het is altijd wonder-gut om van je te horen!

Ik sta de laatste tijd vroeger op dan anders, om met mijn vader mee te gaan naar boerderijverkopen in de buurt. Maar hoewel ik het deze winter tamelijk druk heb, heb ik het nooit te druk om 's avonds aan jou te schrijven, mijn schat.

Ik vind het heerlijk om bij je te zijn! En ik wou dat ik je weer kon zien… gauw.

Ze stopte met lezen en hield de brief dicht tegen zich aan, en dacht na over zijn laatste woorden. 'Dichter bij *ik houd van je* zeggen is hij nooit gekomen,' zei ze zacht, en wenste met haar hele hart hem dat persoonlijk te horen zeggen. *O, wat zou dat een mooie herinnering zijn!*

Ze stopte de brief weer in de envelop en legde hem op zijn plaats, sloot de mooie brievendoos af en liet hem onder twee gestikte dekens en ander linnengoed glijden. Toen haalde Joanna de grote ringband waar ze haar vele schrijfsels in bewaarde uit de kist en haalde haar blauwe schrift eruit. Ze nam het mee naar haar bed om de scènes die ze gisteren had opgeschreven nog eens over te lezen. Ze had algauw geleerd dat, wat op een bepaalde dag goed leek, de volgende dag vaak heel anders las. Dus ze besteedde veel tijd aan het omwerken van haar zinnen en hoofdstukken.

Joanna stopte haar voeten onder de lange jurk en schort en wenste dat haar kerkdistrict niet zo streng was. Hoezeer sommigen het ook mochten afkeuren dat zij elke week urenlang over haar schrift gebogen zat, zij vond het heerlijk om zich op die manier uit te drukken en ze zag er geen kwaad in. Wat moest ze dan? Ze wist maar van één Amish kerkdistrict, niet ver van Harrisburg, waarvan de bisschop een gedoopte Amish vrouw toestemming had gegeven om haar romans uit te geven, maar die waren gebaseerd op het leven van Eenvoud, dus dat zou wel maken dat ze door de beugel konden.

Schrijven had ze altijd alleen voor zichzelf gedaan, maar na Amelia's voorstel trok het verlangen om uitgegeven te worden soms aan Joanna als ze overdag mama hielp met broodbakken of naaien. En ook 's nachts, als het in haar borrelde…

in haar dromen. Eerlijk gezegd, als ze iets graag wilde, was het dat er iets van betekenis uit haar schrijven voortkwam. Dat, en trouwen met Eben Troyer.

Als ze niet een feitelijk verhaal aan het schrijven was, mocht ze graag karaktertrekjes en beschrijvingen van mensen op papier zetten. Ook ideeën, dingen die in haar hoofd opkwamen, waaronder vragen om na te vorsen, zoals de vraag die ze eerder die dag aan nicht Malinda had gesteld.

Gisteren nog had ze ook mama gevraagd naar de gelukkigste tijd van *haar* leven, maar de vraag werd ontvangen met opgetrokken wenkbrauwen, alsof haar moeder zei: '*Denk liever aan iets nuttigs, kind.*'

Joanna's oudste broer Hank, die al een poosje getrouwd was, had vermoeid zijn wenkbrauwen gefronst toen ze hem hetzelfde had gevraagd. Snel had hij zijn antwoord eruit geflapt. '*Dat is makkelijk genoeg! Mijn tienertijd,*' had hij gezegd, wellicht implicerend dat getrouwde mensen belast waren met verantwoordelijkheden.

Maar het was de Wijze Vrouw, Ella Mae Zook, die het meest diepzinnige antwoord had gegeven. '*Voor mij is nu – dit moment – de allermooiste tijd.*' Ze had gesproken met een aarzelende glimlach. '*Op mijn gevorderde leeftijd heb ik de hardste lessen wel geleerd, dat zou tenminste moeten. Alles wat we leren als we jong zijn, is nuttig voor de jaren daarna. Helaas leren we de levenslessen die we moeten leren nooit echt goed. Droevig, maar maar al te waar, vind je niet?*'

De broze Ella Mae had niet met zoveel woorden gezegd wat die lessen waren, maar Joanna begreep wel dat ze de vruchten van de Geest bedoelde die in de Schrift te vinden waren: liefde, vreugde en vrede, geduld, vriendelijkheid en goedheid, geloof. Sommige mensen noemden het de simpele gaven.

Joanna fluisterde in zichzelf: 'Koester ieder ogenblik. Dat is wat Ella Mae bedoelde.'

Ze nam haar pen op om door te werken aan haar tot nu toe langste verhaal, over een Amish paar dat innig van elkaar houdt en gescheiden wordt door meerdere staten: *De eerste keer dat ze elkaar weerzagen, praatten ze tot diep in de nacht en deelden de geheimen van hun hart.*

Achter zich hoorde ze plotseling gekraak en toen ze opkeek, zag ze Cora Jane in de deuropening staan.

Vlug sloeg Joanna haar schrift dicht. 'Hoelang sta je daar al?' vroeg ze met een onvaste stem.

'Heb je soms een kwaad geweten?' Cora Jane keek strak naar het schrift.

'O, zusje…'

Cora Jane sloeg haar armen over elkaar. 'Vat wat ik nu ga zeggen op als een waarschuwing.'

Joanna schoof naar voren op het bed. 'Je kunt in het leven niet iedereen die je voor de voeten komt commanderen en veroordelen. Dat is niet aan jou.'

'Ik heb je bladzijden en bladzijden zien volschrijven, zus. Het lijkt mij echt geen brief… noch een dagboek. Wie zijn die mensen – en die plaatsen – waar je over schrijft precies? Heb je ze verzonnen?'

Joanna bloosde; ze was betrapt. 'Dus je snuffelt rond, je gluurt over mijn schouder?'

'Dus het *is* een verhaal, *jah*?'

'Verhalen schrijven doet niemand kwaad!' Joanna rechtvaardigde haar geheime passie tegenover Cora Jane, zoals ze altijd tegenover zichzelf had gedaan. Geëmotioneerd keek ze haar zus in de ogen. 'Ik ben verantwoording schuldig aan God en aan niemand anders voor wat ik doe. En ik geloof niet dat het verkeerd is om de verhalen in mijn hart en hoofd op te schrijven.'

'Jij je zin,' zei Cora Jane. 'Je schijnt er nogal op gebrand te zijn. Maar wat ik niet begrijp, is dat je dit al die tijd voor me hebt geheimgehouden. Je hebt me al voordat Eben op je pad kwam buiten je leven gesloten, hè?'

Joanna kreunde, maar zei niets meer.

'Waarom, Joanna? Er is toch niets mis mee, zoals je zegt?' wilde Cora Jane weten. 'Eerst je wereldse vriendin Amelia, dan een *beau* ver weg en nu die schrijverij! Straks glijd je weg van de Gemeenschap van Eenvoud en vlucht je naar de moderne Engelse wereld. Het lijkt wel of ik je nauwelijks meer ken.' Daarop draaide ze zich om en vluchtte de kamer uit.

Joanna liep naar de deur en sloot hem krachtig. Haar zus had het absoluut mis als ze Amelia en Eben over één kam schoor met haar liefde voor het schrijven. *O, had ik toch maar beter opgepast!*

Een vloedgolf van emoties teisterde Joanna toen ze terug-keerde naar haar knusse nest op het bed. Ze zocht op waar ze gebleven was en probeerde opnieuw te beginnen. Maar de kritische woorden van haar zus bleven doorklinken in haar hoofd, schreeuwend om aandacht, tot Joanna haar pen neer-legde en achteroverleunde tegen het kussen, terwijl de tranen over haar wangen stroomden.

17

De volgende morgen schrok Joanna wakker toen haar moeder onder aan de trap riep. '*Kumme* nu, Joanna, en help ontbijt maken!'

'Goed, mama.' Joanna rekte zich uit, geeuwde en stapte nog versuft uit bed. Ze stapte door de gang om bij haar zus te kijken, die nog in bed lag. 'Cora Jane, tijd om wakker te worden. Mama heeft ons nodig.'

'Ik heb haar gehoord,' zei Cora Jane slaperig. Ze draaide zich om, haar goudblonde haar spreidde zich uit over het hele kussen. 'Ze riep om *jou*!'

Met een zucht ging Joanna zich haastig wassen. Ze erkende dat Cora Jane nog heel jong was en midden in het proces van volwassen worden zat. Maar soms waren haar prikkelbare kanten lastig voorbij te zien, zeker als ze anderen confronteerde zoals ze gisteravond Joanna had gedaan.

Joanna trok haar grijze werkjurk aan, borstelde vlug haar lange haar en vormde een strakke knot die ze stevig vastspeldde. Er mochten geen haren in de roereieren komen!

Ze keek in de spiegel op haar commode en zag hoe helder haar ogen stonden na een nacht lekker dromen van Eben. *In mijn dromen dichterbij dan in werkelijkheid.*

Ineens viel het haar in dat ze misschien eens moest overwegen met Ella Mae Zook te gaan praten over haar *beau*. De Wijze Vrouw woonde tenslotte net achter het maïsveld, dus ze kon makkelijk op bezoek gaan zonder de moeite te hoeven nemen het paard voor het rijtuig te spannen.

Al was Ella Mae een van haar moeders liefste vriendinnen, Joanna geloofde dat de oudere vrouw alle haar toevertrouwde geheimen bewaarde – ze was een betrouwbaar mens. Ook gaf ze openhartig en vrijuit haar mening... soms was ze zelfs uitgesproken *batzich* – recalcitrant. Zo interessant, want de vrouw leek in niets op Joanna's eigen moeder, noch op een van de andere gerespecteerde vrouwen in Hickory Hollow. Joanna vroeg zich stiekem af of de Wijze Vrouw het redde met haar kranige aard omdat ze veel te oud was om uit de kerk te worden gezet.

'Dat is maar *gut* ook,' fluisterde Joanna, terwijl ze de witte mousselinen *Kapp* op haar hoofd zette.

Durf ik haar te vertellen over Ebens dilemma?

Misschien kon Ella Mae een goede raad geven voor hun langeafstandsromance. Zou het helpen om haar pure frustratie alleen al eens uit te spreken?

Joanna besloot later in de week de stemming te peilen en te zien welke wijsheid Ella Mae haar te bieden had... bij een kopje pepermuntthee. Op dit moment was iedere raad welkom!

CB &O

Aan de ontbijttafel zat Cora Jane opvallend te kieskauwen op haar eieren met spek en kennelijk ontbrak haar ook de trek in mama's zelfgemaakte koffiebroodjes. Joanna vroeg zich af wat haar mankeerde. Was ze nog van streek over gisteravond, of zag ze op tegen de quiltbijeenkomst van vandaag bij Mary Beiler? Afgelopen donderdag was een van Mary's nichten uit Ohio, Linda Jean, verschenen in een felroze jurk, anders dan alle kleuren die in Lancaster County ooit waren gezien. Cora Jane had er op uiterst kritische wijze de aandacht op gevestigd en opschudding veroorzaakt aan het quiltframe.

Geërgerd had Joanna gewenst dat Cora Jane eens wat meer vriendelijkheid zou tonen. *'Stel dat we er nu eens een zaak van het hart van maakten om meer te bidden en minder te oordelen,'* had Ella Mae jaren geleden eens gezegd. En Joanna was het nooit vergeten.

'Ik denk dat ik vandaag maar thuisblijf,' kondigde Cora Jane tegenover Joanna aan. 'Pa kan buiten wel wat hulp gebruiken, hè?' Ze keek haar vader aan, die zijn mond afveegde met zijn mouw.

'Tja,' zei pa, 'ik dacht dat jullie naar de bisschop gingen voor de quiltbijeenkomst.' Hij keek eerst naar mama en toen weer naar Cora Jane. 'Jullie allemaal.'

'Dat is waar, Cora Jane. We gaan de vriendschapsquilt helpen afmaken waar we vorige week aan begonnen zijn. En we hebben je nodig.' Mama meende het. Maar Cora Jane ook en ze zette grote ogen op.

'Maar ik voel me niet zo *gut*,' antwoordde ze dramatisch zuchtend en ze legde haar handen tegen haar wangen.

'Ben je zomaar ineens ziek?' Mama schudde haar hoofd; ze kende Cora Jane maar al te goed. 'Als je niet lekker bent, weet ik wel iets waar je meteen van opknapt. Een grote eetlepel levertraan en je bent zo genezen.'

Cora Jane trok een grimas. De zaak was geregeld.

'Voor het avondeten ga ik met de jongens het aardappelveld van Elam Lapp beplanten,' zei pa terloops, duidelijk in een poging om verder gezeur van Cora Jane de kop in te drukken.

'Daarna komt het cultiveren,' voegde mama eraan toe, met haar ogen nog gericht op Cora Jane, die erin geslaagd was flink rechtop te gaan zitten. Het dreigement van de levertraan hing nog in de lucht. 'Je zult het ook wel druk hebben met mest verspreiden over de groentetuinen,' zei ze tegen pa. De beproeving van het ontbijt lag kennelijk achter hen.

Joanna luisterde met een glimlach naar de gewone ontbijtpraat van haar ouders. Een vriendelijk mens was een tevreden mens. Vroeg of laat zou Cora Jane dat ook begrijpen.

CB8O

Eben ging aan de ontbijttafel zitten en wachtte tot mama haar plaats naast pa had ingenomen. Hij had veel aan zijn hoofd, waarvan Leroy's brief niet het minste was. Hij vond het vermoeiend om het nieuws voor zich te houden. Het was alsof het geheim hem neerdrukte… en zich niet liet negeren.

Hij keek op en zag dat zijn moeder haar hoofd schudde. Toen wuifde ze langzaam met twee stukken papier, een in elke hand. 'Wat is dit, Eben?' vroeg ze, terwijl ze met een frons naar de tafel kwam. 'Heeft Leroy je geschreven?'

Eben herkende de envelop die hij gisteravond doormidden had gescheurd. Hij kon niet anders doen dan het opbiechten. '*Ach*, mama, ik wilde jullie geen hoop geven.' Hij keek naar zijn vader, die breed aan het hoofd van de tafel zat.

'O?' zei pa. Hij trok een diepe rimpel in zijn voorhoofd. 'Waar heb je het over?'

'Leroy zegt dat hij naar huis komt… misschien zelfs vandaag al.'

Er brak een glimlach door op het gezicht van zijn moeder. 'Wel, wat een geluk!'

'Verder weet ik niets. Hij schreef niet veel.'

'Het is beter om geen overhaaste conclusies te trekken, vrouw,' drong zijn vader aan.

'Het heeft een tijd geduurd,' voegde Eben eraan toe. 'Om nog maar te zwijgen van al het bidden.'

'Dat is waar.' Pa gebaarde dat mama haar plaats moest innemen, zodat hij kon voorgaan in het stille gebed.

Vlug gleed ze op de bank, pa vouwde zijn handen en boog diep zijn hoofd. Eben deed hetzelfde, zijn hart bonsde. Hij had zijn moeder gekwetst, terwijl hij juist zijn best had gedaan om haar verdere pijn te besparen. Tijdens het stille tafelgebed bad hij dat Leroy's bezoek door Gods ingrijpen mocht zijn.

Na het amen reikte Eben naar de dichtstbijzijnde schaal en hield die zijn vader voor, daarna schepte hij zichzelf op. Hij was dankbaar voor het uitzonderlijk stevige ontbijt van maïsmeelpap en worst waar mama tijd voor had uitgetrokken om het klaar te maken.

Hij was benieuwd hoelang het geleden was dat Leroy van zo'n ontbijt had genoten, maar hij had geen medelijden met hem. Als jongen had Leroy tenslotte tegen de grenzen aan geduwd; het was zijn eigen domme beslissing geweest om de Gemeenschap van Eenvoud te verlaten.

Niettemin hoopte Eben dat zijn broer zich bedacht had in de tijd dat hij in de wereld was opgegaan. Was hij nu eindelijk klaar om zich te vestigen en de plaats op de boerderij die op hem wachtte in te nemen?

Wat zou ik daar niet voor overhebben! dacht Eben. Hij veronderstelde dat het uiterst onwaarschijnlijk was. Nee, er moest iets anders aan de hand zijn met Leroy. Waarom kwam hij eigenlijk?

18

Joanna's moeder pakte haar mand met quiltbenodigdheden en snelde naar de achterdeur. 'Zijn jullie klaar?'

'Bijna, *jah*.' Joanna veegde het aanrecht af en draaide zich om naar de tafel, waar ze haar eigen quiltnaalden en vingerhoed in een doosje had, klaar om in haar naaitas te stoppen.

'We willen niet te laat komen,' antwoordde mama.

Cora Jane treuzelde nog in haar kamer. 'Ik ga kijken waar mijn zus blijft.' Joanna snelde naar de trap. 'We zijn klaar om te gaan, hoor!' riep ze naar boven.

Joanna wachtte even om Cora Jane de tijd te geven voor een antwoord. Ze hoorde alleen voetstappen kraken, maar die kwamen niet in de richting van de trap, dus ze riep nog een keer: 'Kom je, zus?'

Het bleef stil.

Eindelijk antwoordde haar zus: 'Ik kom eraan.'

'We wachten op je.' Joanna draaide zich om en liep terug door de keuken, haar marineblauwe canvas naaitas over haar schouder met haar schrijfschrift veilig erin verstopt. Het schrift was haar 'verzekering' in het geval van een pauze in de drukte. Op die manier kon Joanna ergens alleen naartoe gaan en schrijven als ze wilde, en niemand zou er enig idee van hebben.

Joanna snelde door de achterdeur naar buiten, popelend om naar de Beilers te gaan. Bisschop John en zijn vrouw Mary deden elke week hun uiterste best om het de quiltsters naar de zin te maken. En Joanna vond het leuk om hun lieve kindertjes te zien, vooral de kleintjes.

Het was al warm buiten toen Joanna door de tuin liep en naar alle kanten om zich heen keek. Het voorjaar had zijn eigen unieke geur, een frisheid en aardsheid die in geen ander seizoen te vinden was.

Joanna stapte in het rijtuig en ging naast mama zitten. 'Cora Jane zegt dat ze eraan komt.'

'Ze kan maar beter opschieten. We lopen achter op schema.' Mama streek haar schort glad over haar lange jurk. 'Je ziet er opgewekt uit, Joanna.'

Om vele redenen voelde ze zich inderdaad goed. 'Ik ben zo benieuwd hoe de vriendschapsquilt zal worden als hij helemaal in elkaar zit.' Joanna dacht ook aan Mary's ziekelijke grootvader. 'En het zal *gut* zijn om te horen hoe het nu met Abram Stoltzfus gaat.'

'Helaas, ze zeggen dat hij hard achteruitgaat... hij is tegenwoordig erg in de war.' Mama keek naar het huis, met een spoor van irritatie in haar ogen. Cora Jane was niet vooruit te branden vandaag. 'Mary zegt dat haar *Dawdi* zich duidelijk herinnert wat hij jaren geleden als jongere deed, maar dat hij de namen van zijn eigen kleinkinderen niet kan onthouden.'

'*Jah.*' Joanna dacht aan haar eigen *Dawdi* Joseph. 'Oude mensen hebben de neiging in het verleden te leven, hè?'

Haar moeder fronste plotseling haar voorhoofd en boog zich voor Joanna langs om weer naar het huis te kijken. 'Lieve deugd, waar blijft Cora Jane? Traag als dikke stroop in januari!'

'Misschien schaamt ze zich voor vorige week.'

'Nou, we gaan hier niet weg zonder haar,' verklaarde mama.

Joanna begon weer over mama's ziekelijke vader en zei dat hij meer rust nodig scheen te hebben dan ooit. '*Mammi* zegt dat hij twee of meer dutjes per dag doet.'

'En hoe ouder hij wordt, des te meer hij zal willen soezen,' beaamde mama. 'Het schijnt dat bejaarde mensen en kleine hummels meer slaap nodig hebben dan anderen.'

Op dat moment klaarde mama's gezicht op toen Cora Jane door de achterdeur aan kwam stormen en met wapperende rokken door de tuin rende.

'*Ach*, ik ben klaar!' riep Cora Jane en sprong zo'n beetje in het rijtuig. Ze plofte neer en nam meer plaats in dan ze nodig had. Toen leunde ze dramatisch achterover. 'Ik had me niet zo moeten haasten!'

Joanna sputterde tegen. Moest ze zich echt zo onmogelijk maken?

'Cora Jane, we hebben hier op jou zitten wachten,' berispte mama. 'Zorg dat je in de toekomst meer rekening houdt met anderen, hoor je?'

Cora Jane knikte langzaam.

'Ik meen het,' voegde mama eraan toe, de teugels strak in haar handen.

Cora Jane wierp Joanna een snelle blik toe.

Joanna hoopte dat het beter zou gaan dan de vorige keer op de quiltbijeenkomst. Ze kreeg het idee dat Cora Jane van tamelijk lusteloos aan de ontbijttafel was veranderd in iets te pittig nu.

Op Hickory Lane was het drukker dan anders met paarden en rijtuigen. Amish buren wuifden toen ze langsreden en hier en daar renden kleine kinderen op blote voetjes achter het rijtuig aan. Anderen waren aan het touwtjespringen onder de bomen of bikkelden op de voorveranda, waar het nog koel was. En intussen zat Joanna in spanning over hoe Cora Jane zich die dag zou gedragen.

Maar noch haar moeder, noch haar zus gaf een kik en het geluid van de kloppende paardenhoeven hielp haar zich enigszins te ontspannen. Ze genoot bijzonder van de kleine rode eekhoorns die omhoog klommen in de bomen langs de weg. Koeien graasden in het weiland en muilezelspannen bewerkten de grond en ploegden in de zon.

Het werd een ongewoon warme dag. Joanna was blij dat ze eraan gedacht had haar hoofddoek mee te nemen voor de rit naar huis later op de middag. Misschien maakte ze zelfs haar knot wel los, hoewel ze er nooit over zou denken hem in het openbaar helemaal los te maken. Ze keek naar de lucht en hoopte op een regenbui. *Heel misschien*, dacht ze. Het was erg krap met z'n drieën op de bank.

Toen vouwde Cora Jane ineens haar handen en keek hun moeder aan. '*Ach*, mama… het spijt me echt dat ik de vorige keer met Linda Jean zo'n scène heb gemaakt,' zei ze nederig. 'Echt waar.'

Een blijde glimlach verspreidde zich over mama's gezicht. 'Tja, kind, misschien had je niet begrepen dat roze in sommige streken van Ohio een goedgekeurde kleur is voor Amish jurken.'

Cora Jane boog haar hoofd. 'Het zag er zo vreselijk werelds uit,' antwoordde ze. Ze had haar ogen neergeslagen en haar toon was zachter. 'Zo'n schreeuwende kleur.'

Joanna wist niet of ze zich met het gesprek moest bemoeien. Ze wachtte even en merkte toen zacht op dat er in Lancaster County veel verschillende kerkordinanties waren, zelfs binnen een straal van zeven kilometer. Misschien was Cora Jane daar niet van op de hoogte, omdat ze nog niet gedoopt was.

'Maar geen eentje staat roze toe voor tienermeisjes, *jah*?' antwoordde Cora Jane, opkijkend.

'Dat klopt helemaal,' zei mama.

De discussie wekte Joanna's nieuwsgierigheid. Wat voor kleur jurken droegen Ebens moeder en zussen in Shipshe-

wana? O, wat zou ze graag meer willen weten over zijn familie en ook over hun kerkordinanties. Toen wees ze zichzelf
terecht; daar hoefde ze niet over na te denken, althans niet
voor zichzelf.

Maar ja, stel dat Eben haar ten slotte *wel* vroeg om in
Shipshewana te komen wonen? Wat zou ze daarop zeggen?

19

Joanna was aangenaam verrast door Cora Janes veranderde gedrag en vrolijk werkte ze met haar piepkleine quiltnaald met de andere vrouwen keuvelend samen aan het frame. Cora Jane deed ook haar uiterste best om geduld te betonen toen de jongste kinderen van Mary Beiler tijdens het middagmaal een beetje rumoerig onder de tafel speelden. Ze liet zich op de grond zakken en fluisterde iets tegen het kleine meisje. Wat ze ook gezegd had, het kindergezichtje lichtte op als een lantaarn, het kind kalmeerde onmiddellijk en speelde vanaf dat moment een stuk rustiger met haar lappenpoppen.

Toen niemand oplette, glipte Joanna met haar naaitas naar buiten om in het familierijtuig een paar dingen op te schrijven in haar schrift. Ze kon op de vreemdste momenten inspiratie krijgen en was blij dat ze eraan gedacht had haar schrift en een pen mee te nemen.

Ze stapte in het rijtuig, ging zitten en opende haar canvas naaitas… maar het schrift was weg. '*Wu is es?*' fluisterde ze en keek achter de zitting. Was het uit de tas gevallen? Ze tuurde in het achtergedeelte van het rijtuig.

Joanna's hart bonsde. Haar schrijfschrift was nergens te zien! Ze pijnigde haar hersens en vroeg zich af of ze het thuis had laten vallen, misschien toen ze in het rijtuig stapte. Kon dat? Maar nee, ze had het nog bij zich toen ze hier aankwamen en toen ze mama had geholpen haar quiltmand naar het huis van de bisschop te dragen. Daar was ze vrij zeker van.

Met verwarde gedachten zocht Joanna elke centimeter van het rijtuig af, toen stapte ze uit en snelde over de oprijlaan naar Hickory Lane. En onder het gaan betreurde ze het dat ze het schrift had meegenomen, vooral omdat er een liefdesverhaal in stond. Daarnaast was het onverstandig geweest om het nota bene naar het huis van de bisschop mee te nemen! *Waarom heb ik daar niet aan gedacht?*

Ze was razend op zichzelf en piekerde en tobde tot ze er hoofdpijn van kreeg. En een vreselijke gedachte kwam in haar op: misschien had ze het helemaal niet verloren.

'Heeft iemand met opzet mijn schrift gepakt?' fluisterde Joanna, en ze dacht aan Cora Janes waarschuwing van de avond ervoor.

⊂3⊃

De rest van de middag had ze moeite zich te concentreren. Joanna liet steekjes vallen en was op zeker ogenblik zo afgeleid dat ze zelfs in haar vinger prikte en er een druppel bloed op de quilt viel. Mary Beiler sprong uit haar stoel alsof ze door een wesp gestoken werd, de bandjes van haar gebedskapje fladderden achter haar aan toen ze naar de keuken rende voor een washandje om de plek te deppen.

'Het spijt me vreselijk,' excuseerde Joanna zich, 'Wat erg.'

'Zit er maar niet over in,' stelde Mary haar gerust terwijl ze koortsachtig haar best deed op de vlek, die ze er uiteindelijk niet helemaal uit kreeg. 'Dit kan iedereen gebeuren.'

Joanna kreunde. 'Ik heb de quilt bedorven,' zei ze ellendig.

'Nee, nee. Er zijn heus ergere dingen,' hield Mary vol, terwijl ze zich over haar heen boog en Joanna's voorhoofd bijna raakte met het hare.

Een eindje verderop aan het frame liet mama zich horen.

'De vlek gaat er wel uit, kind,' en verscheidene hoofden knikten. 'Je zult het zien,' voegde mama eraan toe, met rimpels in haar voorhoofd van meegevoel.

Cora Jane ontweek haar blik en perste haar lippen op elkaar in een strakke streep, ze keek net zo zorgelijk als Joanna zich voelde.

Joanna keek nog eens steun zoekend naar haar moeder, blij met de barmhartige uitdrukking op mama's gezicht, maar zich nog steeds pijnlijk bewust van de al te zichtbare vlek op de quilt. En vlak voor Joanna's neus nog wel!

Helaas, ze kon het niemand anders verwijten dan zichzelf. Ze was een *Dummkopp* geweest om haar schrijfschrift mee te nemen. Maar lieve help, er was nog nooit eerder iets verdwenen uit haar tas!

Joanna zat behoorlijk met de situatie in haar maag en voelde zich steeds ellendiger.

Ach, ik had beter moeten weten!

⚙⚙

De rit naar huis duurde aanmerkelijk langer dan anders, vond Joanna, die tegen de late middagzon in tuurde. Ze kon haast niet wachten tot ze thuis waren om te kijken of ze haar schrijfschrift had laten vallen in de tuin of op de keukentafel had laten liggen. Maar hoewel ze niet durfde te vragen of ze eens in Cora Janes eigen naaitas mocht kijken, was ze er zeker van dat die er stugger uitzag dan toen haar zus vanmorgen in het rijtuig was geklommen. Joanna was er zelfs zeker van dat ze de omtrek kon zien van haar schrijfschrift dat erin zat.

Ze vermaande zichzelf, het was niets voor Joanna om iemand valselijk te beschuldigen. Maar wie anders was nieuwsgierig genoeg om haar schrift te pakken?

Gelukkig werd er geen woord gesproken in het rijtuig onder het rijden. Joanna was zo opgewonden dat ze doelbewust langzaam en diep ademhaalde om haar gal niet te spuien. Weer keek ze naar Cora Jane, die vragend terugkeek, maar nog steeds niets zei.

Toen ze de laan inreden die naar het huis voerde, dacht Joanna eindelijk weer aan de quilt die op haar wachtte bij nicht Malinda. 'Mama, wilt u het paard ingespannen laten?' vroeg ze. Hierop keken Cora Jane en mama verbaasd op. 'Ik moet meteen naar Malinda toe,' legde Joanna uit. Ze wilde niet zeggen waarom.

'Maar *ik* moet ook ergens naartoe,' zei Cora Jane. 'Waarom kun je niet lopend naar Malinda gaan?'

'Nou, ik moet iets ophalen,' zei Joanna. 'Iets wat te zwaar is om te dragen.'

'Goed dan,' zei mama, vermoeid van de lange dag. 'Gauw dan maar, zodat Cora Jane haar boodschap ook nog kan doen.'

'Waar moet jij heen?' vroeg Joanna aan haar zus, benieuwd of ze alleen om het rijtuig had gevraagd om moeilijk te doen.

'O, dat zul je wel zien,' zei Cora Jane geheimzinnig. 'Te zijner tijd.'

Joanna had geen zin meer om mee te spelen en schudde haar hoofd. 'Ik ben zo terug,' zei ze alleen.

Mama, die de spanning tussen hen beslist had opgemerkt, vroeg aan Cora Jane. 'Heb je het vandaag beter naar je zin gehad, kind?'

'Het was leuk om iedereen weer te zien,' antwoordde Cora Jane. 'En we hebben de vriendschapsquilt afgemaakt, op de zoom na, hè?'

'Dat is waar,' zei mama. Ze liet de teugels los en keek Cora Jane aan. 'Later wil jij vast ook weleens gastvrouw zijn van een quiltbijeenkomst.'

'Als ik getrouwd ben?' zei Cora Jane. Er speelde een glimlach om haar lippen.

'Van wat ik heb gehoord, is een bruiloft misschien niet ver meer weg,' antwoordde mama met een plagerige blik.

'Nou, mama!' lachte Cora Jane, hetgeen bevestigde wat Joanna – en hun moeder kennelijk ook – sterk had vermoed: Cora Jane was van plan de bruid te worden, misschien deze herfst al.

Vóór mij, dacht Joanna met een wee gevoel.

CB&O

Terwijl Cora Jane het paard aan de paal bond, keerde Joanna op haar schreden terug in huis, voorzichtig om niet op te vallen. Het schrift lag niet op het pad achterom of op het grasveld, dus ze ging naar binnen en zocht in de keuken, op de tafel en de werkbladen, en zelfs onder de houten banken. Ze trilde. *Al die uren van schrijven, voor niets!* Ze gluurde uit het raam en zag Cora Jane naast het paard staan, met haar eigen naaitas over haar schouder.

Terneergeslagen pakte Joanna de zaklantaarn op die ze de vorige avond van nicht Malinda had geleend en ging weer naar buiten. Ze zag dat Cora Jane achter mama aan rende, die naar de stal liep, waarschijnlijk om pa te laten weten dat ze weer thuis waren. Omdat Joanna mama al om het rijtuig had gevraagd, maakte ze het paard los en stapte weer in het rijtuig. Dit keer ging ze uiterst rechts zitten en pakte de teugels op. Haar emoties werden heen en weer geslingerd tussen het spijtige verlies van haar schrift en het ophalen van de bruiloftsquilt. *Ik zou hem niet moeten aannemen*, dacht ze onder het rijden, *niet als Cora Jane deze herfst gaat trouwen.*

Zelfs al zou Eben morgen naar Hickory Hollow verhuizen,

dan nog vroeg Joanna zich af of hij snel genoeg een baan zou kunnen krijgen om in november te trouwen.

Joanna dacht weer aan haar plan om wat inzicht te zoeken bij Ella Mae en reed door naar het huis van haar nicht. Weldra zou ze de prachtige quilt, het erfstuk, in haar bezit hebben.

Mijn mooie bruiloftsquilt...

20

Eben en zijn vader waren de stal aan het uitmesten toen een witte Mustang cabriolet met zwarte strepen langs de zijkant de laan in suisde. Overrompeld drong het tot Eben door dat Leroy aangekomen was.

'Asjemenou,' zei pa, die in de deuropening ging staan.

'Het ziet ernaar uit dat hij een vriendin heeft,' mompelde Eben naast pa. 'We moesten ons maar gaan opfrissen, *jah?*'

'Jazeker!' Zijn vader kwam vlak achter hem aan, trok zijn handschoenen uit en gooide ze op het grasveld naast de pomp.

Eben wuifde naar Leroy. '*Willkumm* thuis, *Bruder!*' riep hij en gebaarde dat Leroy en de knappe roodharige naar binnen moesten gaan. Eben wachtte op zijn beurt toen zijn vader zijn handen inzeepte bij de pomp. 'We waren aan het uitmesten, dus we moeten ons *gut* wassen voordat we handen geven.'

Leroy fronste zijn wenkbrauwen en hij wisselde een blik met de tengere jonge vrouw. Eben zeepte op zijn beurt zijn handen in bij de pomp voordat hij naar binnen snelde om zijn moeder te waarschuwen dat ze bezoek hadden. 'Leroy is terug... en hij heeft een meisje bij zich.'

'Is Leroy *hier?*' Mama zette grote ogen op en streek met haar handen over haar *Kapp* en lijfje.

'Hij komt de verandatrap op.'

'Hallo, jongen. Fijn dat je thuis bent,' zei pa, terwijl hij zijn grote hand naar die van Leroy uitstak.

Eben had moeite om zijn broer niet aan te staren. Hij was langer dan hij zich herinnerde en ook had hij bredere schouders. Of kwam het door de tengere jonge vrouw naast hem? Hij ging Leroy een hand geven, terwijl mama wezenloos bleef staan lachen alsof ze niet wist wat ze moest doen of zeggen... de tranen sprongen haar in de ogen.

'Pa... mama, ik wil Debbie aan jullie voorstellen,' zei Leroy, terwijl hij zijn arm om haar heen sloeg. 'Mevrouw Debbie Troyer.'

Mevrouw Troyer? De moed zonk Eben in de schoenen bij dit nieuws.

'Ben je getrouwd?' flapte mama eruit.

'Morgen twee weken.' Leroy keek grinnikend neer op zijn bruid, die de dichtste, donkerste wimpers had die Eben ooit had gezien.

'Dit is... tja, een verrassing,' zei pa, die een glimlach op zijn gezicht plakte en Debbie de hand drukte.

Hoe beleefd zijn vader ook was, Eben merkte dat hij zijn teleurstelling verborg.

Debbie schonk hem een hartelijke glimlach. 'Ik ben heel blij u te ontmoeten, meneer. Ik wilde voor de bruiloft kennismaken, maar Leroy kon zo moeilijk weg.'

Mama kwam enigszins tussenbeide door hen naar de keuken te verwijzen. Ze wuifde Leroy naar de bank. Toen bood ze met een rood gezicht ook Debbie een plaats en iets te eten. 'We kunnen onze nieuwe schoondochter geen honger laten lijden, wel?' Net als pa was ze zichtbaar zenuwachtig.

Ze gingen om de tafel zitten, behalve mama, die zich naar de op gas werkende koelkast begaf om er een kan limonade uit te halen, en appels om te schillen. Daarna kwamen er versgebakken brood, boter en verschillende soorten jam op tafel, vermoedde Eben. En een taart ook, weldra.

Leroy praatte intussen honderduit, nu het ijs was gebroken. Maar toen Eben naar Leroy en zijn bruid keek en zag hoe gelukkig ze samen waren, moest hij denken aan Joanna's jurk die langs hem heen had gestreken toen ze over het strand wandelden, hand in hand... en hoe hij haar teder had vastgehouden op de landweg van haar vader.

Alle hoop die hij had gehad om in Pennsylvania met haar te trouwen en daar te gaan wonen was vervlogen. Zijn vader had hem hier nodig, om te werken op de boerderij. Er was niemand anders om op terug te vallen. En Joanna hield zo veel van Hickory Hollow dat hij er niet over kon piekeren haar te vragen daar weg te gaan om zich hier te vestigen en te trouwen. Toch?

Ik zit opgesloten!

Ontmoedigd keek Eben langs de tafel naar Leroy, gladgeschoren en in een gestreken marineblauwe broek en lichtgeel overhemd. Pa had iemand nodig en dat was Leroy stellig niet.

Hij is het nooit geweest ook, dacht Eben miserabel.

☙❧

Toen Joanna aankwam bij Malinda stond die in de keuken twee *Kapps* te strijken, terwijl ze een lied uit de oude *Ausbund* neuriede.

'Klop, klop!' riep Joanna.

Malinda keek op en zette vlug het ijzer weer op de kachel. 'Ik vroeg me al af of je het nog zou halen vandaag.'

'Ik zou het niet willen missen.'

'Ik heb je quilt in pakpapier gewikkeld,' zei Malinda en ze

146

liep naar de zitkamer om hem te halen. 'Je kunt hem zo opbergen, als je wilt.'

'*Denki.*'

Malinda legde de ingepakte quilt op de keukentafel. 'Wil je muntthee of limonade?'

'Ik kan echt niet lang blijven. Cora Jane wacht tot ik terugkom met paard en rijtuig.'

'Hoe gaat het nu met haar?'

Joanna overwoog wat ze zou zeggen. 'Wel aardig, geloof ik… maar de reden daarvoor is niet algemeen bekend, dus houd het voorlopig onder je muts.'

'Een trouwerij misschien?'

Zuchtend glimlachte Joanna gedwongen en wendde haar blik af. 'Van mij heb je het niet gehoord.'

Malinda hield haar hoofd schuin en keek haar aan. 'Je lijkt er verdrietig om, Joanna. Is dat zo?'

'O, niet zozeer verdrietig als wel bezorgd.' Ze beet op haar lip.

'Ken je Cora Janes vriend?'

'Ja, maar eerlijk gezegd is haar *beau* mijn zorg niet.' Ze zweeg even en keek neer op de quilt. 'Meer kan ik beter niet zeggen.'

'Ik wil niet aandringen, maar ik ben er als je er verder over wilt praten.'

Joanna was dankbaar, maar wist niet eens waar ze moest beginnen. 'Dat stel ik op prijs… echt.' Ineens kon ze haar emoties niet langer in bedwang houden. Snikkend alsof haar hart zou breken vloog ze in de open armen van haar nicht.

⊂ℨℬ⊃

Een jonge eland graasde vlak achter de houtschuur, vlak bij een groepje bomen, toen Eben plichtmatig met Leroy en zijn moderne vrouw meeliep voor een rondleiding over de boerderij. Het was verrassend hoe pa zich uitsloofde in zijn gastvrijheid. Hij had erop gestaan zijn nieuwe schoondochter rond te leiden, Eben bestond niet meer en alles moest wijken voor Leroy en zijn bruid. In feite voelde Eben zich meer een bezoeker dan zijn vaders betrouwbare rechterhand.

Hij vermoedde al lang dat pa de voorkeur gaf aan Leroy, niet alleen als zoon, maar ook als potentiële zakenpartner. Toch had Eben ijverig gewerkt en pa's bevelen uitgevoerd terwijl hij de dagen, weken en maanden aftelde tot hij Joanna weer kon zien. Hun armzalige verkering was saai geworden, hoewel hij zijn best had gedaan om die gaande te houden door brieven te schrijven, in het verlangen om Joanna gelukkig te houden. Ze had nooit geklaagd en hij wist dat ze geduldig op hem wachtte. Hij verheugde zich op hun telefoongesprekken om de andere week.

Helaas waren de kilometers die hen scheidden in de tijd van een paar minuten uitgegroeid tot een onoverbrugbare afstand, door de wetenschap dat Leroy niet voorgoed naar huis kwam.

Met z'n vieren betraden ze de geboortestal om de nieuwe kalfjes te zien, maar Ebens gedachten dwaalden af naar de moeilijke brief die hij aan zijn meisje moest schrijven. Hoe moest hij het vreselijke nieuws brengen? Hij zag voor zich hoe hij aan de ene brief na de andere begon, om ze meteen te verfrommelen. Was er een manier om Joanna vriendelijk teleur te stellen, om haar hart niet te breken?

Ze verdient dit niet, zei hij bij zichzelf, terwijl pa Leroy en zijn vrouw de geboortestal liet zien. Pa zag zijn melkvee als huisdieren; zo zag het hele gezin het – behalve Leroy. Nee, het was duidelijk dat zijn broer nooit iets had gevoeld voor het boerenbedrijf.

Eben trilde van een boosheid die maandenlang had liggen sudderen. Hij had met smart gewacht tot Leroy zou besluiten of hij Amish wilde zijn of niet, hij had zich kapot gewerkt. En waarvoor? Alleen om te weten te komen dat hij nergens heen ging, en al helemaal niet naar Hickory Hollow.

Eben blies krachtig uit. Laat vader een eind maken aan die belachelijke rondleiding. Laat Leroy de boerderij die hij heeft afgewezen maar aan zijn bruid laten zien!

Een brief is niet genoeg… ik moet het persoonlijk aan Joanna uitleggen! Het besef drong plotseling door in zijn hoofd toen hij uit de schuur naar huis liep, terwijl hij muggen wegsloeg. Joanna zou de gemeenschap die ze zo innig liefhad moeten verlaten om hierheen te komen om met hem te trouwen… *als* ze daar tenminste toe bereid was.

In huis stoof Eben door de keuken naar zijn kamer. Hoe snel kon hij naar Hickory Hollow en terug? Hij wenste dat hij geen tijd verloren had laten gaan met achter zijn vader en zijn broer met zijn nieuwe echtgenote aan te hobbelen. Toen lachte hij bitter. Tjonge, Leroy kon hem in een mum van tijd naar Lancaster County vliegen!

Hoe zou het zijn om in zo'n korte tijd bij Joanna voor de deur te staan? Maar luchtreizen was verboden door de bisschop; Eben zou net als andere mensen van Eenvoud die een lange afstand aflegden, per taxibus of bus reizen. Maar eerst moest hij iemand inschakelen om hem te vervangen op de boerderij.

Hij liet zijn verbeelding de vrije loop en stelde zich voor dat hij weer voor de boerderij van de familie Kurtz verscheen,

Joanna in zijn armen nam en dicht tegen zich aan drukte. En dit keer zou hij haar nooit meer loslaten.

CRBD

Omdat ze wist hoe ongeduldig Cora Jane kon zijn, droogde Joanna snel haar tranen en bedankte Malinda voor de schouder om op uit te huilen. Ze nam afscheid van haar nicht, die haar bezorgd nakeek toen Joanna de deur uit stapte met de grote quilt in haar armen. Met de grootste zorg legde Joanna hem achter in het rijtuig. *De mooiste quilt die ik ooit heb gezien*, dacht ze, terwijl ze omkeek naar het huis en zwaaide naar nicht Malinda. Ze liep om het rijtuig heen om het paard los te maken.

'Kom gauw weer!' riep Malinda, met haar hand hoog in de lucht.

'Doe ik zeker,' zei Joanna terwijl ze in het gesloten rijtuig klom. Ze pakte de teugels en klakte met haar tong om het paard in beweging te zetten. O, als ze omwille van die lieve Malinda haar tranen maar in had kunnen houden! Het arme kind moest nu geen spanning hebben. Joanna nam zich voor contact met Malinda te houden in de komende maanden van wachten op de komst van de baby. En bij de gedachte aan een klein kindje verzon Joanna een verhaal over een pasgeboren baby'tje. Ach, wat zou ze graag zo'n verhaal schrijven... maar haar schrift was verdwenen. Wat een vreselijk verlies!

Toen ze thuiskwam, stond Cora Jane met een misnoegd gezicht op de oprijlaan, haar grote geelbruine naaitas hing over haar schouder. Joanna stapte zonder plichtplegingen uit en haar zus stapte in zonder een woord te zeggen.

Boos snelde Joanna naar binnen om aan het eten te beginnen. En op hetzelfde moment daagde het haar: ach, *nee! Ik heb de quilt achter in het rijtuig laten liggen!*

Zonder nadenken stoof ze naar buiten en rende de lange laan af naar de weg, schreeuwend dat Cora Jane moest stoppen. 'Kom terug, zus!' Maar het paard galoppeerde bijna en het rijtuig scheurde weg.

21

Joanna keerde terneergeslagen en kregelig terug naar huis. Wat was ze vandaag *ferhoodled*! Ze voegde zich bij haar moeder aan de keukentafel om een berg aardappels te schillen.

'Waar is Cora Jane naartoe?' vroeg ze mama.

Mama keek vragend op. 'Waarom vraag je dat?'

'Ze had zo'n vreselijke haast.'

'Net als jij daarstraks.'

Mama's antwoord overrompelde haar. 'Ik ben gewoon even naar nicht Malinda geweest,' zei Joanna. 'Ik had gezegd dat ik vandaag na het quilten langs zou komen.'

'Nou, ik heb geen idee wat Cora Jane van plan is.'

Joanna vertelde over de oude familiequilt die nicht Malinda had gevonden. 'Ik ben erheen gegaan om hem op te halen.' Ze zweeg even. 'Kennelijk wilde *Mammi* Kurtz dat ik hem kreeg.'

Een snelle glimlach brak door op mama's gezicht. 'Dat is erg aardig.' Mama keek de keuken rond alsof ze verwachtte de quilt te zien. 'Waar heb je hem gelaten?'

'Ik heb hem per ongeluk achter in het rijtuig laten liggen.'

Mama keek haar nieuwsgierig aan. 'Heb je het al aan Cora Jane verteld?'

Hoofdschuddend ging Joanna door met aardappels pitten. Vond mama dat haar zus de quilt moest krijgen en niet zij?

Mama legde haar geschilde aardappels in haar schort om ze naar de gootsteen te dragen om ze te wassen. 'Ik ben erg nieuwsgierig naar die quilt.'

Joanna herhaalde wat Malinda had gezegd over de ouderdom van de quilt, maar ze zei er geen woord over hoe bijzonder die was, noch dat Malinda had gesuggereerd dat er een verhaal aan verbonden was.

Mama informeerde naar het patroon en het kleurenschema, en Joanna vertelde er met genoegen over.

'Waar ben je van plan hem te bewaren?' vroeg mama.

'In mijn uitzetkist, denk ik.'

'En waarom zou je hem niet gebruiken?' Mama keek verbazend serieus.

'Ik wil niet... ik bedoel, ik denk dat ik nog een poosje wacht.' Het leek een beetje krom om een trouwringenquilt op haar bed uit te spreiden terwijl er geen vooruitgang zat in de verkering met Eben.

'Tot je trouwt, bedoel je?'

Joanna keek niet op, uit angst om reserve, twijfel zelfs, in mama's ogen te zien. 'Het is inderdaad een tijdje geleden, maar ik mag toch nog steeds hopen dat er een oplossing komt?'

'Hopen kan altijd.' De haperende manier waarop haar moeder het zei, gaf Joanna het idee dat haar moeder het vertrouwen in haar *beau* was kwijtgeraakt. Had Cora Jane mama op andere gedachten gebracht? Op de leeftijd van vijfentwintig jaar zouden de meeste jonge Amish vrouwen hun ongehuwd zijn geaccepteerd hebben.

Maar Eben houdt van me, bracht Joanna zichzelf onder het oog.

CB ℰ

De late middagzon scheen nog toen Cora Jane thuiskwam. Joanna zag haar aankomen door het raam van de keuken, waar ze nog steeds aan het werk was met mama. 'Ik zal haar helpen uitspannen,' zei ze gauw tegen mama. 'En ik neem die quilt mee naar binnen.' Ze wilde haar zus spreken zonder dat mama of iemand anders meeluisterde.

Cora Jane keek verrast toen Joanna aan kwam lopen. 'Waar ging jij zo haastig heen?' vroeg Joanna zonder tijd te verspillen.

Cora Jane bleef zwijgen terwijl ze de riem aan haar kant van het paard loshaakte.

Joanna maakte met opeengeklemde kaken de leidsels los. 'Ik vroeg je iets.'

Cora Jane haalde haar schouders op, schuifelend met haar voeten. 'Je komt er gauw genoeg achter.'

'Lieve help, Cora Jane, wat is er in je gevaren?'

'Ik zou zeggen dat *lieve help* goed uitgedrukt is.'

'Waarom kun je niet zeggen waar je geweest bent?' wilde Joanna weten, met een knoop in haar maag van de zenuwen.

Er viel een lange stilte waarin Cora Jane bleek werd. 'Bij de diaken,' bekende ze ten slotte.

'Waarvoor dan?' vroeg Joanna.

'Met bewijs. Ik denk dat je wel weet wat ik bedoel.'

Joanna hapte naar adem. Ze wist niet wat ze moest zeggen... of hoe. 'Dat meen je niet!'

Cora Jane knikte langzaam. 'Je bent een gedoopt lid van de kerk, je hoort de regels te volgen. Nietwaar?'

'Je hebt toch niet echt mijn schrijfschrift meegenomen daarnaartoe, hè?'

Samen hielden ze de lamoenstokken vast en Cora Jane leidde het paard weg van het rijtuig.

Hoe kon ze? Joanna staarde haar zus aan.

Algauw begon Cora Janes gezicht te betrekken. Ze stond nog naast het paard en zei: 'Ik had geen keus.' Ze fluisterde bijna. 'Onder God, zie je.'

154

Jij kleine klikspaan!

'Is het echt jouw taak om te oordelen... om God een handje te helpen?' Joanna dacht aan Mary's arme nicht uit Ohio en haar roze jurk. Waar moest het heen met die starre zelfingenomenheid van Cora Jane?

'Het is weer een teken, zus.'

'Een teken... van wat?'

'Ik vrees dat je de grenzen opzoekt.' Cora Jane fronste treurig haar wenkbrauwen.

Joanna bad in stilte om geduld en schudde haar hoofd. 'Nee, Cora Jane. Daar hoef je niet over in te zitten,' zei ze. De tranen sprongen haar in de ogen. 'Je hebt me verraden, dat weet je best!'

Cora Jane ontweek Joanna's woedende blik en keek met een zucht naar het huis. 'Prediker Yoder komt deze week een keer langs om met je te praten namens de zieke diaken.'

'Je hebt geen idee wat je gedaan hebt. Hoe kan de ene zus dit de andere aandoen?' Joanna vocht tegen haar tranen. '*Hoe?*'

'En de kerkelijke broeders dan?' zei Cora Jane kalm. 'Hoe kon jij zondigen tegen *hen*?' Daarop leidde ze het paard naar de stal.

Joanna voelde een strakke band om haar borst toen ze naar het rijtuig liep, waar ze Cora Janes hele naaitas met het verhalenschrift erin van de voorbank griste. Verontwaardigd haalde ze de oude quilt achter uit het rijtuig. Met veel inspanning droeg ze de grote quilt en Cora Janes tas over het erf.

Binnen kon Joanna zich er niet toe zetten oogcontact te maken met mama toen ze door de keuken snelde. Diep gekwetst en gepijnigd ging ze naar boven, naar de afzondering van haar kamer.

☙❧

De slaapkamer was overgoten met zonlicht, een scherp contrast met Joanna's radeloze stemming. Teder pakte ze de quilt uit en legde hem op haar bed. Toen stortte ze de inhoud van Cora Janes naaitas ernaast. Ja, hoor: daar lag haar geliefde schrift. Ze opende het en zag tot haar verbijstering dat de eerste bladzijden weg waren.

Het begin van mijn beste en langste verhaal!

Ze kon wel huilen en jammeren. Maar ze was geen kind meer; ze moest haar emoties niet de baas laten worden. Ze was eindelijk betrapt, en nog wel door toedoen van haar eigen zus, dat deed nog het meeste pijn.

'Is alles goed hier?' vroeg mama, die stijfjes in de deuropening stond. Ze keek fronsend de kamer in.

Joanna zuchtte. Zou ze het wagen haar ellende bij mama uit te storten? Het was niets voor haar om veel met haar moeder te delen, misschien vanwege haar eigen behoefte aan privacy… vooral als het om haar schrijven ging. 'Ik ben alleen een beetje van streek.'

Mama stapte de slaapkamer in en veegde haar handen af aan haar lange zwarte schort. 'Je gezicht is bijna paars.' Mama keek nieuwsgierig naar de naaiartikelen op het bed, en naar Cora Janes tas die er ook lag.

'Het komt wel goed, echt.'

'Jah?'

Joanna verafschuwde de gedachte dat een onwelwillend iemand haar verhalen zou lezen, maar ze was ook opgelucht dat mama niet op antwoorden aandrong. Ze wees naar haar bed. 'Hier is de quilt waar ik over vertelde.'

Haar moeder kwam dichterbij en ging op het bed zitten om het patroon te bestuderen en de steekjes aan beide zijden. Met grote ogen onderzocht ze de gezoomde randen op enige indicatie van de maakster, net als Joanna had gedaan bij nicht Malinda. 'Hij is inderdaad bijzonder,' zei mama uiteindelijk met glinsterende ogen. 'Een blijvende band met onze familieleden uit vroeger tijden.'

'Zo voelde ik het ook toen Malinda hem voor het eerst liet zien.'

Ze knikten eensgezind. En in dat merkwaardig goede ogenblik had Joanna bijna de moed om haar hart te openen en het leed om Cora Janes trouweloze daad naar buiten te laten stromen.

Maar ze bedacht zich en zei alleen: 'Ik heb liever dat Cora Jane hem nog niet ziet. In elk geval niet vandaag.'

Mama trok een grimas, maar vroeg niet waarom. Zwijgend stond ze op. 'Ik ben blij voor je… dat je die quilt de jouwe mag noemen.'

Joanna glimlachte weifelend, blij dat Cora Jane zo lang buiten was gebleven. Het was het allerminste wat ze kon doen.

22

De volgende morgen was het kouder, met wolkenslierten in de lucht.

'*Een mooie dag om uit vissen te gaan,*' zou Joanna's vader hebben kunnen zeggen, als hij niet deze hele vrijdag druk bezig was met werken op het land, zoals alle plaatselijke boeren.

Joanna was ook in de weer, ze rolde met mama op de keukentafel pasteideeg uit terwijl Cora Jane de naaikamer boven opruimde.

Vanwaar ze zat kon Joanna helemaal uitkijken naar de weg en verder, langs de buurman aan de zuidkant, die het dak van hun koelhuis aan het repareren was. Ze keek uit over de uitgestrekte akkers naar de rand van het net geploegde maïsveld van haar pasgetrouwde nicht. Misschien zou ze erheen gaan om te helpen als de baby kwam. Wat een bijzondere tijd zou dat worden deze herfst, met de zorg voor een pasgeboren baby'tje. Natuurlijk zou Malinda ook meer dan genoeg hulp krijgen van de rest van haar familie.

Joanna stelde zich de levens van andere mensen voor, zoals ze vaak deed als ze met huishoudelijk werk bezig was. Waarom maakte Malinda zo'n eenzame indruk, terwijl ze met haar beste vriend en geliefde was getrouwd? Dat was een ding dat Joanna niet goed begreep.

Ze keek weer op naar het raam en belandde met een schok terug in de werkelijkheid. Haar adem stokte in haar keel. *Nee!* Prediker Yoder was zojuist de oprijlaan in geslagen.

'Wat krijgen we nou?' sputterde mama, die opstond om naar de achterdeur te gaan.

Joanna's hart bonsde luid toen ze dacht aan Cora Janes verklaring. *De prediker liet er geen gras over groeien!*

Weldra stond hun lange dominee op de achterstoep en zijn bebaarde gezicht stond enorm grimmig toen hij Joanna te spreken vroeg.

Mama's vrolijke gezicht betrok snel van schrik; maar ze maakte een kalmerend gebaar tegen haar.

Nog nooit was er een dominee op bezoek gekomen wegens Joanna. Ongerust stond ze op en liep naar de hordeur, wensend dat ze zich kon verbergen in de koude kelder onder het huis.

'*Guder Mariye*,' zei prediker Yoder. En meteen vroeg hij haar even mee te lopen naar de pomp, in het volle zicht, zoals de gewoonte was.

Ze knikte eerbiedig, haar handen waren klam. Ze zorgde ervoor dat ze een klein stukje achter hem bleef lopen, en dwong zichzelf tot ademhalen.

'Het is onder mijn aandacht gebracht dat je fantasieverhalen schrijft.' De geestelijke kwam meteen ter zake. 'En dankzij je schrijfschrift heb ik het met eigen ogen gezien.'

'Het is waar.' Ze knikte.

'En… ik kreeg de indruk dat je jezelf in een van die verhalen hebt gezet, *jah?*' Hij wachtte haar antwoord niet af en vervolgde: 'Die jongen van Troyer uit Indiana komt er ook in voor. Dat zie je zo, ook al zijn de namen anders.'

Ze wist niet wat ze moest zeggen, en of ze wel iets moest zeggen.

'Ik zou me maar niets in het hoofd halen, hoor, over toestemming vragen om je kerklidmaatschap te laten overplaatsen, nu je die geheime ambitie verbergt.' Prediker Yoder keek haar doordringend in de ogen.

Ze sloeg haar ogen neer; hij was vast nog niet klaar.

'Begrijp je waarom ik hier ben gekomen, Joanna?'

Ze hief haar hoofd op en zag hoe plechtig hij keek. Met zijn zwarte jas en broek kon hij zo een begrafenis leiden.

'Nee, niet helemaal,' zei ze zacht. Sinds haar doop had Joanna zorgvuldig de Oude Wegen gevolgd in alle dingen, behalve dit. Maar toch, verhalen schrijven was één ding; ze in druk laten verschijnen iets heel anders. Maar was ze juist daartoe niet sterk in de verleiding geweest?

De prediker zweeg even en na een diepe zucht vervolgde hij: 'Zulke verhalen schrijven is tijdverspilling, maar je schijnt ook het verlangen te hebben om ze te laten uitgeven.'

Joanna bibberde onder zijn strenge blik. 'Tot nu toe heb ik ze alleen voor mezelf geschreven.'

'Tja, dat kan zijn, maar in de kantlijnen van je schrift staat meer dan één aantekening over mogelijke uitgevers opgeschreven.' Even was het stil. 'Is het je moderne *Englische* vriendin Amelia, die je aanmoedigt om publicatie te zoeken?'

'Ja. Maar ik ben er nog niet achteraan gegaan.'

'Je kunt beter je gelofte aan God en de kerk van Hickory Hollow in gedachten houden. Je moet je niet door een buitenstaander naar de wereld toe laten trekken. En je hoeft ook niet opgeblazen te doen over dat schrijven.'

'Wordt het dan als een zonde beschouwd om verhalen op papier te zetten?' Ze keek over haar schouder om naar het huis. 'Ik weet dat zulke creativiteit wordt afgekeurd… maar het is niet verboden, *jah*?'

Prediker Yoder fronste diep zijn voorhoofd en zijn hele gezicht betrok. 'Je houding baart me zorgen. Ik zie opstandigheid in je, Joanna… de ergste zonde van alle. De oorsprong van alle kwaad.'

Ze was stomverbaasd. Was ze opstandig omdat ze een on-schuldige vraag stelde? 'Het was niet mijn bedoeling om…'

'Je bent een gedoopt kind van God, nietwaar?'

'*Jah.*' Ze boog haar hoofd. 'Vergeef me dat ik voor mijn beurt sprak, prediker.'

'Het is lang geleden dat ik een poging tot volgzaamheid en koppige volharding in dezelfde adem heb horen uitspreken. Joanna, je mag een man van God nooit tegenspreken,' stelde hij streng. 'Daardoor kun je uiteindelijk verstoten worden.'

Ondanks haar schrik kwam er een vraag in haar op: was er verschil tussen een verhaal hardop vertellen en het op papier zetten? Hoeveel verhalenvertellers kende ze niet in de Hollow? Toch waren die nooit tot zwijgen gebracht als ze interessante geschiedenissen vertelden op quiltbijeenkomsten en dergelijke. Noch werden zij met excommunicatie bedreigd.

Joanna overwoog of ze haar vraag moest uitspreken. Ze wilde beslist haar hand niet overspelen, zoals Rebecca Lapps geadopteerde dochter Katie een paar jaar geleden had gedaan. Katie was nog steeds onder de *Bann.*

'Wordt hardop verhalen vertellen dan ook als een zonde beschouwd?' vroeg ze op naar ze hoopte meegaande toon, terwijl ze weer naar hem opkeek.

Hij perste zijn lippen op elkaar, met diepe rimpels in zijn voorhoofd. De prediker leek eerder gefrustreerd dan verontwaardigd nu ze het lef had om te blijven tegenspreken. Maar hij bracht haar niet tot rust door te zeggen dat haar schrijfsels verboden waren of een zonde. 'Als je doorgaat dit soort vragen te stellen, zul je gesommeerd worden om schuld te belijden voor de leden van de kerk.'

Klink ik opstandig? vroeg Joanna zich in alle oprechtheid af; ze was te onthutst geweest om te blijven zwijgen.

Prediker Yoder gaf een snel rukje met zijn hoofd om het

einde van het gesprek aan te geven. Toen beende hij zonder nog een woord te zeggen naar zijn wachtende paard en rijtuig, een zwart silhouet afgezien van zijn strohoed.

Verdwaasd probeerde Joanna op een rijtje te krijgen wat hij nu eigenlijk had gezegd. Ze was er vrij zeker van dat er van haar verlangd werd dat ze ophield met het schrijven van haar verhalen, maar hij had niet met zoveel woorden gezegd dat het tegen de kerkordinantie was. Noch had hij het tot zonde verklaard. Maar publicatie zoeken, *daar* had de prediker zich duidelijk tegen uitgesproken.

Ach, ik ben nog nooit van mijn leven zo in verlegenheid gebracht!

Terwijl ze nog probeerde bij te komen van het enerverende bezoek keek ze op en zag Cora Jane voor een van de bovenramen staan. Met een schok besefte Joanna dat ze het gesprek onder vier ogen had afgeluisterd. Cora Jane werd rood en deinsde naar achteren, uit het zicht.

Wat bezielt haar toch?

Kreunend keerde Joanna zich af van het huis. Ze staarde naar de wolken in het noordoosten. Nooit eerder had ze zich zo alleen gevoeld.

Dus zo ver is het gekomen. Joanna pakte de zoom van haar schort om haar tranen te drogen. De leegte in haar hart vroeg om gevuld te worden en ze smachtte naar Ebens liefdevolle armen, en stelde zich voor hoe het zou zijn als hij nu bij haar was, als ze weer samen konden wandelen.

Ze stortte haar hart uit in gebed. *O, God, hoe kan ik opgeven wat me zoveel blijdschap schenkt?*

23

Nog beverig van haar gesprek met prediker Yoder stoof Joanna naar de kleine badkamer naast de keuken, waar ze haar gezicht waste. Ze stond bij de wasbak en keek in de kleine spiegel terwijl ze het water van haar kin liet druipen. Nog meer tranen dreigden, maar ze klemde haar kaken op elkaar en plensde koud water tegen haar ogen en voorhoofd.

Op een dag als deze was ze blij met inpandig sanitair. Veertig jaar geleden gebruikte haar familie het houten privaathuisje, dat nog steeds een eindje van de schuur af stond. Ah, de wonder-*gute* gemakken die de broeders toen hadden toegestaan. Als ze daarover nadacht, vroeg ze zich af wanneer individuele creativiteit werd toegelaten. Zou verhalen schrijven – en muziek, zoals Katies gitaarspel – altijd worden afgekeurd? Nu zou haar verhaal helaas wegkwijnen en altijd onafgemaakt blijven. *Ironisch.* Ze hoopte dat dat niet zou gelden voor haar liefdesverhaal in het echte leven.

Ze had in de afgelopen dagen geen brief van Eben ontvangen, dat kwam nog boven op haar ellende.

Toen ze haar gezicht had afgedroogd, keerde Joanna zich naar het raam en schoof de effen witte gordijnen opzij om uit te kijken over het weelderig groene gazon, dat elke week keurig verzorgd werd door haar en Cora Jane. Ze hadden ook de felgekleurde petunia's geplant langs het pad en rondom de pomp aan de oostelijke rand. Helaas zou de oude pomp nu altijd een herinnering zijn aan prediker Yoders strenge berisping.

Het was duidelijk dat ze een zondaar was in zijn ogen. Toch was Joanna zelf niet overtuigd. En ze wenste met haar hele hart dat de dominee haar vragen maar beantwoord had, want nu was ze zo in de war. Vond hij Joanna maar een *ferhoodled* vrouwmens? Ze had andere gezaghebbende mannen weleens zo over hun vrouwen horen praten, wat altijd haar verontwaardiging had gewekt, al had ze 'de duivel geen voet gegeven' en er niet naar gehandeld. Toch kon ze zich niet voorstellen dat Eben zo over haar zou spreken... noch haar vader.

CSÖD

Na het middagmaal begaf Joanna zich te voet op weg om de schuur heen en stak de landweg over die langs haar vaders maïsveld liep. Ze beleefde het vreselijke bezoek van prediker Yoder opnieuw terwijl ze over het ellenlange weiland naar de andere kant van hun grondbezit sjokte.

Hoe kon ze Cora Jane ooit vergeven? Toch moest dat.

Vogels verzamelden zich massaal in de bomen, riepen heen en weer en vlogen toen samen in een grote grijze wolk de lucht in. Ze leken haar te bespotten.

Toen Joanna eindelijk het kleine huis van Ella Mae Zook bereikte, zag ze de grijze vrouw op de achterveranda, waar ze haar rode geraniums in potten water gaf met een gegalvaniseerde gieter. Jarenlang hadden vele mooie eenjarigen gebloeid in de bedden langs het pad en de veranda. Maar Ella Mae's kniegewrichten konden het niet meer dragen dat ze voorovergebogen een tuin wiedde.

Ella Mae keek op en glimlachte toen Joanna door de achtertuin kwam aanlopen. 'Kijk eens aan, ik *dacht* al dat jij het was.' Ze zag er keurig netjes uit in haar groene jurk met zwart schort, haar grijze haar in een lage knot en haar *Kapp* van fris witte mousseline over de breder wordende scheiding. 'Fijn je te zien, kind. Kom lekker bij me op de veranda zitten.'

'Hallo, Ella Mae,' zei Joanna, terwijl ze de bejaarde vrouw naderde. 'Ik wilde u al een tijdje bezoeken.'

'Blij dat je langsgekomen bent, dan.' Ella Mae ging haar voor het trapje op en begaf zich naar haar eigen schommelstoel aan het uiteinde van de witte leuning. 'Je ziet er een beetje *schlimm* uit, kind.' Omzichtig liet ze zich in de schommelstoel zakken.

'O, ja?'

'Zo ernstig heb ik je nog nooit gezien.'

Joanna nam plaats op de enige andere schommelstoel. Achterovergeleund zuchtte ze, blij met het kalme en vredige landschap achter de schuur. 'Ik weet eerlijk gezegd amper waar ik moet beginnen.'

'Tja, het begin is altijd een *gute* plek, hè?'

Joanna sloeg haar benen over elkaar en keek naar haar stoffige blote voeten. Ze voelde zich zo op haar gemak bij Ella Mae, die beter kon luisteren dan wie ook. 'Goed,' zei ze, blij dat ze alleen waren. 'Toen u een meisje was, hebt u toen weleens gehouden van iemand die buiten de gemeenschap woonde?'

'Ik heb nooit een cent gegeven om *Englische* jongens, als je dat bedoelt.'

Joanna wuifde het weg. 'Nee, nee... dat bedoelde ik niet.' Ze schoof een beetje naar voren. 'Wat ik bedoel is, hebt u ooit gegeven om een *Amish* jongen die in een ander kerkdistrict woonde... misschien zelfs in een andere staat?'

'Dat kan ik niet zeggen, nee.' Ella Mae schudde haar hoofd. 'In mijn jonge jaren heb ik nooit jongemannen buiten deze gemeenschap ontmoet.'

Joanna zette door en vertrouwde haar alles toe over Eben Troyer en de belangrijke zaken omtrent hun langeafstands-verkering sinds hun ontmoeting op het strand en zijn bezoek van afgelopen november. 'Hij wil wel hierheen verhuizen, maar het gaat niet zoals ik dacht... er zit eigenlijk helemaal geen schot in.'

'Dat mag geen verbazing wekken,' zei Ella Mae zacht. Haar blauwe ogen tuurden over haar brillenglazen heen.

Ontmoedigd hoopte Joanna op een verklaring.

'Bij een langeafstandsverkering kunnen problemen rijzen,' zei Ella Mae, die was opgehouden met schommelen. 'Mis-verstanden, bijvoorbeeld. En soms harmonieert een stel niet vanwege de verschillende kerkelijke ordinanties. Wat de ene bisschop toestaat, vindt de andere niet goed... dus er moe-ten door de jaren heen wat aanpassingen plaatsvinden.'

Joanna vroeg zich af of Ebens bisschop fictie schrijven een probleem vond, maar die gedachte verwierp ze vlug.

'En het kan ook een probleem vormen om zo ver weg van familie en vrienden te verhuizen.'

Dat wist Joanna; zelfs nicht Malinda leek af en toe een-zaam.

'Wat *ik* me afvraag, is of er geen aardige jongens in Hic-kory Hollow zijn?' vroeg Ella Mae. Ze lachte een beetje en er verschenen kuiltjes in haar wangen.

'Dat is een *gute* vraag.'

'Nou?'

Joanna dacht even na. 'Maar stel dat je al verliefd geworden bent op iemand anders?' Zo. Ze had het gezegd.

'Ik denk dat het net zo makkelijk is om hier thuis voor een jonge man te vallen als ergens anders, *jah*?'

Joanna voelde zich terneergeslagen. Ella Mae scheen het niet te begrijpen... de jonge mannen van hier hadden hun kans gehad, maar geen van hen had veel belangstelling getoond. Niemand zelfs, tot Eben. Maar de vragen van de Wijze Vrouw bleven in Joanna's achterhoofd hangen. Eerlijk gezegd zouden zulke moeilijkheden voor haar en Eben niet bestaan... in elk geval niet als hij eindelijk kwam om haar het hof te maken. Hij had nooit gezinspeeld op eventuele problemen die de verhuizing voor hem zouden meebrengen, of op bepaalde zorgen in verband met de *Ordnung* hier in de Hollow. Anderzijds had hij eigenlijk nooit iets over strijdpunten geschreven. Misschien nam hij de dingen gewoon zoals ze kwamen.

Bij een langeafstandsverkering kunnen problemen rijzen...

De woorden van Ella Mae bleven in Joanna's hoofd doorklinken toen ze door het maïsveld terugliep naar huis. Ze was niet bepaald opgeknapt van het bezoek. Ze wierp een blik op het dak van de telefooncel waar Eben en zij in het geheim praatten.

Zou hij vanavond weer bellen?

෬෩

'O, *gut*, je bent thuis,' zei mama zodra Joanna door de achterdeur binnenkwam. 'Ik heb je nodig om gauw een ovenschotel en wat vers brood naar *Mammi* Kurtz te brengen. Je vader heeft de paarden al voor het rijtuig gespannen.'

'Met alle plezier,' antwoordde Joanna, terwijl ze opmerkte dat Cora Jane op handen en voeten de keukenvloer schrobde. *Gelukkig maar...*

'Ik zou wel gaan, maar Rachel Stoltzfus kan ieder ogenblik komen, met ideeën voor de liefdadigheidsveiling voor de school volgende maand.' Mama liep bedrijvig rond, ze zocht het lange brood, aardbeienjam en de warme schotel bij elkaar en stopte alles in een grote mand. 'Ik hoop dat het niet te zwaar is.' Ze overhandigde de mand aan Joanna.

'Nee… het gaat wel.'

'Het is maar dat je het weet, maar *Mammi* Kurtz voelt zich niet goed,' voegde mama eraan toe. 'Misschien is het geen *gut* idee om lang te blijven, hoor je?'

Joanna knikte en beloofde *Mammi* niet uit te putten. Ze wenste wel dat ze kon vragen naar het verhaal achter de dubbele-trouwringenquilt, maar het klonk alsof dat zou moeten wachten.

Ze keek naar haar zus voordat ze de keuken verliet met de voedselmand. Cora Jane bleef almaar schrobben en keek niet één keer op, alsof ze haar frustratie afreageerde op de houten vloer.

CB&CO

Joanna's *Mammi* Kurtz was als een glazuurlaagje op de taart. Ze was niet alleen lief, maar ook zorgzaam. En mooi voor haar leeftijd. Haar huid was licht en smetteloos, afgezien van de rimpels, en ze droeg haar gebedskapje naar achteren geduwd op haar grijzende hoofd.

'Ach, wat lief van je, Joanna.' Haar grootmoeder stond op uit haar comfortabele stoel in de keurige hoek van de kleine keuken en legde *The Budget* opzij.

'U hoeft vanavond niet te koken,' zei Joanna.

Mammi kwam aanschuifelen en legde haar hand op haar arm. 'Hoe wist je mama dat ik niet lekker was?'

'Even denken.' Joanna keek naar het plafond. 'Via de ouwe trouwe geruchtenmolen misschien?'

Haar grootmoeder lachte en wankelde een beetje. Meteen hielp Joanna haar terug naar haar stoel. 'Misschien moet ik een poosje blijven om u te helpen met het eten,' bood Joanna aan. 'Als u dat fijn vindt.'

'Dat is niet nodig, hoor. Fannie komt straks wel even bij me kijken, net als altijd.' Haar schoondochter Fannie woonde met haar man en kinderen in de grote boerderij.

'Nou, als u het zeker weet.'

'O *jah*... heel zeker.' *Mammi* knikte, maar ze was bleek. 'Maar voordat je weggaat, wil ik graag weten wat je vond van de quilt die Malinda heeft gevonden.'

'Hij is verbazend mooi. Ik ben er heel blij mee, *Mammi*.'

'Weet je dat jij net zo heet als de oud-oudtante die hem heeft gemaakt?'

'Echt?'

'Het is waar... en Joanna was in die tijd geen typische Amish naam.' *Mammi* kruiste haar handen over haar boezem. 'Daarom vond ik dat jij hem moest hebben.'

Niet omdat ze dacht dat ik binnenkort zou trouwen...

'Hij is prachtig gemaakt,' zei Joanna.

'O, het is zo'n schitterende quilt... om meer dan één belangrijke reden.'

'Een andere keer wil ik er graag meer over horen,' zei ze, met mama's wens om niet te lang te blijven in gedachten.

'Daarvoor moeten we wat tijd alleen hebben,' zei *Mammi* geheimzinnig. 'Alleen wij met z'n tweetjes.'

'Ik verheug me erop.' Joanna zette de ovenschotel achter op het fornuis om later op te warmen. 'Weet u zeker dat het goed is dat ik wegga?'

'*Abseelutt.*' Haar asgrauwe gezicht ten spijt, was *Mammi* meevoelend. 'Kom maar gauw weer eens langs, kind.'

Joanna gaf haar een kus op de wang. 'Zeg tegen *Dawdi* of Fannie dat ze u een keertje brengen om *Mammi* Sadie op te zoeken, goed?'

'Dat zal ik doen.' *Mammi* glimlachte teder.'En zeg jij tegen je mama dat *Dawdi* en ik dankbaar zijn voor de heerlijke maaltijd. Het ruikt erg *gut*.'

'Doe ik.' Daarop liep Joanna naar de achterdeur. Het deed haar enorm veel plezier dat ze net zo heette als de maakster van de quilt. Bovendien was het na het bezoek van de prediker en Ella Mae's deprimerende opmerkingen over lange-afstandsverkeringen het aardigste wat Joanna de hele dag had gehoord.

Maar wat wist *Mammi* nog meer over de extra bijzondere quilt?

24

De ene na de andere auto met ongeduldige bestuurder zoefde langs het paard en rijtuig heen en Joanna stuurde de merrie dichter naar de veilige berm. Maar ze joeg het paard niet op. Ze had tijd nodig om na te denken over de vele gebeurtenissen van deze vrijdag.

De woorden van Ella Mae bleven in Joanna's hoofd hangen en smeekten om aandacht, hoewel Joanna ze graag opzij wilde zetten. Ze richtte haar gedachten op de quilt. Het was raar, maar ze vroeg zich af of de bruiloftsquilt soms voorbestemd was om door de familie heen te worden doorgegeven aan haar... al was het maar om haar twijfels weg te nemen. Ze wist echt niet wat ze moest denken over de jongeman die van haar hield, maar kennelijk geen plan van actie had waardoor ze in de nabije toekomst konden trouwen. Toch was de quilt uit het verleden bemoedigend voor haar.

Ze probeerde zich haar oud-oudtante voor te stellen – die vast net zo vindingrijk en ijverig was als Joanna's eigen moeder en grootmoeders – naaiend en neuriënd onder het werk... en biddend misschien? Ze voelde zich erg gerustgesteld door die gedachte. Het was bijna alsof God in haar oor fluisterde: *Alles is goed, Mijn kind.*

Haar ziel moest tot zwijgen gebracht worden, zodat Joanna de innerlijke stem van God kon horen. Alleen dan kon ze de teugels van haar leven overgeven aan haar hemelse Vader... en een dankgebed fluisteren.

CℛℬↃ

Joanna was net de bocht om geslagen die uitkwam op de tweesprong – de linkerkant voerde naar Hickory Hollow – toen ze aan de andere kant een jongeman zag lopen die dezelfde kant opging als zij. Hij keek om en het drong tot haar door dat het Sproeten-Jake was.

Wie had dat gedacht!?

Hij lachte en zwaaide, en zonder een spoor van aarzeling riep hij: 'Joanna! Wil je me een lift geven?'

'Een andere keer altijd, maar ik moet vlug naar huis.'

Zijn gezicht betrok. 'Goed dan.'

Meteen voelde ze zich schuldig. Zou het echt zo erg zijn om hem naar huis te brengen of waar hij ook naartoe op weg was? Ze bedacht zich. 'Nou, als ik niet te ver om hoef,' zei ze en hield het paard in.

'Heel aardig van je,' zei hij en bedankte haar.

Ze stuurde het paard van de weg af en stopte zodat Jake aan de linkerkant in het rijtuig kon springen. Ze hoopte dat hij op zijn plaats bleef zitten en niet tegen haar aan schoof om rare grappen uit te halen. Hoewel ze ondanks alle praatjes nog nooit iets ongewoons aan hem had ontdekt.

'Waar ga je heen?' vroeg ze, ineens verlegen samen met hem op de zitbank.

'Naar ginder, voorbij de boerderij van je vader… naar Ella Mae.'

Ze was geschokt, want ze kende geen enkele jongeman die zou toegeven dat hij op bezoek ging bij de Wijze Vrouw. 'Interessant,' antwoordde ze, niet in staat haar glimlach in bedwang te houden.

'Hoezo?' De late middagzon bescheen hem en zijn haar leek roder dan anders.

'*Ach*, ik weet het niet,' zei ze beschaamd.

'Jawel, je weet het best.' Hij grijnsde.

'Ella Mae kan geweldig goed luisteren.' *We hebben allemaal iemand nodig om mee te praten*, dacht ze.

Hij haalde zijn schouders op.

'Ik kan je er wel heen brengen, als je wilt.'

'Nee, dat hoeft niet. Ik stap gewoon uit bij jouw huis en ga door het maïsveld, als je het niet erg vindt.' Hij zette zijn strohoed af en streek met zijn hand over de bovenkant. Toen keek hij haar aan en zei: 'Fijn dat ik mee kon rijden.'

'Geen dank.'

Hij wilde iets zeggen, maar bedacht zich en zette zijn hoed op. Ze was opgelucht. Stel dat hij vroeg of ze meeging naar de volgende zangavond? Ze wilde hem niet kwetsen. *Bovendien hoor ik bij iemand anders*, dacht ze. *Of niet soms?*

Haar bezoek aan Ella Mae had beslist bepaalde kwesties overhoop gehaald. En de ontmoeting met Jake op de weg vandaag – het was bijna alsof hij was verschenen om de opmerkingen van de Wijze Vrouw over plaatselijke jongens kracht bij te zetten.

Een paar minuten later draaiden ze de oprijlaan van haar huis in. 'We zijn er,' zei ze, verbaasd hoe rap Jake uit het rijtuig sprong, alsof hij indruk op haar wilde maken. Toen bond hij zonder nog een woord te zeggen het paard vast.

Ze draaide zich om om Jake te bedanken voor dat kleine onverwachte gebaar en merkte dat hij vlak achter haar stond. Zijn hazelnootbruine ogen vonkten en hij grinnikte tegen haar. 'Altijd blij als ik wat voor je kan doen.' Toen hij het erf overstak, draaide hij zich om en zwaaide – twee keer.

Joanna lachte een beetje om Jake's gretigheid, liep langs de zijkant van het huis heen en was volkomen verbluft toen ze iemand op het trapje van de achterveranda zag zitten. Daar zat in al zijn knapheid niemand anders dan Eben Troyer!

25

'Hallo, Joanna.' Eben bleef een ogenblik zitten en twijfelde in dit penibele ogenblik aan zijn bezoek. Had hij er wel goed aan gedaan onaangekondigd te verschijnen?

Maar Joanna's aanstekelijke lach nam een last van zijn schouders en hij stond op om haar te begroeten. '*Ach*, Eben… ik… Wanneer ben je aangekomen?' stotterde ze en keek onderzoekend naar zijn gezicht.

'Een paar minuten geleden.'

Ze staarde hem ongelovig aan en als hij zich niet vergiste, waren er ook stille tranen in haar mooie ogen. '*Ach*, het is zo *gut* om je weer te zien! Weet iemand dat je hier bent?' Ze keek om zich heen.

'Ik heb geklopt, maar er kwam niemand naar de deur. Dus ik ben maar gaan zitten wachten en nu ben je er.' Hij wilde haar meteen in zijn armen trekken en kussen op klaarlichte dag, maar dat was niet op zijn plaats. Ten eerste kwam hij slecht nieuws brengen. En ten tweede kon hij de joviale jongen die met Joanna was meegereden niet uitvlakken. Eben had nooit iemand zo smoorverliefd gezien. Hij vroeg zich af waarom ze hem niet had voorgesteld voordat hij wegging.

'Zin om een eindje te lopen?' vroeg hij.

'We kunnen ook het rijtuig nemen.' Joanna's ogen schitterden en weer zag hij hoe uitzonderlijk knap ze was. 'We kunnen langs Weaver's Creek wandelen, als je wilt.'

Hij had het hart niet om haar te vertellen dat er geen tijd was om uit rijden te gaan, zoals de vorige keer. Bovendien was het maar uitstel als ze treuzelden langs de beek. 'Ik kan echt niet blijven,' stootte hij uit.

Ze werd bleek. 'Waarom niet?'

'Ik heb een retourtje voor de bus. Moet vandaag nog weg.' Hij kon haar teleurgestelde gezicht niet verdragen.

'Ik begrijp het niet.'

'We moeten over een paar belangrijke dingen praten.' Hij gebaarde naar de landweg aan hun kant van het maïsveld, waar ze vorig jaar november gelopen hadden in de kou en de sneeuw. Nu hij hier was, nu hij haar zag… hij wilde haar hand pakken en voelen hoe die zich nestelde in de zijne, zoals ze vroeger hadden gelopen. Eben vond het moeilijk om te zeggen waarvoor hij gekomen was. Niet moeilijk, nee… bijna onmogelijk.

Joanna keek naar hem op terwijl ze over de oprijlaan liepen, haar knappe gezicht in een frons. En op dat moment drong het tot hem door dat hij veel te snel liep. Hij moest vaart minderen, in alles, en er samen met haar de tijd voor nemen, zodat hij er later geen spijt van kreeg. Eerst moest hij de moed bij elkaar rapen om haar te vertellen hoe teleurgesteld hij was, en haar troosten met zijn eigen verdriet.

Hij zette door. 'Mijn plannen zijn plotseling veranderd, Joanna. Ik heb het niet in mijn greep.' Hij voelde hoe ze verstijfde terwijl ze naast elkaar liepen, de elektriciteit tussen hen nog steeds duidelijk voelbaar.

'Wat bedoel je?'

'Je weet dat ik gehoopt had je hier het hof te maken.' Eben zuchtte. Kon hij de woorden uitbrengen zonder zichzelf voor gek te zetten? 'Maar de omstandigheden staan in de weg.' Zijn stem klonk hemzelf vreemd in de oren. 'Het is ten slotte toch onmogelijk voor me geworden om naar Hickory Hollow te verhuizen.'

176

Haar ogen werden groot. 'Wat is er gebeurd?'

Hij moest het haar duidelijk maken, dus hij deed een nieuwe poging. 'Leroy heeft alles in de war geschopt. Hij is getrouwd met een buitenstaander. Gisteren heeft hij haar mee naar huis genomen om met de familie kennis te maken.'

'Dus... hij komt niet terug?'

Hij schudde zijn hoofd. 'Ik heb gebeden dat hij het *Englische* leven beu zou worden en naar huis kwam om bij onze vader te werken... en mijn plaats in te nemen.'

Ze knikte langzaam. 'En je hebt nu geen andere keus dan daar te blijven?'

'Mijn vader kan het niet redden in zijn eentje.'

Zwijgend liepen ze verder weg van het huis.

Na een tijdje voelde hij zich genoodzaakt om antwoord te geven op de onuitgesproken vraag die tussen hen in hing. 'Ik moest gewoon naar je toe, Joanna. Ik kon je dit niet in een brief voorleggen.' Had ze maar niet zo vaak geschreven over haar grote liefde voor Hickory Hollow, dan was dit allemaal veel makkelijker geweest! 'Je verdiende beter, daarom ben ik hierheen gekomen om het je persoonlijk te vertellen.'

'Ik weet niet wat ik moet zeggen.' Ze staarde een hele tijd naar de grond.

'Zou jij naar Shipshewana kunnen verhuizen?'

Ze keek meteen ontzet, alsof dat ondenkbaar was. 'Ik heb er nooit echt over nagedacht, Eben.' Ze zuchtte hoorbaar. 'Ik dacht dat jij wilde...'

'Ik weet dat het veel gevraagd is.'

Ze schudde haar hoofd, haar ogen glommen.

'Gaat het wel?' vroeg hij en raakte haar elleboog aan.

Ze trok zich nauwelijks merkbaar terug. Toen hief ze haar hoofd op naar de lucht, perste haar lippen op elkaar en keek naar een boerderij in de verte... ze glimlachte vaag.

Wat bedoelde ze met die gezichtsuitdrukking? Was ze eigenlijk opgelucht dat hun wegen zich scheidden?

Hij wachtte of ze nog iets zei, maar toen ze bleef zwijgen dacht hij aan de jongeman met het kastanjebruine haar die zo enthousiast naar haar had gezwaaid. Er bestond geen twijfel aan dat die jongen verliefd was op Joanna.

En begrijpelijk...

Ergens vond hij de moed om te vragen: 'Wat is het standpunt van je bisschop betreffende het overhevelen van kerklidmaatschap?' Hij had niet over dit onderwerp willen beginnen, om haar niet in het nauw te drijven. Hij herinnerde zich nog goed haar moeders scherpe reactie hierop tijdens zijn laatste bezoek, maar hij moest het rechtstreeks van Joanna horen.

'Bisschop John is heel streng,' verklaarde ze, en zweeg toen even alsof ze het moeilijk had. 'Nee, ik betwijfel of ik toestemming zou krijgen om te vertrekken... nu.'

Eben wenste dat hij het niet had gevraagd.

CB⁊O

Joanna was zo verbijsterd dat ze amper iets kon zeggen. *Is hij dat hele eind gekomen alleen om afscheid te nemen?* Ze kon de afschuwelijke wending in de gebeurtenissen niet bevatten. Eben scheen verder met zijn mond vol tanden te staan en gaf eenvoudigweg zijn broer Leroy de schuld van alles. En dat Eben zomaar uit het niets had gevraagd of ze naar Shipshewana zou verhuizen... *wat een timing!* Ze schaamde zich om hem te vertellen over de waarschuwing van de prediker, zeker nu Eben het kennelijk uitmaakte met haar. O, wat hield ze van hem! Hoe kon ze hem hun relatie zomaar laten opgeven – alles wat ze voor elkaar hadden betekend?

Toch had ze een gelofte afgelegd aan God en aan *dit* kerkdistrict, dus een verhuizing naar Indiana hoefde ze niet te overwegen. Zeker niet nu haar oren nog tuitten van prediker Yoders pastorale vermaningen.

Alles in overweging genomen had het geen enkele zin om zo door te blijven wandelen en het onvermijdelijke uit te stellen. Haar hart werd met elke stap verder verscheurd.

'Het spijt me oprecht dat het zover gekomen is, Joanna,' zei Eben zacht. 'Ik zie gewoon geen uitweg meer.'

Omdat ik niet naar Indiana kan verhuizen, dacht ze, en ze wist dat ze zichzelf in een hoek had gedreven met haar liefde voor het schrijven. Nee, Leroy was niet de enige die dit probleem had geschapen.

Joanna kon Eben niet aankijken uit angst dat hij haar ontzetting zou zien.

Ze liepen een paar minuten zonder iets te zeggen. Ze voelde zich als mama's snelkookpan, terwijl de kloof tussen hen met de seconde groter werd.

'Het spijt mij ook,' zei ze, in de hoop dat ze hem kon laten begrijpen hoeveel ze om hem gaf. Maar ze waagde het niet iets meer te vragen… ze had het gevoel dat ze net zo opdringerig deed als Jake naar verluidt was. Kon ze alle maanden van hun scheiding maar uitwissen en de klok terugdraaien naar de avond waarop ze elkaar voor het eerst hadden ontmoet in Virginia. Toen de wereld leek te kantelen en de zon in de oceaan viel. Toen hij in haar haren gefluisterd had…

Ze naderden de uiterste grens van het land van haar vader, waar het graasland grensde aan de grond van Ella Mae's schoonzoon. Met een verlaten en verschrikkelijk hopeloos gevoel keek Joanna weer naar het *Dawdi Haus* waar de Wijze Vrouw woonde en dacht aan haar scherpe waarschuwing.

Zoals gewoonlijk had ze geen blad voor de mond genomen. '*Complicaties*,' had Ella Mae gezegd over langeafstandsrelaties.

Joanna had zin om om te keren en naar huis terug te rennen, om dit pijnlijke bezoek achter de rug te hebben. Maar op dat moment zag ze Jake Lantz met Ella Mae op een schommelbank onder een boom zitten. *Kan hij ons hier zien?* vroeg ze zich af en ze hoopte van niet. Het kon best zijn dat Eben zich in zijn kuif gepikt voelde doordat hij haar daarstraks met Jake had gezien. Ze vroeg zich bijna af of ze er iets over moest zeggen, verklaren dat Jake *haar* om een lift had gevraagd, dat hij niets anders was dan een terloopse vriend, als hij dat al was. Maar zou dat niet juist de aandacht op Jake vestigen? O, ze wist niet wat ze moest doen!

'We moesten maar teruggaan,' zei Eben. 'Ik moet zo een taxi bellen.'

Diep ontmoedigd wees ze naar de telefooncel in het weiland verderop. Precies de plek waar ze zo graag naartoe ging om zijn stem te horen. Ze zuchtte en slikte haar tranen in.

Eben knikte en vertrok in de richting van de cel.

Ze keek hem na, hij had zo'n recht postuur, zijn zwarte bretels zaten zo keurig gekruist over zijn witte overhemd met korte mouwen – *hij had zijn* for-gut *kleren weer aan* – maar Joanna weigerde te huilen. '*Een jongen wil je of hij wil je niet,*' had ze Ella Mae een paar jaar geleden horen zeggen. '*Het heeft geen zin om te bepleiten wat toch tot mislukken is gedoemd.*'

Nee, Joanna ging niet vechten voor wat niet kon zijn, en ze ging niet over hem tobben, niet waar hij bij was in elk geval.

Ze zou de telefoongesprekken met hem en de vele brieven met het poststempel van Shipshewana node missen. Die waren zo'n belangrijk onderdeel van haar weken geworden… van haar leven.

In het diepst van haar hart wist Joanna dat dit afscheid veel meer betekende dan het verlies van een *beau*. Joanna voelde haar laatste kans om te trouwen uit liefde door haar handen glippen.

Met een gebroken hart keek ze toe hoe Eben de houten deur van de telefooncel opende en zijn hand uitstak naar de telefoon.

26

Ebens hand trilde toen hij het nummer van het taxibedrijf uit zijn zak haalde en probeerde het nummer te draaien. *De ergste dag van mijn leven.*

Hij stopte en hing op. Met de hoorn nog in zijn hand staarde hij door het enkele raam naar buiten. Als het hem lukte om vervoer te krijgen terug naar het busstation, zou hij daar een paar uur zitten tot het tijd was om in de nachtbus naar huis te stappen – en zijn kostbare tijd met Joanna verkwisten. Maar er viel niets meer te zeggen; ze was kennelijk van streek door zijn aanwezigheid… zelfs boos op hem. Het was zo lang geleden dat hij haar had gezien, dat hij er niet zeker van was of hij haar goed doorgrondde. Was ze verdrietig omdat hij hun plannen afzegde? Boos?

We zijn haast vreemden voor elkaar.

Hij bad om wijsheid. Zijn leven was wel grondig overhoop gehaald. En nu stond hij hier te modderen, terwijl hij hemel en aarde zou moeten bewegen om Joanna's hart te winnen en haar tot zijn bruid te maken.

Hij pakte de hoorn weer op en dit keer slaagde hij erin het nummer te draaien. Plichtmatig praatte hij met iemand van de taxicentrale en vroeg om een rit over een uur, in de hoop dat hij daardoor hier wat meer tijd had… om zeker te weten dat Joanna het redde. Hoewel hij niet zeker wist of ze hem nog wel in de buurt wilde hebben. En wie kon het haar kwalijk nemen? Hij had haar liefdesbrieven geschreven en dingen beloofd die slechts gebaseerd waren op hoop… beloften waarvan hij nu wist dat hij ze niet zou kunnen vervullen. '*Ich hab en Hutsch draus gemacht*,' fluisterde hij met een blik op zijn horloge. Er bestond geen twijfel over in Ebens hoofd: hij had er inderdaad een zooitje van gemaakt.

◌◔◍

Joanna was er zo slecht aan toe dat ze zich er niet toe kon brengen te blijven wachten tot Eben klaar was met bellen. Om haar gevoel voor fatsoen te bewaren liep ze terug naar huis en begon het paard uit te spannen, terwijl ze zich af-vroeg waar haar ouders en Cora Jane uithingen.

Ze dwong zich niet te denken aan de knagende pijn die onverminderd aanhield sinds het tot haar was doorgedrongen dat Eben terugging naar Indiana en teruggekomen was op zijn beloften van liefde en een toekomst samen. Waarom had ze zelf niet verteld over het bezoek van prediker Yoder… de complicatie die *zij* had veroorzaakt door geen verklaring te geven? Waarom niet, terwijl hun verkering toch al tot een pijnlijk einde kwam?

Binnen een paar minuten verscheen Jake weer aan de rand van het erf, teruggekeerd door pa's akker. Net als eerder die dag straalde zijn gezicht toen hij haar zag. 'Zeg, laat me je helpen, Joanna.' En voordat ze beleefd kon weigeren, begon hij te helpen met het zware paardentuig. Ze hoopte dat Eben niet de verkeerde indruk kreeg als hij hen samen aan het werk zou zien. Maar toen het tot haar doordrong dat ze daar niet meer over hoefde te tobben, zette ze het van zich af. Eben had haar tenslotte net losgelaten, dus waarom zou ze zich zorgen maken? Misschien was het wel voorbestemd dat Eben haar met Jake zag.

Maar meteen werd ze verdrietig. Er was geen sprake van

dat ze Eben jaloezie toewenste. Maar ze wenste wel dat ze zijn woorden kon uitwissen en terugkeren naar de dagen van hun romance, hoezeer ook in de wachtkamer gezet. Dan zou de pijn in haar hart tenminste niet zo scherp zijn.

Op dat moment kwam Andy, de echtgenoot van nicht Malinda, met zijn hooiwagen aanrijden over de weg. Aan het begin van de oprijlaan minderde hij vaart en riep haar. 'Joanna, kom *schnell*! Spring aan boord!' Kennelijk was er iets mis. En zonder aarzeling vloog ze naar de weg en liet Jake achter.

Andy had geen hoed op, zijn blonde haar stak alle kanten op alsof hij zijn handen erdoorheen had gehaald.

'*Was fehlt?*' vroeg ze.

'*Mammi* Kurtz is gevallen in de keuken… ze heeft haar heup ernstig beschadigd,' legde Andy uit.

'*Ach*, nee!' Joanna had gezien hoe onvast haar grootmoeder op haar benen stond. *Ik had bij haar moeten blijven!* 'Zijn mijn ouders en Cora Jane er al?'

'*Jah*, en je moeder heeft hulp nodig met *Dawdi*, vooral als de ambulance er is.'

Joanna voelde zich vreselijk schuldig. Om meer dan één reden had ze niet naar huis moeten gaan.

Hoe graag ze ook bij haar familie wilde zijn, ze wilde nog niet weggaan… niet zonder Eben gedag te zeggen.

Ze keek om en zag hem op het huis toelopen, binnen een paar meter van Jake en het paard en rijtuig. Ze kreunde inwendig; Jake was van de spraakzame soort. Wie weet waarover hij een praatje zou beginnen… en wat Eben tegen hem zou zeggen.

Ze vroeg Andy even te wachten en rende naar Eben toe. 'Mijn grootmoeder is gevallen… ze heeft misschien een gebroken heup,' zei ze. 'Ik ben nodig daar.'

Zijn gezicht betrok van teleurstelling toen ze snel afscheid van hem nam.

Ineens pakte hij haar hand en gaf er vlug een kneepje in. '*Gott* zij met je, Joanna,' zei hij eenvoudig.

Ze probeerde een glimlach terug te geven en snelde toen weer naar Andy, die haar omhoog hees op de wagen.

Het paard zette zich in beweging en Joanna keek om naar Eben... net op tijd om te zien dat Jake hem de hand drukte. Ze stonden schouder aan schouder en leken nogal van de wijs gebracht terwijl zij wegreed. Als Joanna zich op dat moment niet zo ellendig had gevoeld, had ze het bijna komisch gevonden om Jake en Eben zo samen te zien.

⊂ঃ৪০

'Daar staan we dan,' zei Jake toen hij zich had voorgesteld en Eben hielp het paard naar de stal te brengen. 'De meeste mensen noemen me Sproeten-Jake... dat kun jij ook doen.'

Eben stond nog op zijn benen te trillen van emotie en was dankbaar dat Jake zo normaal en ongedwongen deed. *Zoals Leroy altijd was...*

'*Gut* kennis met je te maken, Sproeten-Jake. Ik ben Eben Troyer.'

Jake nam zijn strohoed af en krabde op zijn hoofd. 'Dat is een familienaam die we hier in de buurt niet veel horen.'

Eben knikte. 'Ik kom uit Indiana... Shipshewana, om precies te zijn.'

'Aha, dus jij bent de kerel die vorig jaar op bezoek is geweest.' Jake grinnikte en plantte zijn hoed weer op zijn hoofd. 'Mooi om een gezicht bij een naam te hebben.'

'Heb jij hier je hele leven gewoond?' vroeg Eben.

'Geboren en getogen.' Jake richtte zich op en zette zijn borst uit. 'Wij hier in Hickory Hollow zijn heel trots – nou ja, op een *gute* manier – op ons afgelegen plekje, verstopt voor de *Englische* wereld. Het is moeilijk te vinden, als je niet weet waar je moet zijn.'

Dat kon Eben bevestigen. De taxichauffeur van vandaag had zelfs nog nooit gehoord van Hickory Lane en wist niet dat het ten oosten van Intercourse Village lag – *een rare naam voor een stad*, dacht Eben. *Gelukkig zat er een GPS in de taxi.*

'En, wat vind je van onze Hollow?' vroeg Jake en nam hem van top tot teen op toen ze stal uitliepen.

'Ik begrijp waarom mensen ervan houden.' *Vooral Joanna.*

'Het lijkt erop dat je met je tijd verlegen zit, nu Joanna afgevoerd is.'

Als Eben in een betere stemming was geweest, had hij gelachen. 'Niet veel tijd eigenlijk.'

'Goed dan. Ga je die tijd gebruiken om te staan kijken alsof je verdwaald bent?'

Iets aan deze jongeman trok zijn aandacht. 'Ik mag je, Jake. Ik mag je echt.' Hij gaf Jake een klap op zijn schouder en voelde de spieren. Er bestond geen twijfel aan dat dit een hardwerkende, verantwoordelijke kerel was. 'Wat kun je me vertellen over de *Ordnung* hier? Om te beginnen: hoe streng is jullie bisschop?'

Er verscheen een frons op Jakes gezicht. 'Nou, met bisschop John Beiler valt niet te spotten.'

'Dus… hij is nogal streng?'

Jake knikte. 'Een paar jaar geleden heeft hij de meest hardvochtige verstoting ooit opgelegd. Een jong meisje dat zich om haar muziek niet aan de kerk wilde onderwerpen.'

Eben spitste zijn oren. 'Is dat zo?'

'Uiteindelijk is ze weggegaan… en heeft haar gitaar meegenomen.'

Eben hoefde niet te horen hoe hardvochtig ze haar behandeld hadden, maar hij had wel een paar vragen over het soort gelofte dat afgelegd moest worden bij de kerkelijke doop. 'Sommige kerken willen dat hun leden hun hele leven in hetzelfde district blijven.'

'*Jah*, dat is ook zo'n beetje wat we hier hebben.'

Eben probeerde het te verwerken. 'Heb je weleens iemand gekend wie het gelukt is toestemming te krijgen om naar een andere Amish kerkdistrict te verhuizen?' Ongetwijfeld was het Jake duidelijk wat de reden was voor zijn vragen, maar Eben kon het niet laten.

'Tja, een paar... ja, hoor. Maar dat waren gerespecteerde leden.' Jake keek hem strak aan. 'Waarom vraag je dat?'

'Gewoon, nieuwsgierigheid.' Eben vroeg zich onwillekeurig af waarom Joanna met klem iets anders had gezegd. Had ze de bisschop doelbewust verkeerd voorgesteld? Vast niet. En hij kon zich niet voorstellen dat een meisje als Joanna niet in hoog aanzien stond in de kerk.

Nee, Eben wist wat de waarheid was. Ze had gewoon geen zin om haar geliefde thuis te verlaten... zelfs niet om met hem te trouwen.

27

Terwijl ze naar het huis van haar grootouders reed, zag Joanna nog steeds voor zich hoe Eben en Jake samen aan het eind van de oprijlaan hadden gestaan. Ze onderdrukte de aandrang om te huilen, ze moest sterk zijn voor haar moeder… en voor arme *Dawdi*, die vast en zeker met *Mammi* mee zou willen gaan in de ambulance. Zo was hij tegenwoordig; hij verloor haar liever niet uit het oog.

Ik zal degene zijn die bij hem thuisblijft.

De tranen sprongen haar in de ogen toen ze dacht aan de onvoorziene breuk met Eben en nu *Mammi's* vreselijke val. Werkelijk, Joanna was de instorting nabij.

ು

Eben zag de gele taxi zijn kant op komen en betreurde het onmiddellijk dat hij weg moest. Had hij maar onder heel andere omstandigheden hier kunnen komen, zoals bij zijn bezoek in het vorige bruiloftsseizoen. Maar wetende wat hij nu wist, zag hij wel in dat Joanna niet bereid was zich te binden als dat betekende dat ze moest verhuizen. Waarom zou ze anders niet zeggen dat er uitzonderingen waren op de verhuisregel? Ze had haar belangstelling voor hem verloren… misschien voor een deel vanwege de vriendelijke kerel die naast hem stond.

'Nou, het was leuk om met je te praten,' zei Jake, en met een zwaai slenterde hij naar de weg om naar huis te gaan.

'Met jou ook.' De ontmoeting met Jake leek voorbestemd.

Eben opende het achterportier van de taxi en stapte in. Joanna's huis verdween uit het zicht toen ze snel wegreden.

Hij nam het lentelandschap in zich op; de keurig verzorgde gazons en omringende bloementuinen – elke boerderij hier was smetteloos en aan kant. Niet dat de huizen in de gemeenschap waar hij woonde niet net zo verzorgd waren, natuurlijk... het trof hem alleen dat alle percelen hier zonder uitzondering opmerkelijk goed onderhouden waren.

Geen wonder dat Joanna zo houdt van deze streek.

Met een blik in de achteruitkijkspiegel vroeg de taxichauffeur of hij hier familie had.

'Nee.'

'Aha... een vriendinnetje dan misschien?'

'Niet meer.' Eben haalde zijn schouders op. 'Het werkte niet.'

'Spijtig, man.'

Meer dan spijtig, dacht Eben. *Mijn hele toekomst was verbonden met Joanna Kurtz.*

'Denk erom, er lopen nog genoeg leuke vrouwen rond,' zei de chauffeur met een nieuwe blik over zijn schouder en een meelevende glimlach.

Daar dacht Eben over na. De ontmoeting met Joanna had voorbestemd geleken, zozeer dat hij er volkomen op had vertrouwd dat het goed was.

Toen ze nog een eindje hadden gereden, merkte hij een grote boerderij op waar een ambulance op de oprijlaan stond, evenals enkele grijze rijtuigen, een bestelbus en de hooiwagen die Joanna was komen halen.

Hij ving een glimp op van Joanna zelf die op de voorveranda stond en haar armen opende voor een oudere man. Was het haar *Dawdi*? Terwijl hij toekeek hoe ze hem troostte, slikte Eben de brok in zijn keel door, geroerd door haar medelijden.

O, lieve Joanna, dacht hij bedroefd. *Wat heb ik gedaan door je los te laten?*

⊂ʒ⊱⊘

Zoals Joanna al had vermoed, werd zij achtergelaten als oppas voor haar grootvader terwijl een buslading familieleden, waaronder haar ouders en Cora Jane, achter de ambulance met *Mammi* erin aan reden naar het ziekenhuis. Ze hielp *Dawdi* in een schommelstoel op de voorveranda, waar hij beslist met zijn gezicht naar het westen wilde zitten, in de richting waarin de ambulance was verdwenen.

'Wilt u iets kouds drinken?' Ze concentreerde zich op het verwennen van haar grootvader, blij dat ze iets had om haar gedachten bezig te houden.

Dawdi glimlachte een beetje, zijn blauwgrijze ogen waren nog vochtig van het huilen. Hij was zo gevoelig dat ze veronderstelde dat hij nog wel meer tranen zou vergieten. 'Binnen staat een kan limonade,' zei hij.

'Ik zal wat voor u halen.'

'Je bent net zo zorgzaam als je *Mammi*, weet je dat?' zei hij tot haar verrassing.

'Dat is mooi.' Weer dacht Joanna aan Ebens ontmoedigende bezoek. Veel meisjes zouden dieper hebben doorgevraagd – hadden misschien zelfs een grote mond opgezet. Cora Jane wel tenminste!

Terwijl *Dawdi* zijn limonade dronk en buiten lekker koel bleef zitten, zette Joanna de ovenschotel die ze eerder had bezorgd in de oven om op te warmen. Toen ze de tafel had gedekt voor twee en nog eens bij *Dawdi* had gekeken, dwaalde ze naar het zitgedeelte in de keukenalkoof en zag haar *Mammi's* Bijbels dagboek ondersteboven opengeslagen liggen. Joanna keek ernaar en begon de tekst van de dag te lezen uit Psalm 29 vers 11. *De Heere zal Zijn volk kracht geven, de Heere zal Zijn volk zegenen met vrede.*

Met het boek nog in de hand liet ze zich op *Mammi's* stoel zakken. 'Ik hunker naar Uw vrede, God... ik hunker oprecht.' Ze onderdrukte de aandrang om te huilen en keek liefdevol het kleine hoekje rond waar *Mammi* zo graag zat te lezen. 'Met Gods hulp kom ik door deze ondraaglijke tijd heen,' fluisterde ze en wenste Eben Troyer in gedachten een goede reis naar huis. Ze koesterde geen enkele bitterheid jegens hem, in het geheel niet: Eben was een goede man, wist ze. Maar ze was verschrikkelijk gekwetst en verlangde ernaar de vrede te ontvangen waarover in de psalm werd gesproken. Ze leunde met haar hoofd achterover en hoopte dat het goed kwam met haar grootmoeder. *Laat haar weten dat U bij haar bent, o God.*

Na een tijdje ging Joanna in de ovenschotel roeren om te kijken of hij warm genoeg was om op te dienen. En ze barstte in tranen uit toen ze bedacht dat ze nu nooit zo'n maaltijd voor Eben klaar zou maken.

⋐ℰ⋑

De man die voor Eben in de bus zat, rook naar sigaretten. Nu hij erover nadacht, besefte Eben dat Leroy daar ook een beetje naar geroken had. Zijn broer had toch stellig die gewoonte niet aangenomen? Maar ja, sinds hij naar de middelbare school was gegaan en in zijn studententijd had Leroy met zo veel dingen kennisgemaakt.

Eben keek uit het raam. Het begon al een beetje te schemeren nu de zon laag stond en het licht flitste tussen duizenden boomstammen door terwijl ze in westelijke richting reden.

Terug naar waar ik vandaan gekomen ben…

In een paar korte ogenblikken met Jake was hij meer te weten gekomen over het kerkdistrict Hickory Hollow dan in alle maanden corresponderen met Joanna. Maar aan de andere kant, Eben had niet doorgevraagd over haar kerkelijke gemeenschap, dus het was niet eerlijk om het zo af te meten. Joanna was iemand die een reactie gaf; ze was nooit opdringerig of voortvarend zoals sommige andere meisjes. Nee, Joanna was aardig en geduldig, en ze had het beslist niet verdiend om vandaag zo door de mangel te worden gehaald. Wat een beroerde afloop voor zo'n fantastisch iemand.

Eben tuurde naar buiten in het wegstervende zonlicht en bedacht dat het zijn verdiende loon was als Jake Lantz inderdaad belangstelling had voor Joanna. In aanmerking genomen hoe openhartig en sympathiek de jongen was, hoopte Eben bijna dat hij achter haar aan ging. Dan wist hij tenminste dat Joanna een beste echtgenoot kreeg.

Hij sloot zijn ogen en zag opnieuw Joanna's lieve gezicht voor zich toen ze hem zag zitten op de achterveranda. Hij dacht alleen maar aan haar ingetogen en vrolijke gezichtsuitdrukking… zoals ze had gekeken voordat hij zijn mond had opengedaan en alles had bedorven. Hij verfoeide de pijn in zijn hart, want die was door zijn eigen toedoen ontstaan.

Hij kon de slaap niet vatten. Eben deed zijn ogen open en staarde uit het raam naar het landschap langs de snelweg, een groenachtig bruine waas toen de bus steeds harder reed in de richting van thuis. *Weg van mijn allerliefste*, dacht hij, en de wind suisde langs de ramen.

CろƐꝋ

Na de avondmaaltijd ging Joanna in de stoel van haar grootmoeder zitten en luisterde terwijl *Dawdi* Kurtz voorlas uit de oude Duitse Bijbel. Ze vroeg zich af wanneer er iemand terugkwam om nieuws te brengen over *Mammi*. Het was geen verrassing dat *Dawdi* uiteindelijk vroeg naar bed ging in de slaapkamer beneden. Haar grootvader was een stille man, wiens leven zich afspeelde in zijn hoofd en die een hekel had aan veel gepraat... net zoals Joanna's eigen vader. Slapen was *Dawdi's* manier van omgaan met zijn grote zorg om *Mammi*, die nu ver weg was in het ziekenhuis. *Onder Englischers...*

Rusteloos dwaalde Joanna naar boven om te kijken naar de kamers die zo waren ingericht door Fannie en haar man dat ze bijna identiek waren aan de kamers in de grote boerderij waar tientallen jaren geleden Joanna's grootouders hun kinderen hadden grootgebracht. De ruime slaapkamer was momenteel ingericht als comfortabele logeerkamer en de kleinste was een naaikamer. Net als in het grotere huis ernaast lag de grootste slaapkamer vlak boven de keuken, om daar in de koude maanden de meeste warmte van te hebben. De kamer zag er nog hetzelfde uit als toen *Mammi* en *Dawdi* hierheen verhuisd waren, naar het enigszins kleinere *Dawdi Haus*, vlak nadat Cora Jane was geboren. Joanna's moeder had wat extra zorg nodig gehad van haar eigen moeder, en daarom was Joanna op de leeftijd van zeven jaar hierheen gebracht om een week te logeren. Destijds had *Mammi* Kurtz haar een geheime opening in de muur laten zien, een verborgen boekenplank waar ze haar dagboeken bewaarde en een Nieuw Testament in het Engels. Er was ook een map met oude brieven – relikwieën, had *Mammi* die genoemd – en een assortiment boeken waaronder een met de titel *Voice of the Heart*, door John Newton.

In de wetenschap dat *Mammi* het niet erg zou vinden als ze een beetje rondsnuffelde, begaf Joanna zich naar de spleet in de muur. Precies zoals ze zich herinnerde was daar de kleine bergplaats, nu gevuld met nog meer boeken. Joanna keek nauwkeuriger en merkte op dat er romans bij waren – '*verzonnen verhalen*' zoals prediker Yoder die had genoemd. Toen ze een van de godsdienstige boeken opensloeg, zag Joanna dat er twee brieven in zaten, beide op perkament. De woorden *tante Joanna* waren mooi geschreven op de reep papier die eromheen zat.

'Is dat mijn naamgenoot?' fluisterde Joanna, toen ze *juni 1932* op de brief zag staan. Dit bevestigde stellig dat hij geschreven was door de tante die de dubbele-trouwringenquilt had gemaakt. Joanna zuchtte. *Ik zal* Mammi *vragen of ik die een keer mag lezen.*

Ze stopte de brieven terug in het boek en sloot het kleine deurtje. De ontdekking van de brieven van de andere Joanna was heel interessant, zeker zo vlak nadat ze de quilt had gekregen. Waarom had mama er eigenlijk voor gekozen haar te noemen naar deze vrouw, van wie de brieven zo bijzonder waren dat *Mammi* Kurtz ze al die jaren had bewaard?

Gezeten op het oude bed van haar grootouders peinsde Joanna over haar erfgoed – zoveel vrome mensen, zoals haar twee stellen grootouders. Wijze mensen... zoals Ella Mae Zook.

Ze leunde achterover op het bed en keek omhoog naar het plafond. Ze dacht weer aan het verrassende advies van de Wijze Vrouw. 'Ze had gelijk,' fluisterde Joanna en ze liet haar tranen vrijuit stromen nu ze alleen was.

28

In veel opzichten was Joanna dankbaar dat ze Cora Jane of mama niet verteld had over het recente bezoek van Eben Troyer. Ze was emotioneel in de war en hoewel ze haar best deed om haar verdriet te verbergen, was ze zich ook bewust van de bezorgdheid van haar ouders. Dus overdag probeerde ze niet te laten merken hoe ze zich voelde, blij met de tijd die ze voor zichzelf had als mama naar het ziekenhuis ging om op bezoek te gaan bij *Mammi* Kurtz, die inderdaad haar heup had gebroken en een langdurige herstelperiode voor zich had.

Boven op Joanna's verdriet kwam de kloof tussen haar en haar zus. Nooit eerder had Joanna zo'n onenigheid in hun huis gekend. Cora Jane en zij ontliepen elkaar met opzet. Mama had ingegrepen om de vlam niet onbedwingbaar te laten oplaaien en het huishoudelijke werk zodanig ingedeeld dat de twee zussen nooit met elkaar in contact kwamen – althans niet alleen. Het buitenwerk van de meisjes was nog bevorderlijker voor de impasse, want zelden kruisten zich hun paden. Als de een aan het wieden en schoffelen was in de groentetuin, droeg de ander voer of water naar de dieren op stal. Joanna vroeg zich af of het ooit nog goed kon komen tussen hen.

Na twee volle maanden van droefgeestigheid was Joanna uitgeput van het iedere nacht huilen, moe van haar verdriet. Ze besloot de moeite te nemen om half juni een busreis te maken met andere jongeren van het kerkdistrict – een rondreis door de nationale historische bezienswaardigheid Ephrata Cloister. De rondreis zou haar goeddoen en de aandacht afleiden van haarzelf. Bovendien was het tijd om Eben Troyer uit haar gedachten te zetten en door te gaan met leven.

Op de terugweg van Ephrata vroeg Sproeten-Jake of hij naast haar mocht zitten en te midden van de nieuwsgierige blikken van de andere meisjes stemde Joanna toe. *Ze vinden hem een lastpost.* Maar Joanna was niet het soort jonge vrouw dat iets ongepasts van een jongen zou accepteren, dus ze negeerde hun blikken. Naar haar mening was eigenlijk het enige echte minpunt zijn leeftijd. Jake werd in de herfst vierentwintig, hij was een heel jaar jonger dan Joanna.

Algauw zat Jake haar het ene verhaal na het andere te vertellen, hij weefde mensen en plaatsen door elkaar tot al het andere om hem heen vervaagde. Ze vermaakte zich fantastisch, hoewel ze geen idee had of de verhalen waar waren of niet. Het deed er helemaal niet toe; ze had het zo broodnodig om weer eens lekker te lachen!

Jake was opgetogen door haar reactie en vroeg of ze met hem uit rijden ging. Joanna stemde toe, zonder een concrete afspraak te maken – maar ze verheugde zich er zelfs op wat langer op te trekken met deze collega-verhalenverteller.

Wat haar eigen verhalen betreft was Joanna er na het bezoek van prediker Yoder puur op wilskracht in geslaagd van schrijven af te zien, maar haar vaste voornemen wankelde... zo groot was haar verlangen om zich uit te drukken. En laat die avond, na hun terugkeer van het uitstapje naar Ephrata, kon ze zich niet langer inhouden. Jake's opmerkelijke verhalen hadden haar creativiteit opnieuw gewekt.

Ze drukte een deurstopper onder haar dichte deur en haalde het schrijfschrift uit de ringband in haar uitzetkist. Als ze nu eens de eerste pagina's van haar laatste verhaal probeerde te vervangen door het begin te herschrijven? En terwijl ze dat deed, drong het tot haar door dat haar formuleringen zelfs beter waren dan bij de eerste poging. *Hoe vreemd is dat?* peinsde Joanna, terwijl ze ingelukkig meer dan een uur schreef, de woorden stroomden op het papier. Als vanouds werd ze meegevoerd naar een andere plek en ze verloor elk besef van tijd... genietend van elke minuut.

Geen ogenblik overwoog ze of ze berouw moest hebben over deze overtreding en ze voelde zich ook niet schuldig. Als ze dit ene laatste liefdesverhaal maar kon afmaken, dan zou ze voorgoed ophouden met schrijven.

De avond daarna al, en die daarna, hield Joanna zich met hetzelfde bezig, verwoed schrijvend in de geheime schuilplaats van haar kamer, tot ze hulpeloos werd teruggetrokken in haar oude patroon van dagelijks een fantasiewereld scheppen op papier. Maar ze was aanmerkelijk slimmer geworden en zorgde wel dat ze haar schrift goed verstopte. Ze wilde niet dat iemand haar droevige verzonnen liefdesverhaal las en zou vermoeden dat ook haar eigen romance tot een pijnlijk einde was gekomen.

CR&BO

Op een zoele zaterdag tegen eind juni hunkerde Joanna naar een fris windje terwijl ze zich kleedde voor haar eerste echte afspraakje met Jake. O, wat zou het heerlijk zijn om een lekker grote ventilator aan het plafond te hebben, zoals Ephraim Yoder pasgeleden geïnstalleerd had in het warenhuis! Niet elektrisch, natuurlijk, maar aangedreven door een luchtcompressor.

Ze keek naar de twee briefjes op haar commode, allebei van Jake. Hij had ze in de afgelopen week gestuurd, voornamelijk humoristische anekdotes die bedoeld waren om haar aan het lachen te maken. Hij had vast wel in de gaten hoezeer ze zijn vertellingen apprecieerde, de fragmenten van verhalen die hij met zoveel zichtbaar plezier met haar deelde.

Voordat ze voor de laatste keer keek of haar haar goed zat, depte ze lichtjes een rozengeur achter haar oren en daalde toen keurig netjes verzorgd de trap af. Cora Jane was al weg om haar *beau* te ontmoeten, dat nam Joanna tenminste aan, en mama zat met pa op de achterveranda tapiocapudding te eten toen Joanna naar buiten ging. Ze wuifde verlegen toen ze vertrok en ving mama's blik. 'Ik maak het niet te laat,' zei ze zacht en pa knikte nerveus.

Ze vermoeden vast en zeker dat ik met een nieuwe jongen uitga, dacht ze. *En dan zullen ze wel opgelucht zijn.* Ze had lang genoeg treurig in huis rondgehangen. *Dat ligt nu allemaal achter me.* Ze wenste dat ze met Eben niet alles op één kaart had gezet. Maar er was nooit iemand anders voor haar geweest… tot nu toe.

Nu liep ze op blote voeten de oprijlaan af, de avond was nog zo warm dat ze geen omslagdoek nodig had. Ergens hoog in de schemerige populieren kraste een uil en Joanna voelde zijn scherpe blik op zich gericht.

Zou Jake me weer amuseren met zijn verhalen? vroeg ze zich af, en stukjes uit het verleden schoten haar door het hoofd. *Zou hij me Eben doen vergeten?*

೮೩ೞ೦

Met een gevoel alsof hij onder water zwom liet Eben zijn tuigpaard over de weg draven om Ada Kemp op te halen. Het was zijn eerste gezelligheidsuitje sinds hij was teruggekomen uit Lancaster County. Hij slaakte een zucht bij de gedachte.

'Het zal me benieuwen wat Joanna vanavond aan het doen is,' zei hij hardop. Hij moest ophouden met denken aan zijn vroegere geliefde. Het was niet eerlijk tegenover een eventueel ander meisje met wie hij omging.

De avondlucht was nevelig blauw en het gesjirp van krekels vulde de lucht. Hij dwong zich te denken aan de negentienjarige Ada Kemp, zijn afspraakje van die avond. *Niet het slimste wat ik ooit heb gedaan,* stelde hij vast. Hij had zich in de nesten gewerkt door vorige week zondag op de zang naar Ada te lachen. Ada's oudere broer had het gezien en Eben gedwongen haar mee uit te vragen. *Nou ja, gedwongen niet,* dacht Eben.

Hij zette het paard aan tot grotere vaart toen hij de boerderij met de groene luiken naderde, waar Ada woonde. Als ze eraan gedacht had om op de afgesproken plek te verschijnen, zou hij amper weten wat hij tegen haar moest zeggen.

Misschien vergeet ze het wel…

Hij was het een beetje verleerd; het was een heel poosje geleden dat hij had gedaan wat bij een gewone verkering hoorde. Eben fronste zijn wenkbrauwen, nog vol zelfverwijt omdat hij Joanna onbedoeld zo lang aan het lijntje had gehouden. Dat speet hem nog het meest.

'Kon ik de tijd maar terugdraaien en alles anders doen,' mompelde hij, maar hij besefte dat de afloop hetzelfde zou zijn. Precies dezelfde beroerde afloop. Hij schudde zijn hoofd bij die deprimerende gedachte en op dat moment zag hij Ada aan komen lopen in een helder lavendelblauwe jurk – een lust voor het oog. Ze glimlachte zedig, maar zwaaide niet… en hij kon het niet helpen: hij miste Joanna eens te meer.

CЗЮ

Joanna had niet in de gaten gehad hoe sterk Jake Lantz was totdat hij haar zijn hand bood om haar in zijn open rijtuigje te helpen. Ze voelde zich vederlicht toen hij haar omhoogtrok en was snel op haar gemak toen hij een paar opmerkingen maakte over de bijzonder hoge temperaturen en het feit dat er vanavond nergens buien werden verwacht. 'Dus we krijgen een lekker ritje.' De manier waarop hij het zei, zo ongedwongen, maakte dat ze zich nog meer ontspannen voelde.

Verrast bekeek ze de kuipstoelen van zwart leer en het pluchen tapijt dat hij had geïnstalleerd. Met moeite onderdrukte ze een brede glimlach en dacht: *je weet maar nooit wat een dag zal brengen!*

'Heb je vanavond veel gegeten?' vroeg Jake. Hij zag er heerlijk fit uit in zijn zwarte broek, witte overhemd en zwarte vest. Dit keer had hij zijn strohoed niet op en zijn schone haar waaide zachtjes op in de wind.

Bedoelde hij of ze trek had in iets lekkers? Joanna wilde beleefd zijn en niet gulzig klinken. 'Ik heb voldoende gegeten, *jah.*'

'O, ja?' Hij grinnikte ondeugend. 'Het is me opgevallen dat je altijd nog een plekje overhebt voor ijs.'

'Echt waar?'

'Nou, je hebt je portie wel gehad tijdens jongerenbijeenkomsten.'

Ze lachte, maar voelde zich een beetje in verlegenheid gebracht toen ze begreep dat hij haar al een tijdje had gadegeslagen.

Ze praatten over andere dingen. Toen begon Jake over de val van haar grootmoeder en de dag dat ze Eben had ontmoet. 'Mag ik vragen of je nog contact met hem hebt?'

Hij had uiteraard het volste recht om te weten of ze vrij was. En om de een of andere reden voelde ze zich genoeg op haar gemak om te zeggen dat Eben uit haar leven verdwenen was. 'Maar we hebben lange tijd met elkaar geschreven,' voegde Joanna eraan toe.

Jake keek haar weer aan, met bezorgdheid in zijn ogen. 'Je klinkt ontdaan.'

'Dat ben ik ook!'

Hij lachte kort. 'Dat geeft niet... ik vind het niet erg om je boksbal te zijn... als dat is wat je nodig hebt.'

Ze schudde haar hoofd en wendde haar blik af. 'Sorry. Zo is het niet. Ik had niets moeten zeggen.'

'Het geeft niet. Je voelt je al beter, *jah*?'

Lieve help, hij keek recht door haar heen. 'Ik geloof het wel.'

Het paard maakte vaart, ging bijna in galop, en Joanna zag de zwarte aarde tussen de rijen sojabonen aan weerskanten van de weg langs flitsen. Het leed geen twijfel dat Jake zich uitsloofde. En hoe wist hij eigenlijk dat ze dol was op een plezierritje? *Wat weet hij nog meer van me?*

29

Joanna genoot volop van een ijshoorn vol met perzikijs bij
Lapp Valley Farm, waar Jake en zij de gemakkelijke drive-in
gebruikten. Jake wilde haar beslist trakteren, wat erg aardig
was, al vermoedde ze dat hij zelf ook trek had in iets lekkers.
In de loop van de volgende uren bespraken ze van alles,
van *Englische* toeristen die ze tegen waren gekomen tot hoe
het op zo'n zoele avond zou zijn om in een huis met air-
conditioning te wonen. Tot haar opluchting bedierf Jake de
boel niet door haar hand te pakken of zijn arm om haar heen
te leggen. Had de Wijze Vrouw hem soms geïnstrueerd over
de juiste manier van uitgaan met een meisje?

En Jake begon niet meer over Eben tijdens de flitsende rit
langs Amish landbouwgrond. Daar was Joanna blij om. Later
was ze nog meer verrast, toen Jake vlak bij Weaver's Creek
stopte langs de kant van de weg – precies de plek waar ze
met haar voormalige *beau* naartoe had gewild.

'Wat doen we hier?' vroeg ze.

'Dat zul je wel zien.' Hij bood aan haar omlaag te helpen.
'Kom maar mee.'

Ze liepen achter elkaar aan door het hoge gras naar de brede
begroeide beekbedding. Hij klom boven op het grootste
rotsblok en ging daar zitten als een grote vogel. Vanaf zijn
hoge plaats keek hij glimlachend op haar neer. 'Heb je soms
hulp nodig?'

'Het gaat best,' zei ze lachend. En het ging ook. Ze kon
met gemak omhoog klimmen naar hem toe.

Toen ze ging zitten op het plekje dat voor haar over was, zag ze algauw waarom hij haar hier mee naartoe had genomen.

'Sst, alleen kijken,' fluisterde hij.

Toen de schemering inviel, smolt de zon de lucht tot roze en goud, de rozige gloed vulde de schaduwen en de beek zelf. Kleuren die ze nog nooit had gezien werden weerspiegeld in het water. Honderden vuurvliegjes droegen met hun vonken bij aan de bijna magische glans. *Glimwormpjes*, had Eben ze genoemd in een brief. Maar Joanna had ze met Eben nooit zo gezien. Nee, haar avond met Jake was heel iets anders dan een afspraakje met een brief... of een telefooncel! En het beviel Joanna best.

೧೩ಙಲ

Eben dacht aanvankelijk dat Ada nogal verlegen zou zijn, maar naarmate de avond vorderde, ontdekte hij dat hij het helemaal mis had gehad. Ze scheen het nodig te vinden om zelfs de kortste stilte op te vullen. Ook had ze de vreemde gewoonte haar handen te wringen, net als zijn overgevoelige *Grossmammi* van moederskant. Door die beide gewoontes wenste hij dat hij thuisgebleven was.

Nu was Ada iets aan het vertellen over haar beste vriendin, die morgen zou beginnen een extra grote hoeveelheid selderijzaailingen te planten. 'Je weet toch wat dat wil zeggen, hè?' zei ze veelbetekenend.

Dat wist hij zeker.

Niettemin kwebbelde ze maar door over die naamloze vriendin van haar, al wist Eben heel goed dat het Dottie Miller was, want hij had Ada vaak genoeg op zangavonden en andere bijeenkomsten zien binnenkomen met haar zussen en deze goede vriendin. *Dus Dottie gaat trouwen*, dacht hij. Komende november zou waarschijnlijk de ene na de andere jonge vrouw trouwen. En als Eben niet serieus op zoek ging naar een bruid, dan moest hij straks nog wachten op de volgende oogst van zestienjarigen.

Hij moest gelachen hebben bij de gedachte, want Ada keek naar hem. En zoals ze toen lachte! Het was de hardste, merkwaardigste lach die hij ooit had gehoord, scherp als verbrijzelend glas. Waarom was hem dat niet opgevallen vóórdat hij haar mee uit gevraagd had? Eben hield de teugels stevig in handen en bracht zichzelf onder het oog dat hij degene was geweest die haar gevraagd had vanavond mee uit rijden te gaan.

Tegen de tijd dat ze bij het huis van zijn zwager waren om met een ander stel een pingpongtoernooitje te houden, ergerde Eben zich groen en geel, maar hij wist dat hij een heer moest zijn en haar een prettige avond moest bezorgen. Het was niets voor hem om de handdoek snel in de ring te gooien.

Dus ze speelden een dubbelspel in het koele souterrain — de meisjes tegen de jongens en later de stelletjes tegen elkaar. Het mooie meisje tegenover Ada deed hem in uiterlijk en gedrag aan Joanna denken, en hij moest oppassen om haar niet aan te staren, zodat haar vriend niet zou denken dat hij zijn zinnen op haar had gezet.

Toen het pingpongen afgelopen was, maakte Ebens schoonzus popcorn en verraste hen met zelfgemaakt aardbeienijs. Al die tijd die het verorberen van het lekkers en het bezoek duurde werd gedomineerd door Ada, maar ondanks het praatzieke meisje naast hem voelde Eben zich uitgesproken eenzaam. Zou hij zich altijd zo blijven voelen zonder Joanna in zijn leven?

Er werd gesproken over een ander toernooi — een keer op

een andere avond – en Ada maakte een sprongetje van wat Eben aannam dat opwinding was bij het idee. Het andere paar stemde gewillig toe, maar Eben had er geen zin in. Hij zag de teleurstelling in Ada's donkerbruine ogen, maar hij moest eerlijk zijn tegen zichzelf. Met Ada Kemp ging hij nergens meer naartoe. Het was verkeerd om haar in de waan te laten dat hij belangstelling had voor meer dan vriendschap.

Een paar minuten nadat Eben haar thuis had gebracht, trok hij zijn zwarte vest uit en rolde zijn witte hemdsmouwen op, vermoeid alsof hij de hele dag silo's had gevuld. Het ontspannen ritje naar huis was precies wat hij nodig had… en de gezegende stilte. 'Wat een vergissing,' fluisterde hij en hij nam zich voor zich niet meer zo in de nesten te werken.

CR&O

Die avond werd Joanna verrast door Cora Jane, die haar, gezeten op de rand van Joanna's eigen bed, zat op te wachten. 'Ik hoorde dat je uit was met Sproeten-Jake,' zei Cora Jane met grote ogen. 'Is dat zo?'

'Ik ben vreselijk moe, als je het niet erg vindt.'

'Je ziet er anders niet moe uit.'

Joanna liep naar het raam, met haar rug naar haar zus. 'Nou, ik ben het *wel*.' Dacht haar zus soms ineens dat alles goed was tussen hen omdat Eben niet langer deel uitmaakte van Joanna's leven?

'Heeft hij je gekust?'

Joanna draaide zich met een ruk om. 'Dat weet je wel beter!' Ze ontspande zich. 'Daar zijn er twee voor nodig.'

Cora Jane begon te lachen en sloeg haar hand voor haar mond om het gegiechel te smoren. 'Je had je gezicht moeten zien, zus. Werkelijk!'

'Het is niet grappig.'

'*Ach*, je gezicht wel.'

'Ik wil me nu graag klaarmaken om naar bed te gaan, Cora Jane.' Joanna peinsde er niet over om te vragen of ze het leuk had gehad met Gid. Dat was haar laatste zorg nu haar zus zo dwaas deed.

Maar Cora Jane bleef zitten, ze kalmeerde een beetje en keek nu ernstiger.

Joanna wees naar de deur. 'Ik meen het,' zei ze. 'Ik wil alleen zijn.'

'Wat... zodat je kunt dromen van Jake Lantz?'

Joanna schudde vol afkeer haar hoofd. 'Wanneer word jij eens volwassen?'

'Ben je soms gewoon te *oud* om pret te maken... is dat het?' Cora Jane stond op en liep naar de deur, waar ze met haar hoofd tegen de deurpost leunde. 'Hoe haal je het in je hoofd om met zo'n jongen uit te gaan?'

'Hij is een heer.'

'Nou, dat is niet wat ik van onze nichten heb gehoord... Lieve help, alle meisjes gaan hem uit de weg.'

'Mensen kunnen veranderen.'

'Maar Jake niet,' zei Cora Jane.

'Wat weet *jij* daarvan?'

'Ik ben slim genoeg om te luisteren naar *gut* advies,' snauwde Cora Jane terug.

Joanna gaf geen duimbreed toe. 'Neem van mij aan dat hij totaal niet lijkt op wat de praatjes zeggen.'

Ze stonden elkaar woedend aan te kijken, maar Joanna's verontwaardiging gold niet Jake. 'Ik vind dat je me een excuus schuldig bent, zus.' Ze had Cora Jane's zwijgen en haar chagrijnige hoofd veel te lang verdragen... en haar pijn zo goed mogelijk verborgen. 'Je weet precies waar ik het over heb.'

'Waarom, omdat ik de prediker heb gewezen op je onge-hoorzaamheid?'

'Het was niet nodig en dat weet je best.'

'Nee?' Cora Jane haalde haar schouders op. 'Sinds wanneer bepaal jij de regels?'

Joanna had moeite om niet terug te slaan en te zeggen: *dat moet jij nodig zeggen*. Maar ze beet op haar lip en hield haar mond. Ze wendde zich af. De aanvaring met Cora Jane begon een schaduw te werpen over haar uitje. Omdat ze haar zus niet nog eens wilde vragen de kamer uit te gaan ging Joanna in de stoel bij het raam zitten, en toen ze zich omdraaide was Cora Jane verdwenen.

෬෩

Joanna wenste dat ze een slot op haar deur had terwijl ze tot diep in de nacht zat te schrijven en zich de schoonheid her-innerde die haar bij Weaver's Creek had omringd. Maar de charme van de avond vermengde zich met droefheid om het verlies van Eben en ze schreef des te gloedvoller. Alleen moest *dit* verhaal een goede afloop hebben.

Ze voelde zich meegevoerd naar haar heerlijke fantasie-wereld, als een personage weggerukt naar een volkomen an-dere plaats, waar de dingen van het hart gedeeld werden en voor altijd gekoesterd. Waar geen sprake was van pijn of ver-driet om een verloren liefde. Zoals altijd genoot Joanna van haar geliefde creatie.

Toen ze een poosje later haar schrijfschrift had opgebor-gen, kleedde ze zich voor de nacht en stapte in de dunne blauwe japon die ze een paar weken daarvoor had genaaid. Toen haalde ze een doos met ansichtkaarten tevoorschijn en zocht er een om aan *Mammi* Kurtz te sturen, die nog steeds in Lancaster in een revalidatiecentrum zat. Joanna vond het fijn om haar elke week een kaart te sturen met haar eigen speciale zelfgemaakte gedicht erop, in de hoop dat het haar grootmoeder een beetje opvrolijkte. Joanna's moeder had de kaarten gezien toen ze op bezoek ging en had verteld hoe blij *Mammi* was als ze die kreeg.

Terwijl ze dit gedichtje schreef, vroeg Joanna zich af of meer mensen in de Gemeenschap van Eenvoud haar dichtkunst onder ogen hadden gekregen. En zo ja, zouden ze haar dan aangeven bij de broeders, zoals Cora Jane had gedaan? Ze hoopte dat het niet ook tegen de kerkordinantie was om kleine bemoedigingen op rijm te schrijven!

Toen ze klaar was, haalde ze de houten brievendoos uit haar uitzetkist en overpeinsde wat ze zou doen met Ebens vele brieven en kaarten. Maar hoe langer ze erover nadacht, hoe meer het haar duidelijk werd dat ze er nog niet van kon scheiden. Misschien later.

Er was nog iets anders wat haar drukte. Hoe aardig hij ook was, ze wist niet of ze weer met Jake uit moest gaan. Alleen waren alle andere jongens die nog vrij waren nóg jonger dan hij. Ze had zo graag dit bruiloftsseizoen willen trouwen. *Maar niet met de eerste de beste...*

Joanna draaide de gaslamp uit en gleed met een zucht in bed. Terwijl haar ogen langzaam wenden aan het donker, bedacht ze dat ze best af en toe met Jake Lantz uit kon gaan, als hij dat wilde. Wat kon het voor kwaad? Maar de volgende keer dat ze elkaar zagen, moest ze hem laten weten dat ze alleen geïnteresseerd was in gewone vriendschap tot ze volkomen over Eben Troyer heen was.

Wat zou Jake daarvan vinden? vroeg ze zich af. *Is dat eerlijk tegenover hem?*

30

De volgende woensdagmorgen werkte Joanna met Cora Jane en mama – en Ella Mae's schoondochter Mattie Beiler – samen om selderijzaailingen uit de nabijgelegen Amish broeikas over te planten. Daarna liep Joanna naar het eind van de oprijlaan om een beterschapskaart te sturen aan *Mammi* Kurtz. Toen ging ze te voet, om het familierijtuig niet bezet te houden, op weg voor een bezoek aan nicht Malinda.

Een paar honderd meter op weg kwam Jake Lantz aanrijden in zijn ponykar, hij zwaaide enthousiast. Hij minderde vaart en hield midden op de weg stil. 'Hallo,' zei ze. Aan zijn lach was duidelijk zichtbaar dat hij blij was haar te zien.

'Daar ben je weer,' zei hij.

Ze dacht aan wat ze hem had willen vertellen en voelde zich ineens verlegen. 'Lekker weer, *jah*?'

'Ideaal om de diaken te helpen. Hij is nog steeds niet in orde.'

Ze wist het maar al te goed. Hij was al ziek vanaf april.

'Ik dacht maar een handje te gaan helpen met werk in de schuur en zo.'

Ze knikte glimlachend. '*Gut* van je.'

Hij keek peinzend voor zich uit alsof hij iets op zijn hart had. 'Ik heb het erg naar mijn zin gehad afgelopen zaterdag. Ik wil je graag nog eens mee uit nemen, als het goed is.'

Dit was het moment om het te zeggen, maar zo te zien aan de blijdschap in zijn ogen wilde hij niets anders horen dan een positief antwoord. 'Wanneer had je in gedachten?' zei ze tot haar eigen verbazing.

'Zullen we aanstaande zondagavond na de zang uit rijden gaan?'

Ze had al gedacht dat hij dat zou voorstellen. 'De kerkdienst wordt gehouden bij Andy en Malinda.'

'*Jah*, ik hoorde dat Andy aanstaande zaterdag de bovenverdieping van zijn schuur gaat vegen, dus ik ga erheen om een handje te helpen.'

'Ik ben nu net op weg naar ze toe... om Malinda te helpen de muren af te nemen en zo,' voegde ze eraan toe.

'Ik vergat haast dat je familie van hen bent,' zei hij, terwijl hij de onrustige pony in bedwang hield. 'Ga je dan met me mee... zondagavond?'

Er kwam nog een rijtuig hun kant op, dus ze moest een besluit nemen. Joanna schonk hem een snelle glimlach. '*Jah*, ik ga mee.'

Er verscheen een grote grijns op zijn gezicht en hij vertrok. En als Joanna zich niet vergiste, hoorde ze hem nog zeggen: 'Jippie.'

'Waar ben ik mee bezig?' fluisterde ze en liep naar de berm om het naderende paard en rijtuig te laten passeren.

C3&0

Joanna genoot minder van de wandeling naar haar nicht Malinda nu ze Jake was tegengekomen en ze tobde erover dat ze niet de moed had gehad om te zeggen wat ze moest zeggen. *Aanstaande zondag doe ik het echt*, nam ze zich vast voor en keek naar de groepjes loofbomen naast de witte paardenhekken van Andy Kings land en het open weiland daarachter. Het was inderdaad een schitterende dag.

Malinda was buiten haar goudsbloemen en asters aan het wieden, een lapje van geel en paars, toen Joanna over de oprijlaan aan kwam lopen. 'Ik kom je een handje helpen,' riep Joanna.

Malinda's wangen waren rood geworden in de felle zon. Ze veegde haar vochtige voorhoofd af met de rug van haar hand, haar effen blauwe sjaal was afgegleden. '*Ach*, zo *gut* om je te zien. Ja, hoor, je kunt helpen.'

Samen ontdeden ze het bloembed van ieder onkruidje voor de komende Dag des Heeren. Malinda kennende, zou ze zaterdag natuurlijk teruggaan om waar nodig hetzelfde te doen.

Binnen maakten ze alle kamers van boven naar beneden schoon, ze stoften af, veegden, schrobden en maakten alles netjes en smetteloos. Joanna voelde een stille eerbied voor hun werk, in de wetenschap dat deze boerderij aanstaande zondag een tijdelijk bedehuis zou zijn.

Na het middagmaal hielpen Malinda's tweelingzussen Anna en Becky mee met kleedjes kloppen en elke centimeter van de voor- en achterveranda vegen voordat die afgespoten werden. Ze zetten de puntjes op de i door de ramen te lappen en ook de horren schoon te maken.

Later, toen Joanna en Malinda weer alleen waren, genoten ze van een groot glas muntthee, wat precies in de roos was, zoals mama altijd zei. Malinda viel met een zucht neer in de schommelstoel op de overschaduwde achterveranda. 'Dankzij jou en mijn zussen loop ik een beetje voor op schema,' zei ze, terwijl ze zichzelf koelte toewuifde.

'Blij dat we konden bijspringen.'

Malinda vroeg naar haar familie en Cora Jane, en Joanna vertelde over het planten van de selderij.

'O, Joanna... ik hoop dat het je niet moeilijk valt dat Cora Jane deze herfst gaat trouwen,' zei Malinda.

'Omdat ze een stuk jonger is dan ik?'

Malinda keek ongerust. 'Misschien had ik het beter niet kunnen zeggen.'

'Nee... nee, het geeft niet.' *We zijn meer dan nichten... we zijn vriendinnen.*

Ze dronken hun gekoelde thee en keken naar de boomtoppen die wuifden in de wind en naar de fladderende vogels.

Toen zei Malinda zacht: 'Ik vrees dat ik een gevoelig onderwerp moet aansnijden. Ik hoorde laatst iets wat moeilijk te geloven is.'

Joanna verstijfde en staarde in haar glas. Wat ter wereld zou er nu komen?

'Is prediker Yoder bij je geweest om met je te praten?'

'*Jah*, hij is een paar maanden geleden langsgekomen... het ging over mijn verhalen.'

Malinda keek haar onderzoekend aan. 'Is alles in orde?'

'Nu wel, *jah*.'

'Ik maakte me zorgen, maar wist niet zeker of het waar was.'

'O, het is zeker waar,' verklikte Joanna zichzelf. Op de een of andere manier was het anders om met Malinda over moeilijke dingen te praten. *Heel anders dan met Cora Jane.*

'Je moet een echt talent hebben voor schrijven.'

Verbluft keek ze Malinda aan. 'Wat?'

'Kennelijk heeft de vrouw van de diaken een stuk van je verhaal gelezen en ze was erg ingenomen met je talent.'

'Meen je dat nou? Is dat zo?'

Malinda knikte en nam een slok uit haar glas.

'Van wie heb je dat gehoord?'

'Mijn moeder vertelde het vorig weekend, toen ze hier was om me te helpen bonen inmaken.'

'Allemensen, ik vraag me af wie het nog meer weten?' Joanna vond het vreemd om iemand zo over haar heimelijke geschrijf te horen praten.

'Je kunt het niet stilhouden, hè?' zei Malinda bemoedigend.

Jah, *dat kon je wel zeggen.*

Joanna sloeg Malinda oplettend gade en wenste dat ze niets gezegd had. Dus iedereen praatte erover? Was het in de geruchtenmolen geraakt? Ze kromp ineen bij de gedachte.

Malinda vervolgde: 'Het is raar dat aan de ene kant de prediker wil dat je ophoudt met schrijven, terwijl aan de andere kant de vrouw van de diaken je werk prijst.'

'Inderdaad, raar.' En dat, dacht Joanna, was het enige wat ze erover moest zeggen.

31

Joanna kon haast niet wachten tot ze haar grootmoeder zag, toen ze die vrijdag te horen had gekregen dat *Mammi* Kurtz eindelijk ontslagen was uit het revalidatiecentrum. Fannie en de rest van de familie hadden het centrum verzocht haar naar huis te laten gaan en aan hun zorg over te laten. Met hulp van de thuiszorg een paar keer per week waren ze van plan samen voor *Mammi* te gaan zorgen.

Joanna maakte snel haar ochtendtaken af en reed met haar vader, die onderweg was naar de smid, mee naar *Mammi* Kurtz. '*Mammi* zal opgetogen zijn dat ze weer thuis is,' zei ze om een praatje te maken.

Hij knikte zo onmerkbaar dat ze het bijna niet had gezien.

'Weet u toevallig iets over mijn naamgenote?' vroeg ze, benieuwd of ze hem aan de praat kon krijgen. 'De tante naar wie ik ben genoemd?'

'Dat moet je aan je grootmoeder Kurtz vragen. Die weet dat het beste. Ik herinner me haar niet zo goed.'

'Dat hoop ik te doen, maar ik wil *Mammi* niet te veel vermoeien.'

Hij knikte niet, noch gaf hij commentaar.

Daarna bleef ze zwijgen tot ze stopten aan de kant van de weg, bij de oprijlaan. '*Denki*, pa... ik loop straks wel naar huis.'

Aan zijn ogen was te zien dat hij haar gehoord had en hij knikte opnieuw. 'Tot straks dan.'

Vanaf de straat leek het witte huis met de overnaadse planken hoog en smal. Grote eikenbomen omzoomden het gazon. Een klein schuurtje en een grote loods aan de achterkant, samen met het rookhuis bij een groepje bomen, omringden het perceel. Het gazon was pasgeleden gemaaid; degene die de laatste keer de maaier had geduwd, zou er goed aan doen voor de volgende maaibeurt de messen te slijpen.

Drie kleine kinderen kwamen de voordeur uit rennen, Joanna tegemoet; het drietal van haar getrouwde zus Salina: Stephen, Sylvia en Susan, allemaal schattige vlaskopjes. '*Aendi*, Joanna!' riepen ze en sloegen hun armen om haar lange rok.

'Kom eens kijken wat mama voor lekkers heeft gemaakt. Vlug!' zei de bijna zesjarige Stephen in het *Deitsch*.

'Zouden het soms suikerkoekjes zijn?' speelde Joanna mee.

'Nee... kom maar kijken,' zei Sylvia met stralende ogen.

'Wat kan het zijn?' Joanna liep op een holletje achter hen aan om het huis heen naar de achterdeur. 'Koffiebroodjes soms?'

'Chocoladecakejes!' riep kleine Susan uit, terwijl ze allemaal de keuken binnenstormden.

Salina maande hen vriendelijk tot rust en begroette Joanna.

'Hallo, zus,' zei Joanna. De kleintjes hingen nog steeds aan haar rok.

'Een warm welkom, *jah*?' Salina wuifde zich koelte toe met een witte zakdoek.

'Hoe gaat het met *Mammi* Kurtz?' vroeg Joanna toen de kinderen eenmaal netjes aan tafel zaten, met hun blote beentjes bengelend onder het blauw met wit geruite zeil.

Salina legde voor elk van hen een chocoladecakeje op een servetje neer. Toen wenkte ze Joanna om met haar mee te gaan naar de slaapkamer vlak om de hoek. Daar zat haar grootmoeder in een rieten stoel met een rechte rug met gebogen hoofd te slapen. 'Ze is helemaal uitgeput, maar dat is begrijpelijk,' fluisterde Salina in haar oor.

'Kan ze lopen zonder hulp?'

'Ze kan goed met een looprek overweg, maar ze mag niet alleen zijn... daarom ben ik hier vandaag.' Salina legde glimlachend een hand op Joanna's arm. 'Wil je even voor me bij *Dawdi* kijken?'

'In de voorkamer?'

'*Jah*, daar bij de hordeur, waar het lekker doortocht. Hij zit niet graag op de achterveranda als de kinderen er zijn.'

'De drukte is natuurlijk vermoeiend voor hem.' Dat kon Joanna wel begrijpen; Salina's drukke drietal was een lastig stel. Ze ging naar de grootste kamer en vond haar grootvader, die klaarwakker overeind zat. 'Gaat het, *Dawdi*?' vroeg ze, terwijl ze naar hem toe liep.

Hij zei niets, maar knipperde met zijn ogen en om zijn mond speelde een lachje.

'Goed.'

Ze liep terug naar de slaapkamer en bleef in de deuropening staan. 'Met *Dawdi* is zo te zien alles in orde.'

'*Gut*,' antwoordde Salina. 'Het kan nooit kwaad om even te kijken, zie je... op hun leeftijd.' Ze keek liefdevol op *Mammi* neer. 'Het doet me pijn om ze zo te zien lijden.' Ze zuchtte.

Joanna beaamde het. 'Dus de familie past om beurten op *Mammi*?'

Salina knikte en kwam naar de deur om zich bij Joanna te voegen. 'We hebben het allemaal geregeld. Ik zal je het rooster laten zien.'

Joanna hoopte dat zij ook ingeschakeld zou worden om te helpen.

'Hier is het.' Salina vond het papier op het aanrecht, naast de chocoladecakejes. 'Tast toe,' zei ze, toen ze zag dat Joanna naar het lekkers keek.

'*Denki*, dat doe ik.' Joanna nam een hap en o, het was heerlijk… het smolt in haar mond.

'Voordat ik het vergeet, *Mammi* vertelde hoeveel je kaarten, en vooral je gedichtjes, voor haar betekenden in het ziekenhuis. Ik dacht, ik zeg het maar voor het geval ze vergeet het te vertellen.'

'Daarom heb ik ze geschreven,' antwoordde Joanna. 'Om een beetje vrolijkheid te brengen.'

'Nou, dat is gelukt,' zei Salina. 'Ze heeft me er zelfs twee voorgelezen. Ze heeft ze allemaal bewaard.'

Joanna was aangenaam getroffen, maar wilde het niet laten merken. Al dat gepraat over haar geschrijf van de laatste tijd maakte haar een beetje zenuwachtig.

De kinderen giechelden en begonnen rumoerig te worden.

'Te veel suiker,' zei Salina vlug.

Hoe hun dwaze gedoe Salina ook leek te ergeren, op Joanna had het een tegenovergesteld effect. Terwijl ze toekeek hoe ze drukte schopten, elkaar duwden en in lachen uitbarstten, verlangde ze nog meer naar eigen kinderen in de toekomst. 'Zal ik ze opfrissen en mee naar buiten nemen om naar de nieuwe kalveren te kijken? Dat we jou een poosje alleen laten met *Mammi*?'

Salina keek opgelucht. 'Als je dat zou willen doen, Joanna.'

'Geen probleem.' Ze ging aan de slag om elk paar handjes schoon te poetsen voordat ze de kinderen toestemming gaf om van tafel te gaan.

Salina pakte een mand met verstelgoed en ging weer naar *Mammi* Kurtz toe.

ᑫᑲ

Ze hadden ruim twintig minuten naar de nieuwe kalfjes gekeken toen Stephen zei: 'Ik heb vreselijk honger, *Aendi* Joanna.'

'Je hebt toch net iets lekkers gehad?' Ze keek glimlachend op hem neer en maakte zijn vlasblonde haar in de war.

'Weet ik niet meer,' zei hij met een uitgestreken gezicht.

'Hij heeft *altijd* honger,' zei Sylvia, die gehurkt zat naast het kleinste kalf.

Gesproken als een klein zusje! Joanna vond het schitterend, de wisselwerking tussen die twee. 'Is dat zo?' vroeg ze.

'O, *jah.*' Sylvia knikte dramatisch.

'Ik heb ook honger,' zei kleine Susan, met haar blauwe ogen knipperend naar Joanna.

'Ik weet wat!' verkondigde Stephen. 'Laten we melk uit de koeling halen.'

Joanna stemde toe, met de gedachte dat de kinderen dan nog even niet naar huis zouden gaan. Salina had er moe uitgezien, alsof ze het wel fijn zou vinden om nog wat langer alleen te zijn met hun grootouders. Ook Joanna verlangde naar een praatje met haar grootmoeder, maar dat kon ook wel wachten.

Toen ze in het melkhuis waren, sloeg Stephen een heel glas verse melk achterover. Hij keek haar aan met een witte melksnor en vroeg: 'Wilt u ons een verhaaltje vertellen, *Aendi?*'

Ze begon te protesteren. 'Ik ben geen verhalenverteller zoals Rebecca Lapp of...' Ze zweeg voordat ze Jake Lantz' naam had genoemd.

'Ik heb gehoord van wel.' Stephen trok rimpels in zijn voorhoofd.

'O ja, wie zegt dat dan?'

'De vrouw van de diaken,' zei Stephen. Hij stond op zijn tenen en hield zijn lege glas omhoog voor meer melk. 'Ik hoorde dat ze dat tegen *Grandmammi* Mast zei.'

Dat vond Joanna heel merkwaardig. *Nou moet je ophouden!*

'Dus wilt u ons een verhaaltje vertellen?' smeekte hij.

Ze veronderstelde dat het wel kon, zeker als ze een Bijbel-verhaal vertelde. Dat kon toch geen kwaad?

໙ຄ

Eben had al te veel tijd in de tuighandel doorgebracht, waar hij zijn buurman Micah Hershberger enthousiast had horen praten over een groep ouderen uit hun gemeenschap die overwogen een rij flats in Virginia Beach op te kopen.

Waar ik Joanna heb ontmoet, dacht Eben.

'Wanneer is dat?' vroeg hij, al moest hij nodig terug naar de boerderij. Maar Eben was razend nieuwsgierig.

'O, volgende maand of zo,' antwoordde Levi, de tuighandelaar.

'In elk geval voor het bruiloftsseizoen,' merkte een andere buurman, Elias Schrock, op.

Hierop schudde Micah zijn hoofd. 'Het schijnt dat er op dit moment heel wat flats beschikbaar zijn… in Florida is hetzelfde aan de hand.'

'De huizenmarkt heeft veel te lijden,' droeg Eben zijn steentje bij.

'Het kon weleens de beste tijd zijn om onroerend goed in de wacht te slepen,' zei Micah met een ruk aan zijn peper-en-zoutkleurige baard.

Levi knikte. 'Ik zou er ook niet te lang mee wachten om de deal te sluiten. Als je tenminste serieus bent.'

'Nou, dat zijn die mensen zeker,' zei Micah.

Eben vroeg zich af over wie hij het eigenlijk had. Hij had er nog niemand over horen praten. 'Nou, mijn pa zal wel denken dat ik aan het spijbelen ben,' zei hij en slenterde naar de deur.

'Zeg, ik hoorde dat Leroy getrouwd is,' zei Levi, die hem achterna kwam.

'Dat klopt.'

'Dus de wereld heeft hem te pakken?'

Eben knikte. 'Het spijt me het te moeten zeggen.'

'Ja, dat geloof ik best.' Levi schonk hem een meelevende glimlach. 'Ze zeggen dat je een bijzonder iemand had in Lancaster County.'

Eben ontkende het niet.

'Dus komt ze vandaag of morgen hierheen... of is het nu allemaal afgelopen?' Levi stond erom bekend dat hij graag en gretig informatie lospeuterde.

Het had geen zin om het probleem uit de doeken te doen. Bovendien was het niet aan Levi om ernaar te vragen. Eben negeerde de vraag. 'Ik moest maar weer eens op huis aan.'

'Doe de groeten aan je vader!' riep Levi. Hij draaide zich om en begroette de man die net de winkel binnengekomen was.

'Dat zal ik doen.' Eben deed de deur achter zich dicht en begaf zich naar paard en rijtuig die hij achter de zaak had geparkeerd. Hij keek naar het oosten en vroeg zich af wat Joanna op deze hete zomerdag aan het doen was. Hadden ze dit weekend predikzondag? Ging ze alweer naar de zangavonden?

Eben maakte het paard los, sprong in het gesloten zwarte rijtuig en reed achteruit van de parkeerplaats af. Tijdens de hele rit naar huis rook hij de geur van kamperfoelie en hij overpeinsde of hij het goed had gezien dat Jake Lantz een bewonderaar van Joanna was. En zo ja, had Jake moeite gedaan om haar het hof te maken? De vragen in zijn hoofd tolden door totdat hij Ada Kemp zag, met haar moeder in een ander rijtuig dat hem tegemoetkwam. Ada boog zich ineens naar voren toen ze zijn blik ving, ze lachte en zwaaide naar hem. Uit beleefdheid zwaaide hij terug. Na hun eerste en enige afspraakje had hij twee andere meisjes mee uit genomen en dat had Ada vast wel te horen gekregen, als je wist hoe snel de geruchtenmolen draaide.

Eben had geen zin om een lang spoor van versmade vrouwen achter zich te laten. Maar geen van hen was te vergelijken met Joanna... niet een. Misschien moest hij zijn zoektocht gewoon voortzetten. Hij moest iemand hebben die Joanna's plaats in zijn hart innam.

Ik heb geen keus.

32

Joanna wist heel zeker dat Salina's drietal in de tijd van twee dagen groter was geworden. Mama zei vaak dat kinderen in de zomermaanden harder groeiden – '*net als onkruid*' – en als ze naar haar nichtjes en neefje keek, kon Joanna niet anders dan het beamen.

Ze slenterde over het erf in de tussentijd na het einde van de kerkdienst en voor het begin van de gemeenschappelijke maaltijd, en genoot van de schaduw van enkele hoge bomen. Ze zag Salina en een paar andere jonge moeders met hun kleintjes en ging erheen om een praatje met hen te maken. Joanna's neefje Stephen was bijna oud genoeg om met andere jongetjes van zijn leeftijd in een groep te worden gezet – deze herfst werden ze eersteklassers. Maar nu speelde hij nog met zijn kleine zusjes en nichtjes en neefjes, hij zat hen achterna tussen de boomstammen door en plaagde de meisjes, van wie er een paar met hun kleine witte zakdoekpopjes speelden.

Joanna zag Cora Jane aan de andere kant van het erf met een paar tienermeisjes, onder wie Mattie Beilers kleindochters Martha, Julia en Susie. Martha en Julia keken minachtend naar Jake Lantz en zijn jongere broer Jesse toen de jongens langsliepen met een stel andere jongemannen van hun leeftijd. Joanna vroeg zich af of Susie en Julia misschien twee van de meisjes waren die geklaagd hadden over Jake's voortvarendheid. Zou hij zich nu anders gedragen, gesteld dat hij met een van de twee uit rijden ging?

Wat verder weg op de lange achterveranda schuifelde Mary Beiler naast haar bejaarde grootvader Abram Stoltzfus, op zoek naar een stoel voor hem. *De lieverds.* Joanna keek hen vertederd na, ze miste haar eigen grootouders vandaag. *Dawdi* Joseph had zich niet goed genoeg gevoeld om te komen, daarom was *Mammi* Sadie bij hem thuisgebleven. En haar grootouders Kurtz waren uiteraard ook niet gekomen, en zouden waarschijnlijk ook niet komen totdat *Mammi* wat zekerder van zichzelf was met haar looprek. *Dawdi* Kurtz weigerde haar achter te laten, ook als er iemand was om voor haar te zorgen – hij had haar vreselijk gemist toen ze in het ziekenhuis lag. Joanna vroeg zich af wat bisschop John daarvan vond. Stuurde hij weleens predikers langs bij bejaarde en gebrekkige gemeenteleden over het overslaan van de diensten?

'Je bent diep in gedachten verzonken, hè?' fluisterde Salina tegen Joanna.

'Ik geloof van wel… het spijt me.'

'Het viel me op dat jij en Cora Jane vandaag ver uit elkaar zaten tijdens de dienst,' zei Salina, terwijl ze dichter naar Joanna toe schoof onder de boom om vertrouwelijker te kunnen praten. 'Leven jullie nog steeds in onmin?'

'Het zal wel overgaan.'

'Nou, dat mag ik hopen, na al die tijd… Het is geen goed voorbeeld voor de andere jonge mensen, hoor.'

'Nee, dat zal wel niet.'

Salina fronste haar voorhoofd en keek haar recht aan. 'Er zit je iets dwars, Joanna. Ik hoor het aan je stem.'

Ze wilde geen kritiek uitoefenen op haar jongere zusje, zeker niet op de Dag des Heeren. 'Bid er maar voor, *jah*?'

'Waak en bid, zoals de Schrift zegt.' Salina lachte al te breed.

'*Ach*, doe niet zo *labbich*, zus.'

'Vind je me raar?' zei Salina en rolde met haar ogen. 'Het is moeilijk om niet te zien wat er om ons heen gebeurt, *jah*?'

Joanna had haar oudere zus nooit beschouwd als een *Schnuffelbox* – bemoeial – maar vandaag scheen ze echt wel te weten wat er met bijna iedereen aan de hand was.

Samen lachten ze zacht en toen barstte Salina echt los, waardoor Joanna nog harder moest lachen. Lachen was fijn; ze kon het niet ontkennen. En ze wist dat het verkeerd was om bitterheid te koesteren jegens Cora Jane... of iemand anders.

CB8O

Gewillig hielp Eben zijn oudere broers met het opzetten van de tijdelijke tafels voor het gemeenschappelijke zondagsmaal bij hun vader thuis. Drie houten kerkbanken vormden één tafel. Eerst plaatsten ze de banken naast elkaar, dan verhoogden ze die door middel van een verborgen schraag. Zodra elke tafel in elkaar was gezet, begonnen de vrouwen die te dekken met borden en drinkglazen.

Toen de tafels op hun plaats stonden, zag Eben pa binnenkomen en uit eerbied zijn strohoed afzetten. Zijn wenkbrauwen schoten omhoog toen hij Ebens blik ving. Hij kwam naar hem toe en klopte hem op de rug zonder een woord te zeggen. Dat was pa's manier om dankbaarheid uit te drukken. En Eben vond het nog steeds opmerkelijk dat pa's gedrag weer normaal geworden was zodra Leroy en zijn vrouw naar hun eigen huis waren vertrokken, hoewel het duidelijk was dat Leroy's besluit om het Amish leven voorgoed te verlaten hem diep in het hart had geraakt. Het verdriet stond al zijn wakende uren op pa's gezicht geschreven.

Te bedenken dat Leroy's nageslacht het leven van Eenvoud nooit zal kennen… nooit zal worden onderwezen in de Oude Wegen. Eben kon het zich in de verste verte niet voorstellen.

CR&BO

'Heb je gehoord over het verjaardagsfeestje voor de vrouw van de bisschop volgende maand?' vroeg Salina aan Joanna.

'Nee, ik wist er niets van. Mama wel?'

'Ik denk van wel. Iedereen heeft het erover.'

Iedereen. Salina wist het natuurlijk alweer. 'Waar en wanneer wordt het gehouden?'

'Bij bisschop John thuis… op 18 augustus. Een zaterdag.'

'Dan is het dus geen verrassingsfeest.'

'O, dat was wel de bedoeling.' Salina glimlachte. 'Maar iemand heeft zich versproken.'

Joanna begreep het. 'Dus het is een bijzondere verjaardag?' Ze was de tel kwijtgeraakt, want verjaardagen werden niet al te vaak gevierd, en zeker niet al te uitbundig.

'Mary wordt vijfentwintig.'

Net zo oud als ik, dacht Joanna met een schok, terwijl ze toekeek hoe de kleine Stephen aan Sylvia's schortbanden trok. Hoe had ze het kunnen vergeten?

Een zachte windvlaag blies over het gazon en ritselde door de bladeren boven haar hoofd, die vlekkerig licht doorlieten. Een eekhoorn klom naar de hoogste top en trippelde waaghalzerig naar het eind van de tak. Joanna genoot ervan naar de kleine diertjes te kijken en dacht ineens aan Eben, die een keer geschreven had dat hij als jongen voor een gewonde eekhoorn had gezorgd.

O, Eben…

Zou hij voor altijd in haar gedachten blijven? Hij had te

lang een groot deel van haar leven uitgemaakt, ze kon niet verwachten dat ze al over hem heen was. Nee, ze moest zichzelf niet voor de gek houden met de gedachte dat het goed met haar ging, want het ging verre van goed.

'Voordat ik het vergeet, kun jij *Mammi* Kurtz dinsdag een paar uurtjes helpen... het middagmaal opzetten en zo?' vroeg Salina, zodat Joanna ontwaakte uit haar gemijmer. 'Het gaat al zoveel beter met haar sinds ze weer thuis is.'

'Natuurlijk... graag.'

'Goed, dan zal ik het Fannie laten weten. Ze moet een boodschap doen voor de vrouw van de diaken.'

Joanna spitste haar oren. Fannie Kurtz had zelden contact met Sallie, de verlegen vrouw van de diaken. 'Wat doet *Dawdi* om zich bezig te houden?'

'Heen en weer drentelen voornamelijk, als een bezorgde oude kip.'

'Ah, zo lief, *jah*?'

Salina knikte. 'Nog steeds tortelduifjes na al die jaren.'

Tortelduifjes... Het woord buitelde door haar hoofd. *Zou ik ooit zo'n liefde kennen?*

⚮

De sirene die het middaguur aangaf, klonk in de verte en herinnerde Eben eraan dat er, samen met de voortgang van de zon langs de lucht elke dag en hier en daar een zakhorloge, meer manieren waren om te vertellen hoe laat het was op deze Dag des Heeren op Peaceful Acres Lane. Maar hij had gehoord dat de sirene niet altijd stipt was... soms was hij te vroeg, afhankelijk van de man die de taak had aan het touw te trekken. Eben grinnikte om het idee terwijl hij met andere jongemannen van zijn leeftijd bij de houtschuur stond te wachten tot de eerste zitting van broeders en oudere echtparen de kans had gekregen om binnen de lichte maaltijd te genieten.

Het was zo'n verschrikkelijk hete dag dat Eben zich erover verwonderde dat ze de tafels niet buiten op het gazon hadden gezet, net als twee weken geleden, toen de kerk bij zijn oom Isaac thuis was gehouden, anderhalve kilometer verderop langs de weg.

Eben stond met zijn handen gevouwen op zijn rug, net als verscheidene van de vromere jongemannen deden, vastbesloten om zich op de Dag des Heeren niet door hun knagende honger de baas te laten worden. Hij luisterde naar neef Chester, die vertelde dat hij net een baan had bemachtigd aan de westkant van Elkhart, waar hij laswerk deed. Maar het viel op dat Chester de plotselinge verandering van werk met een bevende stem beschreef. Het was bijna alsof hij de streek zou verlaten.

Toen begon bij Eben het kwartje te vallen. Je moest wel blind zijn om eerder op de dag de gezwollen ogen van Emma Miller niet te hebben gezien, toen ze voor de dienst in de rij stond met haar moeder en jongere zussen. Had Chester het uitgemaakt met zijn vriendinnetje van oudsher? Eben sloeg zijn neef gade die met zijn grote handen stond te gebaren en kennelijk overcompenseerde toen hij vertelde over de 'wonder-*gute* baan' die hij in de wacht had gesleept.

Eben had medelijden met hem, en ook met de arme Emma, want hij begreep iets van wat ze doorstonden. *Als* hij het tenminste goed had wat hun omstandigheden betreft.

Emma Miller was een aantrekkelijk meisje en ontzettend aardig, maar Chester was er jaren geleden als eerste bij geweest, zodat Eben zelf geen jacht op haar kon maken. Maar nu...

Het duizelde hem bij de vraag wat hij moest doen. Hoelang moest hij wachten tot Emma over Chester heen was? Eben had zijn eigen redenen om zich niet onbezonnen in iets serieus te storten. Het was nog niet lang geleden dat hij van plan was geweest Joanna tot zijn bruid te maken.

Toch hoopte hij dat Emma vanavond op de zang was, hoewel hij het ernstig betwijfelde. *Meisjes hebben de neiging een poosje te wachten*, dacht hij en vroeg zich af hoelang het zou duren voordat Emma weer uitging... of was ze zo verdrietig om Chester dat het er niet toe deed?

33

Na de zang in Andy Kings grote schuur glipte Joanna discreet met Jake mee naar zijn open rijtuigje. Hij stelde haar meteen op haar gemak door een grappige anekdote te vertellen over zijn broer Jesse die zo'n diepe slaper was, zelfs tijdens een middagdut. Hij hield vol dat Jesse door onweer en bliksem heen kon slapen, en zelfs door een tornado. Jake beschreef wat zich vandaag nog had afgespeeld, voordat hij naar de zangavond kwam: dat hij aan Jesse had geschud en tegen hem had geschreeuwd, en dat hij uiteindelijk zo ver was gegaan dat hij hem aan een been over de vloer getrokken had. Eindelijk was Jesse wakker geworden. 'Wat doe je me aan, *Bruder*?' had hij geschreeuwd. 'Kon je niet zien dat ik sliep?'

Lachend stelde Joanna zich het tafereel voor en vergat voor even haar plan om schoon schip te maken en hem te vertellen dat ze niet meer dan vriendschap wilde.

Ongedwongen pratend reden ze achter verscheidene andere rijtuigjes aan, het geluid van gepraat en gelach klonk op in de avond. Hij vroeg haar wat voor dingen ze graag las, en wat ze leuker vond, koken of bakken. Zoveel vragen... hij scheen haar wel graag te willen leren kennen.

Maar Jake was Eben niet, en Joanna wist dat het niet goed was om met hem uit te blijven gaan. Dus ze bad in stilte om wijsheid en zette door. 'Ik vond het leuk om met je op te trekken, Jake,' zei ze, zo zacht dat ze zichzelf amper kon verstaan.

Hij keek haar met een glimlach aan. 'Ik ook.'

'En ik mag je graag...'

'Ik mag jou ook graag, Joanna,' onderbrak hij haar.

Ze vond het zo jammer voor hem... het was naar om te zeggen wat gezegd moest worden. 'Maar ik wil liever gewoon vrienden zijn, als je het niet erg vindt.'

'Nou, dat zijn we al, *jah?*'

Ze knikte. 'Maar hoe zou je het vinden als we een tijdje alleen vrienden blijven? Tot ik genoeg tijd heb gehad om...'

'Om Eben te vergeten?' Hij wendde zich af en keek weer naar de weg; het hoofd van het paard knikte op en neer.

'Het spijt me, Jake... het spijt me echt.'

'Hoeft niet,' zei hij, opgewekter nu. 'Zullen we maar zien waar het heen leidt?'

Daar dacht ze over na. 'Mettertijd misschien, *jah*. Ik wil niet aan hem denken als ik bij jou ben.'

'Nou, dan?' Hij lachte, de spanning verbrekend.

Ze zweeg even. 'Ik hoop dat je het begrijpt, Jake.'

'Ik begrijp het zeker,' antwoordde hij. 'Maar ik wil je graag blijven zien, Joanna... gewoon als vriend natuurlijk.' Hij lachte naar haar. 'Goed?'

Wat kan het voor kwaad, zolang hij het begrijpt?

Veel later, toen ze op de terugweg waren naar Hickory Lane, vertelde Jake hoezeer hij haar eerlijkheid op prijs stelde. 'Dat meen ik echt,' zei hij.

Toen ze haar oprijlaan insloegen, zei Jake: 'Ik kan begrijpen waarom Eben zo met je in zijn schik was, Joanna.'

Ze bloosde en was blij dat hij haar gezicht niet goed kon zien in het donker.

Hij sprong uit het rijtuig en liep vlug om om haar aan de linkerkant naar beneden te helpen. 'Droom fijn,' zei hij toen hij met haar omliep naar de achterdeur. Daar wenste hij haar welterusten, draaide zich om en keerde terug naar het wachtende paard en open rijtuigje.

Joanna was opgelucht dat ze een goede vriend had in Jake en dat hij het begreep. *Het is goed geweest dat ik het gezegd heb.* Ze nam plaats op een van de schommelstoelen op de achterveranda en keek naar de tienduizend sterren die de zomerlucht verlichtten. Het deed haar opnieuw denken aan Eben en ze vroeg zich af of ook hij in deze warme, zoele nacht naar de sterren staarde.

⚃⚃

Het gezicht van *Mammi* Kurtz straalde van blijdschap toen Joanna de volgende dinsdagmorgen de keuken binnenkwam. 'Ik ben Fannies vervanger vandaag,' zei Joanna en ze ging haar grootmoeder met een glimlach begroeten. 'Heeft Salina het tegen u gezegd?'

'Nee, maar Fannie wel, voordat ze wegging.' *Mammi* zat in een gemakkelijke stoel bij het wijd open raam limonadegazeuse te drinken. Ze hield haar glas omhoog. 'Wil jij ook wat?'

Joanna bedankte haar en ging een glas uit de kast halen. Ze pakte de kan van het aanrecht en schonk een half glas in, toen trok ze *Dawdi's* stoel onder de tafel uit en keerde die naar *Mammi* toe. 'Hoe voelt u zich vandaag?'

'Een stuk beter. Fannie staat erop dat ik de hele oprijlaan op en neer loop.' *Mammi* vertelde ook over het bezoek van de thuiszorg. 'Ik geloof echt dat ik weer de oude aan het worden ben. Langzaam, maar gestaag.'

'En *Dawdi*... hoe is het met hem?'

Er verscheen een mooie glimlach. 'Sinds ik thuis ben, gaat

het best.' *Mammi* vertelde dat hij in hun kamer zijn ochtend-
dutje lag te doen. 'Maar hij is wel een beetje plakkerig, moet
ik zeggen.'

Joanna was blij dat ze alleen waren; de volmaakte kans om
over de quilt van nicht Malinda te beginnen. En toen ze over
Mammi's ervaringen in het ziekenhuis en over alle aardige
Englischers die ze daar had ontmoet hadden gepraat, vroeg
Joanna naar het verhaal achter de quilt die haar oud-oudtante
had gemaakt. 'Ik ben erg nieuwsgierig, *Mammi*. Waarom wilde
u dat *ik* hem kreeg?'

Mammi knikte en keek nu ernstig. 'Nou, omdat je naamgenote – ik zal haar tante Joanna noemen voor het gemak –
die dubbele-trouwringenquilt heeft gemaakt in een tijd van
diepe teleurstelling... puur uit geloof.'

'Wat bedoelt u?' Joanna was vastbesloten om *Mammi* over
te halen haar eindelijk alles te vertellen wat ze wist.

'Ze naderde haar veertigste verjaardag en was nooit getrouwd,' legde *Mammi* uit. 'En hoewel dat wel het verlangen
van haar hart was, had je tante langzamerhand het etiket van
Maidel opgeplakt gekregen.'

Joanna luisterde aandachtig, haar hart brak voor een familielid dat ze nooit had gekend.

'Tante Joanna schreef alles op over "de pijn" in haar hart,
zoals ze haar ontgoocheling beschreef omdat ze in haar jonge
jaren overgeslagen was.'

Joanna was gefascineerd... het klonk als stof voor een
mooi verhaal. 'Waar heeft ze dat geschreven?'

'In twee brieven aan haar jongere zus.'

'Heeft ze ook een dagboek bijgehouden?'

'O, vast wel. De meeste mensen deden dat in die tijd.'

Joanna bekende dat ze in het speciale holletje in de muur
boven had gekeken, in hun vroegere slaapkamer. 'Ik heb een

godsdienstig boek gezien met twee brieven erin. Waren die van haar?'

'Heb je rondgesnuffeld?' plaagde *Mammi*.

'Nou ja, ik heb ze niet gelezen.'

'Het geeft niet. Ik heb niks te verbergen, lieve kind. Voor jou wel het minst van al.' *Mammi* ging verzitten in haar stoel. 'Het verbaast me dat ik er nooit aan heb gedacht om ze je te laten lezen.'

'O, mag dat?'

'Natuurlijk, ga maar gauw naar boven om ze te halen. Maar voordat je gaat, wil ik je laten weten waarom je naar dit specifieke familielid vernoemd bent.'

Opgetogen zei Joanna: 'Ik heb begrepen dat de naam Joanna in haar tijd nogal ongewoon was. Zoiets zei nicht Malinda.'

'Dat is zeker waar. Maar hij paste precies bij haar… ze was een uniek mens,' zei *Mammi*. 'En wat een geloof was er nodig om een bruiloftsquilt voor jezelf te maken. Ongehoord in die tijd.'

'Omdat iedereen het opgegeven had dat ze ooit zou trouwen?'

Mammi's ogen glinsterden. 'Dat klopt.'

Joanna voelde zich nu nog meer aangetrokken tot deze vrouw, die zo'n kostbare geestelijke erfenis had nagelaten. *Voor mij.* 'Dus mama hoorde over de moed van tante Joanna en besloot mij naar haar te noemen?'

'*Jah*… enig, hè?'

'En een beetje merkwaardig ook, als je erover nadenkt,' zei Joanna zacht.

'Waarom, lieve kind?'

Joanna haalde diep adem. 'Nou, omdat mijn eigen *beau* en ik uit elkaar zijn.'

'*Ach*, wat spijt me dat. Had ik nu maar niets gezegd.'

'Nee, nee, het geeft niet. Had u het nog niet gehoord, *Mammi?*'

'*Jah*, ik geloof het wel.' *Mammi* zuchtte. 'Maar het is al een poosje geleden.'

'Nou, mij lijkt het eerlijk gezegd wel gisteren. Ik heb het er nog steeds moeilijk mee.'

Mammi trok rimpels in haar voorhoofd, wat haar gezicht een vriendelijke uitdrukking gaf. 'Die jongeman... je moet heel veel van hem hebben gehouden.'

Joanna knikte nadenkend en herinnerde zich alle brieven en de fijne tijd die Eben en zij met elkaar hadden gehad, hoe kort ook. 'Ik weet dat hij ook van mij hield.' Joanna werd nog openhartiger en vertelde dat Eben had gehoopt in Hickory Hollow te komen wonen en werken, zich in de gemeenschap te vestigen terwijl hij haar het hof maakte. 'Maar dat is allemaal misgelopen toen zijn jongste broer met een *Englischer* trouwde en het partnerschap met zijn vader weigerde.'

'Geen wonder dat je verdrietig bent. Het klinkt mij in de oren alsof jullie tweeën je toekomst al helemaal uitgestippeld hadden.'

'Dat was ook zo.' Het was een opluchting voor Joanna om dit te delen met haar grootmoeder, die het scheen te begrijpen. *Eindelijk iemand die zich erom bekommert. Mammi* Kurtz was erg meelevend over Eben, anders dan Ella Mae Zook was geweest.

'Heb je er weleens over gedacht om daarheen te gaan, om bij *hem* te zijn?' vroeg *Mammi* tot haar verrassing.

'Ik zou niet weten hoe.' *Zeker niet na de waarschuwing van prediker Yoder.*

'Als hij nog steeds van je houdt, bedoel ik,' voegde *Mammi* eraan toe.

'Hij wilde vragen of ik het zou doen, maar destijds, tja...'
Joanna's stem stierf weg toen ze weer aan het vreselijke ogenblik dacht. Eben *had* haar toch inderdaad gevraagd om te verhuizen? Maar hij had het zo aarzelend gedaan, bijna verontschuldigend. En zij... ze wist dat het nooit zou worden toegestaan, al had ze niet uitgelegd waarom. 'We hebben elkaar sinds april niet eens meer geschreven,' mompelde ze. 'Ik heb er wel aan gedacht... maar ik wil niet vrijpostig zijn.'

Mammi haalde haar schouders op. 'Nou, als je dat denkt, moet je de brieven die je naamgenote aan haar zus schreef maar eens lezen.'

Joanna stond vlug op uit haar stoel. 'Ik ben zo terug!' Ze rende naar boven, opende de verborgen spleet in de muur en vond de brieven. Toen keerde ze terug naar de keuken en legde ze voor zich neer op tafel, zenuwachtig ineens.

'Toe maar, het is goed,' spoorde *Mammi* haar aan. 'Je moet ze in de juiste volgorde lezen.'

Joanna bekeek de datums op de poststempels en opende de eerste. Met grote belangstelling begon ze het verhaal uit het verleden te lezen, van het hart van de ene zus aan de andere.

Mijn lieve zus Miriam,

Sinds ons bezoek heb ik over een hoop dingen nagedacht. Zo besef ik dat het belangrijk is voor elk van ons om nederig te worden, als een kind, zozeer dat we uitroepen tot onze Vader in de hemel en in de eerste plaats naar Hem kijken om leiding. We moeten elke dag weer Zijn hand pakken. Zoals je zei, is dat de enige manier om een gelukkig leven te leiden te midden van teleurstelling. En ik zeg, het is de enige manier om het leven te leiden, punt.

Joanna las de brief uit, die in dezelfde geest verderging. Maar afgezien van wat *Mammi* Kurtz haar net had verteld over deze vrouw van groot geloof, wist Joanna niet waarom haar oud-oudtante in zulke vrome termen had geschreven. Had haar zus haar raad gegeven betreffende haar vrijgezelle staat?

'Ben je klaar voor de volgende?' vroeg *Mammi* met vriendelijke stem.

Joanna haalde de brief uit de envelop en vouwde hem open, plotseling trillend toen ze begon te lezen.

Lieve Miriam,

Sinds je laatste brief heb ik je advies ter harte genomen en besloten een soort schapenvacht uit te leggen, zoals Gideon vroeger. Ik besef dat veel mensen zullen denken dat ik lichtelijk ferhoodled ben. Maar om mijn geloof te demonstreren dat God mijn hartenkreet zal horen en verhoren, al ben ik net veertig geworden, ben ik begonnen een dubbele-trouwringenquilt in elkaar te zetten. Sommigen zullen er achter mijn rug de draak mee steken, maar dat geeft niet. En ik ben niet bijgelovig genoeg om te denken dat ik hem niet op mijn eigen bed moet leggen als hij eenmaal klaar is, hoewel ik op mijn leeftijd geen vooruitzicht heb op een beau. Dat is juist precies wat ik ga doen!

Dus naast mijn oprechte gebed zet ik mijn vertrouwen aan het werk, zogezegd. 'Geloof met voeten', las ik ergens. Inderdaad, dit is niet de typische Amish manier. Niettemin geloof ik dat, als God een verlangen in je hart plaatst – denk aan Psalm 37 vers 4 – dat een reden heeft en dat ernaar gehandeld dient te worden.

Ik zal je op de hoogte houden. En ik kan je meteen wel vertellen dat ik niet verlegen zal zijn als de goede God een beau naar mijn deur brengt!

236

Ik bid en kijk verwachtingsvol uit naar de echtgenoot die Hij voor me gekozen heeft.

Veel liefs,

je zus Joanna

Joanna knipperde tranen weg en keek haar grootmoeder aan. 'Wat een verbazingwekkende vrouw, *jah*?'

Mammi knikte met een ernstig gezicht. 'Dat was ze zeker. En God heeft het gebed in haar hart niet alleen verhoord, maar haar ook twee kinderen gegeven – een tweeling, een jongen en een meisje – een dubbele zegen, dat staat vast.'

Joanna kon het niet laten om het te vragen... ze moest het weten. 'Hoelang nadat de quilt afgekomen was trouwde ze?'

'Eén jaar,' zei *Mammi*. 'Ze trouwde met een geweldige man, een weduwnaar die maar drie jaar ouder was... en ook een gerespecteerd prediker.'

'Met zo'n geloof moet ze een wonder-*gute* predikersvrouw zijn geweest.'

Nu veegde *Mammi* haar tranen af. 'We hebben een bezielend erfgoed, hè?'

God had het geweten, al op de dag dat haar oud-oudtante Joanna haar quiltnaald in de stof stak, dat op deze dag, al die jaren later, een veel jongere Joanna diep ontroerd zou zijn door de onzichtbare, maar heel reële band tussen hen.

Joanna dacht aan de zin aan het einde van de laatste brief. *Ik zal niet verlegen zijn...* 'Ze had kennelijk behoorlijk lef... heeft tante Joanna die weduwnaar soms zelf ten huwelijk gevraagd?'

'Zo gaat het verhaal,' zei *Mammi* met een aanmoedigende glimlach op haar roze gezicht.

'*Denki* dat u me dit verteld hebt.'

'Met alle genoegen, lieve kind.'

'De quilt van tante Joanna is een heel bijzondere, volgens mij.'

'Heel bijzonder,' zei *Mammi* met een twinkeling in haar ogen.

34

Het was half juli en Eben had voor de komende weekends twee afspraakjes met twee verschillende meisjes. Hij dacht dat hij misschien sneller van het verlies van Joanna herstelde als hij zijn vrije tijd vulde, hoewel dat tot nu toe niet gelukt was. En aangezien Emma Miller, de voormalige verloofde van neef Chester, totaal geen belangstelling had om met andere jongens uit te gaan, moest Eben wel veel jongere en nogal onvolwassen meisjes mee uit vragen.

Sinds hij thuisgekomen was, had hij elke vrijdag aan Joanna gedacht als het tijdstip waarop hij haar altijd belde naderde. Maar nu was hij onderhand de tel kwijtgeraakt van welke vrijdag het was en dat speet hem. Hij had gedacht dat hij zich het patroon van om de week bellen altijd zou blijven herinneren.

Het leven was zijn gangetje gegaan voor hem. Hij had amper vrije tijd nu het dorsen in volle gang was en zijn vader zich steeds meer op hem verliet om beslissingen te nemen.

Sinds Leroy's bezoek waren er steeds vaker brieven van hem gekomen en dat vond Eben merkwaardig. Begon Leroy het Amish leven te missen, nu hij getrouwd was en zich er volkomen van afgesneden had?

Maar zulke gedachten moest hij niet koesteren. Bovendien had Eben eens goed gekeken naar Leroy's Mustang cabriolet en naar zijn *Englische* vrouw. Mevrouw Debbie Troyer was in geen geval van plan om erover te piekeren om van Eenvoud te worden, ook al zou haar echtgenoot in de komende jaren wellicht spijt krijgen van zijn besluit. Nee, het was moeilijk te bevatten waarom Leroy nu elke week aan Eben schreef. Of wilde hij alleen maar de verloren tijd inhalen?

ᏣᏍᏎ

Op een avond in midden juli, een paar weken na Joanna's verhelderende bezoek aan *Mammi* Kurtz, haalde ze voorzichtig de grote dubbele-trouwringenquilt uit haar uitzetkist en legde hem op haar bed. Nu de zomerhitte bijna ondraaglijk was boven, was er natuurlijk geen sprake van dat ze hem zou gebruiken om over zich heen te trekken, maar het voelde als een feestelijke daad om hem daar neer te leggen.

Toen ze hem zorgvuldig netjes had neergelegd, knielde ze voor haar bed en bad net zo ernstig als oud-oudtante Joanna zoveel jaren geleden had gedaan. In stilte stortte ze haar hart uit voor God, het speet haar dat ze tot nu toe niet om Zijn wil in haar leven had gebeden, vooral met betrekking tot een echtgenoot. Ze vroeg om een gebroken en boetvaardige geest en erkende haar aandeel in de muur die tussen haar en haar zus was opgetrokken. *Alstublieft, God, vergeef me mijn onvriendelijke houding…*

In de stilte biechtte Joanna ook haar herhaaldelijke ongehoorzaamheid aan de broeders wat het schrijven betreft op – wat ze er ook van mocht vinden. *Leid me in ieder aspect van mijn leven… zoals U mijn naamgenote hebt geleid.*

Na een poosje stond Joanna op en nam plaats in de enige stoel in de kamer. Haar hart was lichter geworden en ze begon zachte witte babysokjes te breien voor het komende kind van nicht Malinda. Ze had ook een lichtgeel met mintgroen wiegdekentje gehaakt, dat ze nu en dan oppakte, als ze de tijd nam om te bidden voor dit nieuwe kleintje.

De minuten verstreken en toen ze opkeek, zag ze Cora

Jane in de gang staan. Haar lange haar hing los en ze had haar dunne kamerjas aan. Haar zus zag eruit of ze binnen wilde komen. 'Het is goed,' zei Joanna, en wenkte haar.

Cora Jane knipperde met haar ogen toen ze de quilt zag. 'Ik heb zeker iets gemist,' zei ze met een vragend gezicht. 'Ben je in het geheim getrouwd?'

Joanna lachte zacht. 'Nee.'

'Nou, wat doet dit hier dan?'

'Ik heb besloten om er maar van te genieten onder het wachten.'

Cora Jane zette grote ogen op. 'Wachten waarop?'

'Nou, op een man.'

'En jij denkt dat het door die quilt zal gebeuren?'

'Nee... helemaal niet.' Ze keek haar zus glimlachend aan. 'Maar het zal gebeuren op Gods tijd.' Vlug vertelde ze het verhaal achter de oude quilt, blij dat ze de kans kreeg om het haar eindelijk te vertellen.

Cora Jane knikte langzaam, pakte haar haren bij elkaar en duwde ze over één schouder. 'Je verbaast me, zus.'

Dat gevoel ken ik. Maar die gedachte hield Joanna voor zichzelf.

CR&O

In de dagen daarna wenste Joanna dat er een manier was om het onderwerp van haar naamgenote aan te kaarten bij mama. Op een van de laatste dinsdagen van juli had ze geholpen met strijken, terwijl ze meerdere broden bakte. Haar moeder maakte een partij groene bonen in met Cora Jane en praatte over de perziken en pruimen die binnenkort kwamen. Mama hoopte dat ze een heleboel extra jam konden produceren, en een deel van het fruit konden inmaken.

Het was zo bloedheet dat Joanna het idee opperde om hun middagmaal onder de boom in de achtertuin te gebruiken. 'Als we vandaag eens lekker gingen picknicken in plaats van een warme maaltijd klaar te maken?'

Cora Jane verwierp het idee en voerde aan dat pa en hun oudere broers, die aan het helpen waren het maïsveld te bewerken, een fikse, smakelijke maaltijd nodig hadden om op krachten te blijven. 'Een broodje is gewoon niet genoeg.'

Mama keek Joanna welwillend aan. 'Maar wat een aardig idee,' zei ze, terwijl Cora Jane's gezicht betrok. 'Een ander keertje misschien?'

'Nou, pa zal echt geen zin hebben om op een deken op de grond te gaan zitten, wel?' begon Cora Jane weer. 'Hij heeft weer last van zijn rug, met al dat werken op het land.'

'Dat is waar,' zei mama. 'Maar toch is het een lieve gedachte die je zus had. En je vader en ik kunnen altijd op een tuinstoel gaan zitten.' Ze liet Cora Jane niet het laatste woord hierin, dat was duidelijk.

Joanna zette zich schrap voor een nieuwe venijnige opmerking van haar zus, maar toen die niet kwam, lachte ze vriendelijk naar Cora Jane, die haar blik vasthield en ineens verdrietig keek.

'Dus wat zullen we maken voor vanmiddag?' vroeg mama.

Joanna sloeg haar zus oplettend gade. Er klopte iets niet. Cora Jane's onderlip trilde toen ze naar het raam liep en naar buiten ging staan kijken, haar schouders schokten.

Toen liep ze nota bene ineens de keuken uit en rende over het gazon aan de zijkant naar het selderijbed.

'Wat krijgen we nou?' zei mama.

'Ik ga wel even,' zei Joanna, en liet de strijkplank staan. Ze rende de achterdeur uit.

Het was zo smoorheet buiten onder de hoog aan de hemel

staande zon dat Joanna haast niet in beweging wilde komen, laat staan achter haar kribbige zusje aan rennen. Maar ze rende wel, vastbesloten om te praten met Cora Jane... en te weten te komen waarom ze midden in het selderijbed stond, met haar armen om zichzelf heen geslagen en huilend alsof ze haar beste vriendin had verloren.

'Cora Jane... lieverd, wat is er?' zei Joanna zacht, een eindje achter haar.

'Laat me met rust!'

'Ik wil alleen maar helpen.'

'Er is niets wat jij of iemand anders kan doen,' snikte Cora Jane.

Joanna zag mama op de achterveranda stappen. 'Je bent verschrikkelijk van streek,' zei Joanna zachter. 'Ik zie het toch.'

Cora Jane bukte, met haar handen nog tegen haar maag gedrukt alsof ze moest overgeven. Toen deed ze iets vreemds. Ze viel op haar knieën en begon de jonge selderijstengels uit te rukken, zo veel als ze met beide handen vast kon grijpen, almaar huilend. 'Ik had ze nooit moeten planten! Nooit!'

'Kom, zusje...' Joanna kon ook wel huilen. 'Wat spijt me dat voor je.'

Cora Jane draaide zich om en keek haar aan, liet de planten op de volle, donkere aarde vallen. 'Ik ben stom geweest.' Ze veegde haar betraande gezicht af met haar vuile handen. 'Volkomen dwaas, zeg ik je.'

'Kom met me mee.' Joanna stak haar armen uit en kwam dichterbij. 'Toe dan, alsjeblieft?'

Haar arme zus zat op haar hurken in de aarde, omringd door ontwortelde planten. 'We hebben zoveel selderij nooit nodig in de herfst.'

'Misschien komt het nog wel goed.'

'Dat is onmogelijk.' Cora Jane trok haar geelbruine hoofddoek af en bleef zitten, met haar zanderige handen op haar hoofd. 'Laat me gewoon met rust.'

'Je bent niet in een toestand om hierbuiten te blijven zitten. Bovendien word je gekookt in de zon,' hield Joanna vol en kwam een paar stappen dichterbij. 'Ik wil dat je met me meegaat naar binnen. Als ik nou eens een lekker koel bad voor je vol laat lopen?'

'Dat verdien ik niet. Ik ben nergens *gut* voor!'

'Dat is niet waar,' zei Joanna zachtmoedig. 'Je hebt me gehoord, Cora Jane. Sta op en kom naar binnen.'

'Het is met me gedaan, en zo is het.'

Joanna bukte en hielp haar zus overeind. 'Je hart is gebroken, maar je laat je niet overwinnen door wat je ook is overkomen. Ik ken je, zus.'

Cora Jane keek Joanna aan, haar onderlip trilde. Toen sloeg ze haar armen om haar heen, net zoals Joanna bij nicht Malinda had gedaan, en huilde alsof ze nooit meer zou ophouden. Joanna hield haar vast terwijl ze snikte, haar hele lijf schokte. De wereld om hen heen was ingestort.

'Toe maar, huil maar,' bracht Joanna uit. 'Dat is goed...'

Toen ze Cora Jane voorzichtig genoeg los kon wrikken om met haar terug te lopen naar huis, wist Joanna dat het maar goed was dat het middagmaal niet buiten zou plaatsvinden, met hun vader en broers ongedwongen op het achtergazon in de schaduw van oeroude bomen. Nee, een picknick was geen goed idee op deze ellendige dag.

35

Die middag ging Cora Jane een poosje liggen in haar kamer, ze moest alleen zijn. Joanna hoopte van harte dat ze wat rust kon vinden.

Joanna ging naar haar eigen kamer en toen ze opkeek omdat ze de vloerplanken hoorde kraken, stond mama in de deuropening. Ze stond met opgetrokken wenkbrauwen naar het bed te kijken.

'Ik heb gezien dat je de quilt op je bed hebt gelegd,' merkte mama op. 'Ik moet me wel afvragen of dat iets te maken heeft met Cora Jane's tranen van vandaag.'

'Ik heb gewoon besloten de quilt uit mijn uitzetkist te halen,' verklaarde Joanna, die aan het voeteneind van haar bed stond. 'Een tijdje nadat *Mammi* Kurtz me het verhaal erachter had verteld.' Ze probeerde haar kalmte te bewaren, de snikken van haar zus klonken nog na in haar oren. 'En ik hoop dat u begrijpt, mama, dat mijn quilt niet is wat Cora Jane aan het huilen heeft gemaakt.' Ze keek naar het plafond en slaakte een zucht. 'Ik heb het idee dat dit er al een tijdje aan zat te komen.'

'Wat?' Mama kneep haar ogen tot spleetjes en bleef met haar armen over elkaar geslagen bij de commode staan.

Joanna zuchtte, een beetje weifelend. 'Kennelijk zit mijn zus zonder *beau*.'

Mama's mond viel open. Ze keek naar de gang, naar Cora Jane's slaapkamer. 'Dus er komt geen bruiloft?'

'*Jah*… ze heeft me niet veel verteld, maar dat heeft ze me wel duidelijk gemaakt.'

Mama zag er vermoeid uit, ze had donkere kringen onder haar ogen. 'Het was niet mijn bedoeling om je ergens van te beschuldigen, kind.' Haar moeder liet zich op het bed zakken. Ze ging heel voorzichtig zitten, alsof ze het erfstuk niet wilde pletten. 'Nu we toch alleen zijn, wil ik eens even met je praten over iets heel anders.'

Joanna nam nieuwsgierig plaats aan de andere kant van het bed.

'Ik wil je iets vertellen over je naamgenote, oud-oudtante Joanna Kurtz.'

'Graag.' Joanna hoefde niet te zeggen dat *Mammi* Kurtz haar al een en ander had verteld toen het over de quilt zelf ging.

Even bleef mama heel stil en keek uit het raam, toen weer naar de quilt, die ze voorzichtig gladstreek met haar rechterhand. 'Je vader vertelde dat je er tegen hem een keer over bent begonnen.'

Joanna wist het nog. '*Jah*, ik ben al een tijdje nieuwsgierig.'

'Van wat ik weet over je vaders oudtante moet ik zeggen dat ik onder de indruk ben. Ze was een unieke vrouw en in bepaalde opzichten een vrouw die me beschaamd maakte… door haar ongewoon sterke geloof en zo.' Mama zuchtte. 'Ze wist wat ze wilde en klampte zich vast aan het gebed.'

'U hebt me een speciaal geschenk gegeven, mama… met mijn naam.' Joanna kreeg een brok in haar keel.

'De naam past bij je,' zei mama, en ze keek haar aan vanaf de andere kant van het bed. 'Net als de quilt.'

Joanna streek met haar vingers over een van de dubbele trouwringen. Toen legde ze haar hand op die van mama. 'Het was heerlijk om zo even samen te zijn en te praten. *Denki.*'

Mama stond op en kwam om het bed heen lopen. Ze legde beide handen licht op Joanna's schouders. 'Ik zie je geloof in werking doordat je deze quilt hebt neergelegd, ook zonder een serieuze *beau*,' zei ze zacht. 'Je lijkt echt op je naamgenote, Joanna. Daar ben ik heel dankbaar voor.'

Joanna sloeg haar ogen op naar mama en hield haar blik vast. 'Ik geloof dat God een plan voor me heeft,' fluisterde ze. 'Net zoals voor mijn naamgenote.'

Mama knikte liefdevol. 'Dat geloof ik ook, Joanna, kind.'

Ze had zich nog nooit zo dicht bij haar moeder gevoeld.

☙❧

De komende weekenden bleef Cora Jane weg van alle jeugdactiviteiten, net als Joanna. Joanna wist niet hoe ze haar zus uit haar tent moest lokken en schreef korte, bemoedigende gedichtjes die ze 's avonds onder haar slaapkamerdeur door schoof. Rijmende gedichtjes met titels als *Mijn zus, mijn vriendin* en *Van mijn hart tot jouw hart*.

Op een avond half augustus, toen hun ouders al naar bed waren, begon Cora Jane over de gedichtjes. Joanna was naar haar kamer gegaan in de hoop een praatje uit te lokken en met een klein lachje vroeg Cora Jane haar binnen. Heel langzaam begon Cora Jane prijs te geven wat er volgens haar verkeerd was gegaan tussen haar en Gideon. 'Maar ik kan mijn *beau* niet van alles de schuld geven. Er zijn er twee voor nodig om het goed te laten gaan,' zei Cora Jane met een grimas.

'Nu onze breuk al een tijdje geleden is, kan ik beter zien dat we niet geschikt waren voor elkaar.' Cora Jane hield haar hoofd schuin en keek Joanna strak aan. Ze deed haar mond open, maar toen schudde ze haar hoofd.

'Wat is er, zus?'

Cora Jane perste haar lippen op elkaar. 'Tja, nu we toch zo

openhartig praten… maar ik aarzel echt om hierover te beginnen.'

'Zeg wat je op je hart hebt.'

'Ik vroeg me af of je denkt dat Eben wel geschikt was voor jou.'

Joanna drukte haar vingers tegen haar slapen, toen streek ze met haar handen door haar lange haar. 'Ik weet dat we nu verloofd zouden zijn geweest, of misschien zelfs getrouwd… als zijn vader hem niet op de boerderij nodig had.'

Cora Jane knikte meelevend. 'Er had een oplossing voor jullie moeten komen.' Ze zuchtte.

Joanna stond zichzelf niet toe op die manier te denken. 'Het verleden is achter ons.'

'Heeft hij je ooit gevraagd om daarheen te verhuizen, al zou het wel een heel gedoe geven?'

'Hij heeft het erover gehad, maar ik wist dat er geen sprake van kon zijn.' Ze zweeg een ogenblik, in het besef dat wat ze ging vertellen ontegenzeggelijk met Cora Jane te maken had. 'Nadat prediker Yoder zo tegen me is uitgevaren, wist ik dat ik niet weg mocht uit Hickory Hollow.'

'Heeft de prediker gezegd dat je niet weg mocht?' Cora Jane zette ogen op zo groot als theeschoteltjes.

'Hij suggereerde het, *jah*. Hij zei dat ik het niet in mijn hoofd moest halen om mijn lidmaatschap naar Indiana te verhuizen… omdat ik verhalen schreef.'

Haar zus sloeg haar ogen neer, alle kleur verdween uit haar gezicht. 'En dan te bedenken dat ik daar voor een groot deel de oorzaak van ben.'

'Niet helemaal. Ik had op moeten passen en er nog eens over na moeten denken. Het is niet makkelijk, hoor, om iets wat ik zo graag deed de rug toe te keren. De schrijversmuze is een machtig iets. Maar ik ben gestopt met verhalen schrijven… ik wil niet doorgaan met iets wat anderen die me dierbaar zijn als verkeerd beschouwen. De laatste tijd schrijf ik poëzie, misschien kan ik daar God mee eren.'

Cora Jane stak haar hand uit. 'Ben je nog boos op me omdat ik je verklikt heb?'

Joanna's adem stokte in haar keel. Ze pakte de hand van haar zus en drukte die zacht, liet het gebaar de liefdevolle waarheid spreken. 'Ik heb je een paar weken geleden vergeven. En… ben jij nog boos op mij omdat ik je opzij geduwd heb nadat Eben was gekomen?'

Cora Jane schudde langzaam haar hoofd. 'Wie zou boos kunnen blijven op een zus als jij?'

'Ik had het je van het begin af aan moeten vertellen, maar mijn relatie met Eben was nog zo broos en nieuw. Vooral door de afstand tussen ons was ik bang dat het mis zou gaan als we te veel in de gaten werden gehouden.'

'Eerlijk gezegd was ik jaloers op je omdat je zo zelfverzekerd was, alsof je dacht dat je gewoon maar door kon gaan met bruidsmeisje zijn… en de traditie niet in acht te nemen.'

Het was fijn om de dingen recht te zetten. Cora Jane had duidelijk gemaakt dat het haar speet en mettertijd zou het venijn van het verraad van haar zus stellig minder worden.

Maar het was Cora Jane's opmerking dat er een oplossing had moeten komen voor haar en Eben die Joanna een kort stondig gevoel van warmte gaf. Tegelijkertijd was het ook een miserabele herinnering aan wat verloren was. Al had ze ook een sprankje hoop, ze zag geen weg om het in vlam te blazen.

36

In augustus rijpten de perziken sneller dan mama kon bij-
houden. Om die reden kwamen de buurvrouwen Mattie, Ella
Mae en Rachel dinsdag meteen na het ontbijt helpen inmaken.
Mama, Joanna en Cora Jane zetten een lopende band op voor
het schillen en ontpitten. Ze gaven Ella Mae de gemakkelijkste
stoel in huis en zetten haar uit de buurt van de zonnige ramen.
Ze babbelden in Pennsylvania Dutch, vroedvrouw Mattie
vertelde verhalen over de baby's die ze door de vele jaren
heen had verlost – en drie die ze bijna had verloren. Rachel
en mama hoorden het aan, maar af en toe bloosden ze en rol-
den met hun ogen, natuurlijk omdat Joanna en Cora Jane
erbij waren.

Toen Rachel er een woord tussen kon krijgen, vertelde
ze over de plannen voor de aanstaande verjaardag van haar
dochter Mary. 'De kinderen maken allemaal kleine kaartjes
om op te hangen aan een koord, boven de keukendeur… net
als met Kerst.'

'O, wat aardig,' zei mama, terwijl ze de gesneden perziken
in licht gezouten water legde om hun natuurlijke kleur te be-
houden.

'Levi, de zoon van de bisschop, is een echte kunstenaar,'
voegde Rachel eraan toe. 'Ik ben benieuwd hoe dat zal af-
lopen, onder toezicht van zijn vader.'

'Misschien zal hij het voordeel inzien van die heerlijke
gave van de goede God,' zei Ella Mae.

Het werd stil in de keuken en Rachel en mama wisselden

een bezorgde blik. Maar Joanna wist, net als alle anderen, dat de Wijze Vrouw geen blad voor de mond nam.

Uiteindelijk kwam het gesprek op het inmaken van peren en pruimen in de komende dagen en weken, en op jam maken. Mattie klaagde er een beetje over dat ze de werkbroek van haar man met de hand moest verstellen. 'Een onprettig werkje, hoor,' zei ze met een zucht.

'*Ach*, wees blij dat je man nog leeft,' mompelde weduwe Ella Mae tegen haar dochter, maar iedereen had het gehoord.

Later begon Rachel over *der Debbich* – de sprei – die ze komende herfst ging maken en waar ze zich op verheugde. 'Ik maak hem in blauwe en gele tinten, met een mooie zwarte rand waardoor de kleuren mooi uitkomen.'

Ella Mae zei dat ze onlangs een handgeweven beddensprei van wol had gezien in een antiekwinkel in Bird-in-Hand. 'Ook met de hand gekaard en gesponnen,' zei ze, lachend met kuiltjes in haar wangen.

'Dat lijkt me een heel werk, spinnen,' zei Cora Jane vriendelijk. Hoewel ze nog steeds een beetje terneergeslagen was nu en dan, was haar stemming in het algemeen veel beter sinds haar gesprek van hart tot hart met Joanna een paar avonden geleden.

Toen het tijd werd om te stoppen en het middagmaal klaar te maken, nam mama de leiding in de keuken, met een verzoek om hulp van Cora Jane, Rachel en Mattie. Ze had Joanna van tevoren gevraagd Ella Mae gezelschap te houden, dus Joanna nam de oudere vrouw mee naar de kleine zitkamer om de hoek van de keuken.

'Hoe gaat het met je, kind?' vroeg Ella Mae, toen ze in mama's stoel zat.

'Op sommige dagen gaat het wel… op andere dagen niet zo *gut*. Zo is het leven nu eenmaal, begin ik te leren.'

'Ik heb gehoord dat je jongeman twee keer bij je op be-zoek is gekomen?'

Jake heeft het haar zeker verteld...

'Nou, één keer op bezoek en één keer om uit elkaar te gaan.'

'O, ja?' Ella Mae krabde op haar hoofd. 'Wacht eens even... had ik dat ook niet al gehoord?'

Iedereen heeft het onderhand gehoord, dacht Joanna.

'Het punt is dat ik hem niet schijn te kunnen vergeten, hoe ik ook mijn best heb gedaan.' Ze vertelde dat ze uit was ge-gaan met een jongen uit de buurt. 'Een heel leuke jongen en een echte overtuigende verhalenverteller ook.' Ze vroeg zich af of Ella Mae kon raden wie ze bedoelde, al was dat niet de reden dat ze zoveel over Jake had verteld.

'Aha, ik denk dat ik wel weet over wie je het hebt. Dat is een heel aardige jongen.'

Joanna wilde Jake's naam niet noemen; Ella Mae kon in de verleiding komen confidenties te doen. Ze knikte kort. 'Maar het zal heel moeilijk zijn om Eben Troyer te vergeten.'

Ella Mae keek nadenkend. 'Wil je weten wat ik daarop te zeggen heb?'

Het overviel Joanna. 'Ik begon er niet over om goede raad te vragen, nee.'

'Waarom vertel je me niet méér over die jongeman die je hart gestolen heeft?'

Dit keer aarzelde Joanna niet en ze vertelde van begin tot eind elk detail waarvan ze vond dat ze het vertellen kon. 'Maar nu is er niemand anders meer voor mij dan hij.'

Ella Mae nam haar aandachtig op en vroeg of ze ooit had overwogen om naar Indiana te gaan. 'Om kennis te maken met zijn familie, bedoel ik. Om hem te verrassen, zoals hij jou verraste?'

'Ik zit hier vast, vrees ik.'

'Tja, dat is gewoon niet waar, kind. Niemand zit ergens vast, tenzij hij daarvoor kiest. God leidt hen die stappen zetten.' Wat een schokkende woorden... woorden die weerklank vonden in de diepten van Joanna's hart.

Op dat moment herinnerde ze zich hoe Eben onder de indruk was geweest van Cora Jane's openhartigheid... hij had zelfs gezegd dat hij wel hield van een vrouw met pit.

'Heb je weleens nagedacht over de belofte van Ruth aan haar schoonmoeder Naomi, in het boek van Ruth?' vroeg Ella Mae schijnbaar uit het niets.

'Niet echt, waarom?'

'Nou, luister maar eens.' Er verscheen een glimlach op Ella Mae's gerimpelde gezicht. '*Want waar u heen gaat, zal ik ook gaan, en waar u overnacht, zal ik overnachten. Uw volk is mijn volk en uw God mijn God,*' citeerde Ella Mae.

Joanna had het vaak genoeg gehoord in de trouwpreken van prediker Yoder.

'Dus als het *gut* genoeg was voor een jonge weduwe om aan haar schoonmoeder te verklaren, waarom dan niet voor een meisje aan de man van wie ze houdt?' Ella Mae keek haar diep in de ogen. ''Denk daar eens over na, Joanna. En bid ervoor.'

CX80

De hele rest van de dag en die week dacht Joanna na en bad en dacht weer na, tot vrijdagavond. Ze was doelbewust gaan wandelen over de zandwegen waarover Eben en zij samen hadden geslenterd, hand in hand. Weer kwamen Ella Mae's woorden bij haar terug, als een echo. En ineens zweeg haar stem.

In de kleine cel op pa's land rinkelde de telefoon. Joanna bevroor. *Belt Eben? Zou het echt?* Met hamerend hart rende ze door het maïsveld, langs de talloze rijen, ze duwde de stengels uit haar gezicht en rende steeds harder.

De telefoon bleef rinkelen, als een koeienbel in de verte, terwijl ze tastend haar weg zocht naar het prachtige geluid. *Denk, denk, Joanna! Welke vrijdag is het? Welke?* Toen wist ze het. 'O, Eben...'

Het rinkelen ging door en op haar tenen tuurde ze over de toppen van de maïspluimen. De hoge telefooncel verhief zich als een vuurtoren in een uitgestrekte groene zee.

Ze stoof naar de cel toe. Daar duwde ze de houten deur open, terwijl het rinkelen maar voortduurde. Ze stak haar hand ernaar uit, licht in haar hoofd bij het vooruitzicht Ebens stem aan de lijn te horen. Maar hij was toch allang verloren voor haar?

Toch moest ze het weten. Ze pakte de hoorn van de haak en zei ademloos hallo.

Op dat moment hoorde Joanna, als een veer die wegvliegt in de wind, de lijn klikken en de verbinding was verbroken. De moed zonk haar in de schoenen.

Was jij het, Eben?

Ze moest zich wel afvragen hoelang de telefoon had gerinkeld, misschien al voordat ze binnen gehoorsafstand was gekomen. Met bibberende knieën leunde ze tegen de bekende muur en keek door het enige raampje naar de lucht met de samenpakkende wolken. En ze huilde zonder schaamte.

'O, God in de hemel,' riep ze uit. 'Ik weet niet wat ik moet doen... of waar ik het moet zoeken. Eben is constant in mijn gedachten. Neem mijn liefde voor hem alstublieft weg, als dat Uw wil is.' Ze stak haar hand uit naar de zwarte telefoon en herinnerde zich Ebens stem in haar oor, o, zo vele keren. 'Als U een ander plan hebt, wilt U die weg dan duidelijk en recht maken... en mij terugleiden naar Eben? Amen.'

Toen ze erin geslaagd was haar ogen te drogen en zich te vermannen, ging Joanna door de doolhof van maïsstengels, over de landweggetjes en langs de maïsopslagbak naar huis.

37

De volgende middag werd de viering van de verjaardag van de bisschopsvrouw een echt damespartijtje, met een mysterie-maaltijd, compleet met cryptische beschrijvingen van de menugangen en verscheidene groepsspelletjes, waaronder Dutch Blitz voor alle twintig aanwezige vrouwen. De sfeer was feestelijk en joviaal. Voor een poosje vergat Joanna zichzelf en ging op in de vrolijkheid, genietend van de pret.

De lieve Mary, die haar mooiste koningsblauwe jurk met een bijpassend schort aanhad, keek een beetje verlegen toen ze zoveel mooie kaarten kreeg, en enkele handgemaakte geschenken van naaste familieleden en vriendinnen. Minzaam als Joanna haar altijd had gekend, bedankte Mary ieder plichtsgetrouw voordat het gezelschap uiteenging.

Op weg naar de achterdeur keek Joanna verbaasd op toen Lovina met haar ronde gezicht, de vrouw van prediker Yoder, haar tegenhield en zacht zei dat haar echtgenoot haar nog eens wilde spreken. 'Maar hij gaat op reis, dus het kan niet eerder dan over een week.'

Waarom vertelt ze me dit nu… zodat ik me de put in kan piekeren?

'Hij wil je laten weten dat hij op het juiste moment contact zal zoeken met je vader,' voegde de oudere vrouw er met een ernstige blik aan toe.

Het maakte Joanna verlegen dat ze op deze manier werd aangesproken, en op zo'n gezellig feestje nog wel. 'Gaat het over…'

'Hij zal rechtstreeks met *jou* spreken,' zei Lovina Yoder, terwijl ze een hand op haar arm legde. 'Op het juiste moment.'

Joanna knikte en zei dat ze af zou wachten tot ze er van haar vader verder over hoorde. Maar ze kreeg een knoop in haar maag. Hoelang zou ze moeten wachten op de tweede uitbrander? Ze kon de prediker in elk geval in alle eerlijkheid vertellen over haar gebed van boetvaardigheid... en dat ze afstand had gedaan van het schrijven van verzonnen verhalen, hoe moeilijk het ook was. Het was iets waar ze toe besloten had om haar bereidwillige hart te tonen aan God, en haar liefde voor de Gemeenschap van Eenvoud.

'*Denki*,' zei Joanna zacht, al viel er niets te bedanken.

'Een fijne dag,' zei de predikersvrouw met een glimlach.

Een fijne dag? Hoe ter wereld?

Joanna was opgelucht dat Cora Jane niet op deze bijeenkomst aanwezig was geweest. Cora Jane voelde zich er al beroerd genoeg onder dat zij dit alles in gang had gezet door om te beginnen naar de diaken te gaan. Maar Salina was er wel, al had ze niet gezien dat Lovina Joanna had aangesproken. Ze kwam er net aan, door de achterdeur, ze was nog even binnengebleven om een praatje te maken met de jarige.

'Kan ik met je meerijden naar huis?' vroeg Salina aan Joanna, terwijl ze de pas erin zette. 'Ik zou misschien beter kunnen gaan lopen, maar ik moet zo aan het avondeten beginnen.'

'Natuurlijk.'

Tijdens de rit beleefde Joanna opnieuw het onaangename treffen met Lovina Yoder die ze zelden sprak, gezien de leeftijd en status van de vrouw in de gemeenschap.

'Wat ben je stil,' zei Salina. 'Ik hoop dat je het niet erg vindt om even om te rijden.'

'Helemaal niet.'

Verderop zag Joanna Jake en zijn broer Jesse, die hun marktwagen naar huis reden. Jake zag haar en zwaaide. Ze keek Jake na toen hij wegreed in de richting van het huis van de familie Lantz. *Zijn we alleen vrienden?* peinsde ze. Was dit een snel antwoord op haar gebed van gisteren in de telefooncel? *Moet ik me toch door hem het hof laten maken?*

Salina zuchtte. 'Ik voel me vermoeid vandaag.'

'We krijgen allemaal last van de hitte, *jah*?'

Salina beaamde het. 'Dat is zeker waar, al mogen we niet klagen vergeleken met de hoge temperaturen die ze van de week in Ohio en Indiana hebben gehad.'

Indiana... Noemde Salina die staat met een bepaalde reden?

Maar haar zus vertelde verder over een aantal rondzendbrieven die ze schreef aan verre nichten in het Midwesten. 'Wist je dat we een achter-achternicht hebben die Maria Riegsecker heet en in Shipshewana woont?'

Joanna hapte naar adem toen Ebens woonplaats werd genoemd. 'Nooit van gehoord,' bracht ze uit.

'*Jah*, ze was een Witmer net als mama, maar trouwde in een familie in Indiana. Ze heeft gevraagd of Noah en ik op bezoek komen met de kinderen. Ze heeft een kaarsenwinkel en wil graag dat ik iets kom uitzoeken.'

'Wat aardig,' antwoordde Joanna afwezig. *Maria?* Had Eben haar weleens genoemd? Ze kon het zich niet herinneren. 'Hoelang schrijf je al met haar?'

'Vier jaar. Maria is heel aardig... goedhartig en royaal. Ze zegt dat ze een heleboel lege slaapkamers heeft die wachten om gebruikt te worden als we op bezoek komen.'

'Het klinkt erg gezellig.'

'Dat vind ik ook, maar er is geen sprake van dat Noah in de zomer vrij kan nemen.'

'Hoe oud is Maria?'

'Van mama's leeftijd, denk ik, maar ik weet het eigenlijk niet.'

'Dus ze maakt kaarsen?'

'In alle kleuren en geuren. Honderden maakte ze er, en ze verkoopt ze vanaf de planken in haar winkeltje boven hun stal.'

'Klinkt leuk,' zei Joanna. 'Ik hoop dat je een keer kunt gaan, Salina.'

'Maria woont vlak bij de hoofdstraat, zegt ze, binnen loopafstand van de Blue Gate Bakery, waar ze graag appelbollen en pecanbroodjes gaat halen.'

'Nu laat je me watertanden!' glimlachte Joanna. 'Als je gaat, geef ik je wat geld mee om voor mij ook een paar kaarsen uit te zoeken, goed?'

'Nou, ik kreeg het idee dat Maria met alle plezier iedereen in de familie wil trakteren,' zei Salina. 'Jij zou ook mee kunnen gaan... om voor de kinderen te helpen zorgen misschien?'

Alleen de gedachte al om ergens in de buurt van Eben te zijn zonder hem te zien, verscheurde Joanna's hart. 'Ik weet niet hoe ik weg zou kunnen, zelfs in de herfst,' zei ze.

Ze naderden Salina's huis; Joanna zag de voortuin al uitsteken om de volgende bocht. Al dat gepraat over Shipshewana maakte dat haar hoofd tolde. Het was maar goed dat ze Salina zo meteen moest afzetten.

'Fijn om te zien dat je het naar je zin had bij Mary vandaag.'

Joanna knikte. 'Ja.' *Behalve dat van de vrouw van de prediker.*

'Zeg, als je soms mee wilt doen aan Maria's rondzendbrief, dan moet je het zeggen.' Salina zweeg even, toen klapte ze haar portefeuille open en viste er een notitieboekje en een pen uit. 'Hier, ik zal haar adres voor je opschrijven, als je wilt.'

259

Het was grappig om Salina zo volhardend te zien, maar Joanna vond het wel een leuk idee om te schrijven met iemand die creatief was met iets anders dan bloemen of quilts. 'Ja, hoor, ik wil graag met haar schrijven,' zei ze, hoewel ze niet wist wanneer ze er tijd voor zou hebben.

'*Denki* voor het thuisbrengen, zus!' Daarop stapte Salina uit het rijtuig en wandelde naar het huis, ze zwaaide zonder zich om te draaien.

Joanna keek naar het reepje papier in haar hand en zag de straatnaam: Peaceful Acres Lane. *Hetzelfde adres als Eben!*

'Eerst rinkelt de telefoon bijna van de haak... dan zie ik Jake. En nu dit,' zei ze in zichzelf, terwijl ze het paard naar huis dreef. Ze dacht aan de mooie quilt en ook glimlachend aan haar gebed van gisteravond, toen ze God had gevraagd om de weg duidelijk te maken. Lieve help, maar de weg, als je het zo kon noemen, was heel *ranklich* – gecompliceerd!

38

De volgende zaterdag ging Joanna weer uit rijden met Jake. Toen ze ernaar vroeg, bekende hij dat de verhalen die hij vertelde echt gebeurd waren, en dat hij sommige van zijn grootvader had gehoord. 'Hij vond het leuk om bijna alles een beetje aan te dikken,' vertelde Jake.

'Dus het zijn familieverhalen?'

'O *jah*, wie zou er ooit aan denken om zulke dingen te verzinnen? Het echte leven is toch veel vreemder dan fictie?'

Fictie. Daar had je het weer.

'Heb je weleens een verzonnen boek gelezen?' vroeg ze.

'O, een paar detectiveromans.' Hij keek haar aan, hij was heel knap in zijn nette witte overhemd en zwarte vest. 'En jij?'

'Nou, aangezien we zulke *gute* vrienden zijn geworden, zal ik je een geheimpje vertellen.'

Hij boog zich naar haar toe. 'Ik ben een en al oor.'

'Ik heb eigenlijk heel wat romans gelezen.'

'Liefdesverhalen misschien?' Hij lachte. 'Fantasie… allemaal leugens, hoor.'

'Maar een weerspiegeling van onze relatie met de grote Liefhebber van onze zielen, denk ik,' stelde ze.

Hij keek verrast op en knikte toen beamend.

Ze konden zo goed met elkaar opschieten dat Joanna blij was dat ze ermee had ingestemd om hem te blijven zien. Misschien was Jake *wel* de verhoring van haar gebed. Misschien kon hij haar mettertijd helpen Eben voorgoed te vergeten.

Die avond, toen zij en Cora Jane samen aan het fluisteren en giechelen waren, vertelde Joanna haar alles over Jake's overtuigende vertellingen. Maar ze zweeg over hun gesprek over fictie, het was nog steeds een gevoelig onderwerp. Kon ze prediker Yoder onder ogen komen als hij terug was? Joanna bleef maar piekeren over wat hij in de mouw had.

CR&O

Toen het strijken die dinsdag klaar was, gingen Joanna en Cora Jane naar *Mammi* Sadie en hielpen haar de hele middag zoete maïs inmaken. Het was de tot nu toe heetste dag van augustus, maar geen van hen klaagde, door de gedachte aan heerlijk ingemaakte maïs om van te genieten als het herfst en winter was geworden.

Terwijl de maïs stond te koken, stak Joanna haar grootmoeder een bemoedigend gedichtje toe dat ze die morgen na het opstaan had geschreven, omdat ze wist hoeveel spanning *Dawdi's* toestand lieve *Mammi* gaf. Zijn geest gleed de laatste tijd steeds vaker weg.

'Nou, wat is *dat* aardig van je!' zei *Mammi* Sadie toen ze het openvouwde. Ze las het zwijgend, de tranen sprongen haar in de ogen en ze opende haar mollige armen voor Joanna, die vol vreugde was om haar oprechte reactie.

'Ik heb gehoord dat je een heleboel van die gedichtjes voor verschillende mensen hebt geschreven,' zei ze.

Joanna was terughoudend. 'Och, ik doe het gewoon om een beetje vrolijkheid te verspreiden.' *En om eerlijk te blijven tegen God*, dacht ze, en ze wenste dat haar passie voor verhalen schrijven voorgoed verdween.

Dawdi Joseph begon te brabbelen over zijn broers en andere familieleden die overleden waren. Maar toen hij sprak over zijn schooltijd schitterden zijn ogen, vooral bij de gelukkige herinnering aan het fokken van cockerspaniëlpups voor de verkoop.

'Raakte u weleens gehecht aan zo'n pup?' vroeg Cora Jane om hem uit zijn tent te lokken. Hij zat bij de achterdeur te schommelen in zijn stoel.

'O *jah*… er was een zwarte met de droevigste ogen die je ooit hebt gezien, en zoals hij gewoon maar zat en je aankeek, met zijn kopje schuin, en bijna tegen je praatte… tja, dat verwarmde mijn hart.' *Dawdi's* schouders rezen en daalden toen hij diep zuchtend het verleden opnieuw beleefde. 'Uiteindelijk is die naar onze buren verderop gegaan. Ook heel aardig.'

'Dus u hebt hem weleens opgezocht, *jah*?' vroeg Joanna, in de hoop hun grootvader nog een poosje bij hen in het heden te houden.

'Jazeker.'

'Hoe had u hem genoemd?' vroeg Cora Jane, met een lach en een veelzeggende blik naar Joanna.

Dawdi knikte. 'Ik heb hem Jigger genoemd. Tjonge, jonge, wat een drukke pup was dat. Het paste bij hem.'

'Omdat hij bijna de *jig* danste als u hem zag?' vroeg Joanna. Ze genoot ervan *Dawdi* zo te zien opgaan in zijn herinneringen.

'O, lieve help, nou.' *Dawdi* zweeg en hield op met schommelen. Toen strekte hij zijn armen uit, geeuwde en begon te mompelen alsof hij weer in zichzelf praatte… zoals hij tegenwoordig vaak deed.

'Wanneer hebt u Jigger voor de laatste keer gezien, *Dawdi*?' vroeg Cora Jane.

'Nou, ik denk dat hij hier wel ergens in de buurt is.' Hij schoof zijn stoel naar achteren en keek reikhalzend om zich heen. 'Hier, Jigger, ouwe jongen... kom bij je oude vriend Joseph. Hier, Jigger... Jigger.'

Joanna's hart brak en ze moest zich afwenden. Ze vroeg zich af of Mary Beilers eigen *Dawdi* Abram ook weleens zo de weg kwijtraakte. Ze bedacht dat Mary niets over hem gezegd had op haar verjaardagsfeestje. Misschien omdat het een heel blijde dag moest zijn.

CR8O

Slechts acht vrouwen verschenen op de wekelijkse quiltbijeenkomst bij Mary. Joanna en Cora Jane hielpen de quilt uit te rekken en toen bevestigden ze hem met z'n allen in het grote frame. Omdat Mary linkshandig was, ging zij op een hoek zitten en de rest vulde de plaatsen op en vond een plekje tegenover of in de buurt van een zus of een nicht. Cora Jane fluisterde dat ze vlak naast Joanna wilde zitten, waar Joanna heel blij mee was. Mettertijd zou het lijken of ze nooit overhoop hadden gelegen.

Noch Ella Mae, noch Mattie was aanwezig. Toen Joanna naar beide vrouwen vroeg, zei Mary dat Ella Mae aan een naar zomergriepje leed en Mattie was thuisgebleven om voor haar te zorgen. 'Een vrouw van die leeftijd moet voorzichtig zijn, hè?' zei Mary, terwijl ze haar vingerhoed en naald opnam.

Joanna beaamde het en lachte naar haar. *Lieve Mary, altijd denkt ze aan anderen.*

En toen, alsof Mary op de hoogte was van het gesprek dat Joanna met Ella Mae had gehad op de dag dat ze perziken hadden ingemaakt met mama, zei ze dat ze in het Oude Testament had gelezen. 'Het boek van Ruth in feite... en het trof me zomaar opnieuw hoeveel liefde Ruth had voor Naomi.'

Want waar u heen gaat, zal ik ook gaan… Joanna was de tekst ook niet vergeten. Het voelde voor haar als een nieuw duwtje terug naar Eben, en ze vroeg zich af of ze een lijstje moest maken van alles wat in zijn richting wees. *Misschien moet ik dan ook een lijstje maken voor Jake.*

'Waar denk je aan?' vroeg Cora Jane, naar haar toe gebogen.

'Hoezo, zat ik weer in mezelf te glimlachen?'

Cora Jane giechelde. 'Het lijkt wel of ik je gezichtsuitdrukking weer kan doorgronden.'

'Tja, dat doen zussen, *jah?*'

Cora Jane knikte en keek nog eens breed lachend naar haar op.

☙❧

Die avond las Joanna, na het avondgebed met de familie, het hele boek Ruth, dralend bij de tekst die Ella Mae had aangehaald.

'*Is* dit een teken van God?' fluisterde ze en staarde vanaf haar plekje op het bed naar de hoge gaslamp met het glanzende glazen lampenglas.

Weer keek ze bewonderend naar de oude bruiloftsquilt en dankte God voor het geloof dat aan haar was doorgegeven. En voor goddelijke leiding in haar leven.

Ze stond op en legde de Bijbel weer op de commode, waarbij haar oog viel op de uitzetkist. *Ik moet mijn schrijfschriften ergens anders opbergen*, dacht ze. Ze waren zo'n verleiding. Zoveel gevoelens stormden door haar heen, dat ze amper wist wat ze moest denken.

Ze schrok op toen er aan de deur werd geklopt. 'Kom binnen, Cora Jane,' zei ze.

'Eh… Ik ben het, mama.'

Joanna liep naar de deur en opende die. '*Jah*?'

'Je vader krijgt bezoek van prediker Yoder, namens onze bejaarde diaken.' Mama's gezicht was bleek in het amberkleurige licht van de lamp. 'De prediker wil dat jij er ook bij bent.'

Ze hoorde de woorden van Lovina Yoder weer in haar hoofd en Joanna zag met angst en beven tegemoet wat ging komen. 'Wanneer komt hij langs?'

'Van de week op een ochtend, zegt je vader.'

'Ik zal er zijn.'

Mama trok diepe rimpels in haar voorhoofd, haar onderlip trilde. 'Het spijt me dat ik degene moet zijn die het je vertelt. Je vader, tja...'

'Ik weet het... hij heeft het druk,' zei Joanna excuserend.

Mama knikte en klopte Joanna op de arm. 'Ik ben er, als je erover wilt praten.'

Dat waren de vriendelijke woorden die ze nodig had. 'Ik ben niet bang, mama. Goed? Maak u alstublieft geen zorgen.'

'Ik zal bidden.' Mama draaide zich om en vertrok.

'*Denki*,' zei Joanna. Ze wenste dat ze met haar geschrijf niet zoveel opschudding had gewekt en haar moeder pijn had gedaan. *En arme pa ook.*

39

Het licht dat donderdagavond vanuit de schuur naar binnen viel, stak sterk af bij dat van de gaslamp in de keuken. Ebens vader had hem ontboden in het provisorische kantoor in een hoek van de oude schuur voor een *soort vergadering*, zoals zijn vader had gezegd. Het lantaarnlicht glansde spookachtig op zo'n donkere avond en de dieren waren rusteloos. Eben kon voelen dat er iets mis was, en niet alleen in de sfeer. Het gezicht van zijn vader stond ongewoon grimmig.

In de afgelopen weken had Eben een verandering in zijn vader opgemerkt en zelfs overwogen of pa soms ziek was. Maar het was eigenaardig; op sommige dagen leek hij heel optimistisch en de volgende dag weer diep treurig. Eben had zijn vader nog nooit zo onevenwichtig meegemaakt en hij vroeg zich af wat er aan de hand kon zijn. Misschien wilde hij beginnen over een of ander nieuwerwets snufje dat het werk makkelijker zou maken voor hen beiden. Maar was het dan soms iets wat niet mocht van de bisschop?

Pa zat onderuitgezakt aan zijn aftandse houten bureau op hem te wachten. Hij zag er moe uit... verslagen.

Wat zit hem dwars?

Onmiddellijk dacht Eben aan Leroy. Had zijn vader nieuws van hem ontvangen? Maar anderzijds, wat kon erger zijn dan dat Leroy de Gemeenschap van Eenvoud had verlaten, dat zijn hart niet langer knielde in boetvaardigheid voor de almachtige God?

Waarom heeft mama me hierheen gestuurd voor hem? dacht

Eben toen hij in het sombere licht trad. 'U wilde me spreken, pa?'

'Trek een stoel bij, jongen.' Zijn vader ging rechter zitten en zoog langzaam zijn longen vol met lucht. 'Ik moet een poosje je aandacht vragen.'

Eben nam een stoel en zette zich tot luisteren.

'Ik ben tot een zwaar besluit gekomen. Een besluit waar ik nu lang genoeg over gepiekerd heb.'

Met gespannen schouders zette Eben zich schrap voor het nieuws dat de macht had om van de ene dag op de andere grijze haren in zijn vaders baard te laten groeien en de plooien om zijn ogen en mond te verdiepen. Het gewicht ervan hulde hem klaarblijkelijk in een grijze deken van ziekelijke bleekheid.

'Op sommige dagen vang je de beer, op andere dagen krijgt de beer jou te pakken,' begon pa.

Nooit eerder had Eben dat gezegde over zijn vaders lippen horen komen; het was zo onkarakteristiek voor hem. Wat kon het in vredesnaam te betekenen hebben?

CB&O

Joanna had weliswaar tegen haar moeder gezegd dat ze zich geen zorgen moest maken, maar zelf lag ze de halve nacht te woelen en te draaien en tobde ze wat af. Na het opstaan de volgende morgen voelden haar benen wankel als van een pasgeboren kalfje. Ze ging naar beneden om te douchen en zich aan te kleden, en hielp daarna mama met het ontbijt. Intussen hield ze een oogje in het zeil voor een vroege komst van prediker Yoder, voor het geval hij vandaag verkoos te verschijnen. Het was in de Hollow bekend dat prediker Yoder graag vroeg arriveerde en de mensen soms overviel als hij als het ware kwam controleren.

Maar de prediker kwam die dag niet, noch de volgende, en Joanna had niet ongeruster kunnen zijn als ze de bisschop in eigen persoon verwachtte.

CREED

Na de zondagse zangavond, de eerste in september, zag Joanna aan de andere kant van de schuur Cora Jane staan praten met Mary Rose Witmer en twee andere nichtjes. Joanna slaagde erin de blik van haar zus te vangen en wenkte haar. 'Kom bij ons,' vormde ze geluidloos met haar mond, omdat het haar leuk leek om Cora Jane te betrekken in een praatje met haar en Jake.

Toen Cora Jane erbij kwam staan en ze met z'n drieën een cirkeltje vormden, vertelde Jake een verhaal over een stel jongens van wie de voeten aan elkaar waren gebonden toen ze op een nacht in een kampement lagen te slapen. Toen ze de volgende morgen opstonden, waren ze allemaal over elkaar heen gestruikeld en plat op hun gezicht gevallen.

'Waarom nou?' vroeg Cora Jane, die een stapje dichterbij deed.

Jake grijnsde. 'Nou kijk: ze zouden allemaal de week erna gaan trouwen. De vrijgezelle jongens proberen degenen die afgekondigd zijn altijd een hak te zetten, zie je.'

'Er zijn heel wat streken die je kunt uithalen met een bruidegom, hè?' zei Cora Jane. 'O, vertel ons nog eens een streek waar je van hebt gehoord.'

Meer had Jake niet nodig en nu begon hij een verhaal over een andere neef. Cora Jane zette grote ogen op terwijl hij vertelde, en daarna ging het ene gesprekonderwerp moeiteloos over in het andere, tot ze op hun gemak stonden te praten over gemeenschappelijke interesses. Cora Jane scheen het oprecht naar haar zin te hebben en Joanna zag wel dat Jake uitzonderlijk in zijn schik was met Cora Jane's pit.

Joanna vond het vermakelijk dat zij ver achterbleef in deze uitwisseling. En later, toen Jake vroeg of Joanna het erg vond als ze ook Cora Jane een lift naar huis gaven, maakte Cora Jane zedig tegenwerpingen. Maar het was heel duidelijk dat er een vonk was overgeslagen tussen haar en Jake, en Joanna besefte dat ze er niet het minste bezwaar tegen had.

CઝꝏᎤ

Jake genoot van de aandacht van beide meisjes toen ze op weg waren in zijn mooie open rijtuigje. Joanna moest lachen terwijl ze heen en weer keek tussen Jake en Cora Jane, als iemand die naar een spelletje pingpong kijkt. Ze werd tussen hen geplet als kaas in een tosti en terwijl ze geanimeerd praatten, viel het haar op dat ze voor de derde keer langs hun huis reden en niet stopten om Cora Jane eruit te laten.

Toen het uiteindelijk laat begon te worden, stelde Cora Jane minzaam voor dat ze naar huis zou gaan. Joanna maakte geen bezwaar omdat ze nog een poosje met Jake wilde praten als haar zus weg was. Maar ze zou de dingen behoedzaam onder woorden brengen.

Toen ze hem ernaar vroeg, ontkende Jake niet dat hij zich tot Cora Jane aangetrokken voelde. Joanna gaf hem het groene licht om Cora Jane het hof te maken. 'Als je graag wilt.'

'Weet je het zeker?' vroeg hij, terwijl hij zich dichter naar haar toe boog. 'Ik zou je nooit willen kwetsen, Joanna.'

'We hebben toch een afspraak? Alleen vrienden.'

Hij knikte veel te invoelend en ze moest lachen. 'Ik vind het helemaal goed als je mijn zus mee uit wilt nemen.'

Jake keek haar onderzoekend aan. 'Alleen als je het absoluut zeker weet.'

'Ik weet het absoluut zeker. En bedenk eens, als jullie een stel worden, zijn wij broer en zus, dat is nog beter dan vrienden, *jah?*'

Hij lachte. 'Niet altijd. Soms kan een broer of zus verschrikkelijk vervelend zijn, als je snapt wat ik bedoel.'

Dat was beslist helemaal waar, maar Joanna beaamde het niet – niet nu Cora Jane en zij zo goed met elkaar op konden schieten.

Een halve maan kwam op boven het maïsveld in het oosten en Jake merkte vriendelijk op dat het waarschijnlijk tijd was om er voor vanavond een punt achter te zetten. Hij kwam om het open rijtuigje heen, hielp Joanna eruit en liep een eindje met haar mee de laan op, precies zoals hij altijd had gedaan. Maar vanavond, vermoedde Joanna, was het de allerlaatste keer.

03&0

Bij Cora Jane brandde de lantaarn nog toen Joanna haar kamer binnenglipte. Het haar van haar zus golfde als een gordijn van vlas over één kant van haar lichtroze nachtjapon. Ze zat rechtop in bed en begon meteen te lachen. 'Heeft Jake nog meer verhalen verteld toen ik weg was? Ik heb zeker wat gemist, *jah?*'

'Bedoel je echt dat dat het is wat je wilt weten?'

Cora Jane's ogen glinsterden. 'Wat valt er anders te vragen?'

'O, nou ja… ik wil de pret niet bederven.'

'Voor mij of voor jou?' Zacht lachend pakte Cora Jane haar hand. 'Je weet iets, hè?'

'Misschien.'

'Nou, hoor!' Cora Jane bloosde.

Ze lachten nu allebei en het voelde net als vroeger. Cora Jane klopte op haar kant van het bed om Joanna uit te nodigen nog een poosje langer te blijven.

'Jake is *gut* voor je, hè?' zei Cora Jane, terwijl ze zich op haar kant omdraaide om Joanna recht in het gezicht te kijken.

'Ik had nooit gedacht dat ik bevriend kon zijn met een jongen, weet je dat? Het is een beetje eigenaardig.'

Cora Jane viel ineens stil.

'Hij heeft een paar belangrijke lessen geleerd over verkering,' zei Joanna. 'Hij weet zich te gedragen bij een afspraakje.'

'Daar was ik benieuwd naar. Maar het is duidelijk dat hij ergens *gut* advies vandaan heeft gehaald.'

Joanna vertelde niet dat Jake in april met Ella Mae Zook was gaan praten.

'Hij is een stuk volwassener geworden... misschien door bevriend te zijn met jou, Joanna.'

Ze haalde haar schouders op. 'Wie zal het zeggen?'

'En jullie tweeën hebben iets belangrijks gemeen, *jah?*' zei Cora Jane. 'Een echte passie voor verhalen.'

'Dat is waar.' Joanna liet haar hand onder het kussen glijden en ontspande zich. 'Hij vertelt ze zo vlot.'

'Mis je het verhalen schrijven erg?' De stem van Cora Jane klonk zacht en berouwvol.

'Niet zo erg als in het begin. Als ik mijn poëzie niet had om op terug te vallen, zou ik het nog erger missen. God heeft me een andere manier gegeven om mijn creativiteit te uiten, denk ik.'

'Tja, wat je ook schrijft, het is een gave.'

Dat verraste Joanna. 'Wat aardig om dat te zeggen.'

'Aardig... en verwarrend ook, hè?' Cora Jane keek naar het wekkertje op haar beddenplank.

Joanna knikte, ze weigerde na te denken over het verwarrende gedeelte, want ze meende er zeker van te zijn wat er zou komen bij het ophanden zijnde bezoek van prediker Yoder.

'Je kunt beter naar bed gaan,' zei Cora Jane, 'of je valt hier nog in je kleren in slaap.'

Joanna deed haar slaperige ogen open en keek haar zus aan. 'Ik ben blij dat we weer zo kunnen praten.'

'Ik ook.'

Daarop stond Joanna op, zei welterusten en liep naar haar eigen kamer. Hoewel ze moe was, stak ze haar lantaarn aan en nestelde zich in bed om uit het boek Spreuken te lezen. Na een tijdje boog ze haar hoofd en vouwde haar handen in een dankgebed voor Gods goedheid en genade in hun aller leven. Toen doofde ze de gaslamp.

Maar de slaap kwam niet vlug. Het viel haar bijvoorbeeld zwaar om het gesprek met Ella Mae op de dag van de perzikinmaak van zich af te zetten. En ze kon de brieven niet vergeten die haar naamgenote aan haar zus Miriam had geschreven.

In de donkere kamer lag Joanna naar het open raam te staren en verwelkomde de koele nachtlucht. Ze had de geërfde quilt zorgvuldig teruggeslagen, samen met het laken, en genoot van de frisse bries op haar katoenen pon.

En toen, als een aansporing uit de hemel, viel er een onverwacht idee in haar hart. *O, jah.* Als God het wilde, wist Joanna precies wat ze tegen prediker Yoder wilde zeggen, als hij onthulde wat hij op zijn hart had. Het was haar nu zo duidelijk.

Maar zou ze het wagen hem nog eens tegen te spreken?

40

De volgende dag werd er één keer onbehouwen aan de achterdeur geklopt, net toen Joanna en haar moeder gingen zitten om even op adem te komen nadat ze een extra grote was hadden opgehangen. Ze hadden ook twee broden meer gebakken dan anders, en dat op zo'n warme dag.

Mama keek Joanna van terzijde aan en stond op om naar de hordeur te lopen, waar prediker Yoder stond in zijn gewone zwarte uitdossing, met zijn strohoed in de hand en gespannen kaken.

Ik zit vast en zeker weer in de penarie. Joanna zakte in elkaar in haar stoel aan tafel, waar ze de randen had ingekerfd van twee pasteikorsten die ze wilde vullen met vroege appels. Toen ze opkeek, kon ze de oude pomp achter de prediker zien, in de achtertuin. Ze kromp ineen bij de gedachte aan het vorige bezoek van de geestelijke.

Intussen vertelde mama hem dat pa weg was. 'Hij is nog geen kwartier geleden naar Noah gegaan.'

Joanna hield haar adem in en hoopte dat prediker Yoder zou aanbieden om op een geschikter tijdstip terug te komen.

'Joanna, kind,' riep mama, en ze liet een rood aangelopen gezicht zien toen ze zich omdraaide.

Joanna liet de pasteikorsten op tafel liggen. *Ik hoor aan wat hij te zeggen heeft, dan is het maar achter de rug,* hield Joanna zichzelf voor.

Maar voordat ze door de bijkeukendeur naar buiten kon gaan, beende prediker Yoder de keuken binnen met mama achter zich aan als een mollig klein eendje.

'Joanna,' zei hij zonder een zweem van een glimlach, 'ik heb je iets te vertellen.'

Ze bood weerstand tegen de aandrang om in elkaar te duiken en kwam naar de tafel toen mama met een lichte handbeweging aangaf dat ze moesten gaan zitten. Joanna nam plaats waar Cora Jane altijd zat, op de lange bank uitkijkend op de ramen, en mama ging tegenover haar zitten op haar eigen stoel, met prediker Yoder verwaand aan het hoofd van de tafel, op pa's plaats.

De prediker vouwde zijn eeltige handen op tafel en keek hen een ogenblik aan. 'Je houdt nogal veel van schrijven, heb ik begrepen.'

Langzaam sloeg Joanna haar ogen naar hem op. Dit onderwerp hadden ze al besproken.

'En zelfs nu blijf je nog schrijven, volgens Sallie, de vrouw van de diaken, en anderen.'

'Alleen poëzie.' Ze nam het risico en verdedigde zichzelf op wat ze van harte hoopte dat een respectvolle toon was. 'Kleine gedichtjes om de mensen op te vrolijken.'

Hij knikte, zijn gezicht stond minder streng dan bij het vorige bezoek. 'Dat heb ik gehoord.'

'Ik heb het verhalen schrijven opgegeven… opgegeven voor God, de hemelse Vader.' Ze hunkerde ernaar om hem te vertellen wat haar tot dat besluit had gebracht, maar zag ervan af omdat het haar onverstandig leek. Onder de tafel kromde ze haar tenen.

'Sallie is zo onder de indruk van die gedichtjes, dat ze voorstelde dat ik je zou aansporen om ze in te sturen naar de *Ladies Journal*.' Hij haalde een stuk papier tevoorschijn en overhandigde het aan haar. Er stond de naam van een uitgever op en het adres om bijdragen in te sturen.

Joanna was sprakeloos. 'Mijn teksten... uitgeven?'

'Je *poëzie*.'

Ze stond versteld van de wending die de gebeurtenissen namen. Mama zat tegenover haar aan tafel te stralen en haar korte, snelle knik met het hoofd betekende dat Joanna iets moest zeggen. Maar nieuws van dit soort was wel het laatste wat ze op zo'n dag had verwacht. 'Weet *u*... weet ze het heel zeker?'

'Sallie?' De prediker grinnikte. 'Mij is te verstaan gegeven dat verscheidene vrouwen het met haar eens waren.'

Joanna bedacht hoe Fannies bezoek aan de vrouw van de diaken enigszins afgezwakt was door *Mammi* Kurtz. Nu Joanna erover nadacht, vroeg ze zich af of Cora Jane er misschien ook mee te maken had.

Innig gelukkig schudde Joanna haar hoofd en probeerde het allemaal te verwerken. En ziedaar, precies de vraag die ze zo graag had willen stellen, ontglipte haar gewoon. Verdwenen in het kielzog van deze wonder-*gute* verrassing.

'Ik laat het aan jou over om hiermee door te gaan, als je wilt,' voegde de prediker eraan toe. 'Met mijn zegen... en die van bisschop John ook.'

Van de bisschop?

Ze knikte, nog steeds overweldigd door deze wending. Het was niet moeilijk te bedenken welk gedicht ze aan de tijdschriftredactie voor zou leggen. Een prettige rilling voer door haar heen. Stel dat het straks in druk verscheen zodat de hele wereld het kon zien? *Haar* wereld... de Gemeenschap van Eenvoud in zijn geheel.

Voordat Joanna nog iets kon zeggen, bood mama aan hun elk een plak warm brood met aardbeienjam te brengen, en weldra zaten Joanna en de prediker alleen aan tafel elkaar maar een beetje aan te kijken. Iets in de manier waarop hij zijn vingers op en neer liet glijden over zijn bretels deed haar aan Eben denken. En op dat moment wist Joanna dat ze prediker Yoder inderdaad in vertrouwen kon nemen.

CB80

Eben knabbelde genietend aan het verse kaneelbroodje dat zijn moeder eerder die ochtend had gebakken, maar hij stond zichzelf er maar eentje toe. Hij had geen kritiek gehad op de dingen die pa hem laatst in de schuur had voorgelegd. Geen van zijn oudere broers had met de ogen geknipperd op pa's besluit, wat Eben nog steeds verbaasde. Maar het nieuws duizelde hem en hij vond het alleen maar juist om Leroy er ook over in te lichten.

'Jij en je vader moeten nog silo vullen,' zei zijn moeder en ze bood hem nog meer te eten aan.

'En over een paar dagen komt de veearts om het bloed van de koeien te controleren op tuberculose en brucellose,' vertelde Eben. Omdat hij wist hoe traag hij werd van eten tussen de maaltijden sloeg hij beleefd meer verrukkelijke lekkernijen af en haastte zich weer naar buiten om zijn vader te helpen.

Met een blik op de telefooncel, een bruine stip in de verte, besloot hij dat het tijd was om Leroy te bellen. *Later vanavond.*

CB80

Het was voor Joanna tijd geworden om prediker Yoder te vertellen waartoe ze zich geleid voelde. 'Hoe het ook afloopt,

277

ik wil dit doen voor God... en uit respect voor de broeders,'
begon ze.

De geestelijke fronste verward zijn voorhoofd. 'Spreek vrijuit,' drong hij aan.

Ze wierp een blik op mama, die nu aan het aanrecht stond,
en toen weer op de geestelijke. 'Na gebed ben ik bereid het
verhalen schrijven voor de rest van mijn leven op te offeren
voor een lidmaatschapsoverplaatsing naar een andere staat,'
zei ze met alle moed die ze bij elkaar kon rapen.

'Naar welke kerk?'

Ze vertelde het hem zacht.

'Nou, ik kan niets beloven, maar ik zal het bespreken met
bisschop John.' Zijn kalme uiterlijk sprak boekdelen en ze
voelde zich bemoedigd.

Mama kwam naar de tafel met een bord met twee dikke
plakken brood en zette het neer, samen met een pot jam.

Joanna sprak verder, openhartiger dan ze ooit was geweest
tegenover iemand met geestelijk gezag. Op zijn beurt maakte
de prediker duidelijk dat het haar was toegestaan om poëzie te
blijven schrijven zolang het gedaan werd om bemoediging te
bieden.

'Dochter?' zei mama na een tijdje. Ze zat er perplex bij.
'Waarom een verzoek om overplaatsing naar een andere kerk?'

Omdat ze niet haar volledige plan wilde onthullen, legde
Joanna uit dat ze nog niet wist of overplaatsing wel nodig zou
zijn. 'Maar dat weet ik gauw genoeg.'

Pas toen zag Joanna de verbijstering wegtrekken en in mama's lieve ogen straalden tederheid en begrip.

41

Joanna had eigenlijk niet voorzien hoe angstig haar verlangen zou zijn als ze de boerderij van de familie Troyer gevonden had in het bloeiende, groene Shipshewana. Tegen de tijd dat ze vrijdag arriveerde – in een busje vol andere Amish op weg naar verschillende steden in Indiana – en een taxi had bemachtigd, begon ze de effecten te voelen van de uitzonderlijk lange dag. Ze was vermoeid, maar ook verkwikt door de opwinding van haar verrassingsbezoek. Haar bezorgdheid werd veroorzaakt doordat ze niet wist wat haar vroegere *beau* zou zeggen of doen als ze zonder waarschuwing voor zijn neus stond.

Stel dat hij onderhand een vaste vriendin heeft? dacht Joanna en probeerde meteen het afschuwelijke idee van zich af te zetten. O, vast en zeker niet! Maar de stem van de rede liet zich horen en het drong tot haar door dat Eben heel goed verder kon zijn gegaan met een nieuw vriendinnetje. Wat zou hem daarvan weerhouden?

Hoe dan ook, ze moest het zeker weten. En als het niet zo was, dacht hij dan nog aan haar, miste hij haar… wenste hij dat ze op een wonderlijke manier samen zouden kunnen zijn? Nou, hier was ze dan, en het hele afstand houden lag achter hen. Hoewel Joanna haar romantische fantasieën over ze-leefden-nog-lang-en-gelukkig niet meer opschreef, vond ze het nog steeds fijn om verschillende scenario's te bedenken. Niemand kon haar tegenhouden om verhalen in haar hoofd te schrijven, zogezegd. En dat was precies wat ze deed terwijl ze genoot van de rit over de landelijke wegen, die allemaal nummers hadden in plaats van namen zoals in Hickory Hollow.

Vermoeid als ze was, verlangde ze ernaar haar hoofd achterover te leggen in de taxi, maar ze zou geen tijd hebben om haar knot los te maken en weer op te steken voordat ze Eben zag en zijn familie ontmoette. *Als dat tenminste gebeurt.* Ze had zich er helemaal niet geestelijk op voorbereid aan zijn ouders te worden voorgesteld. En nu ze bedacht hoe pijnlijk dat voor iedereen kon blijken te zijn, vroeg Joanna zich af waarom ze daar niet eerder aan had gedacht. *Heb ik te veel haast gehad?* Ze dacht terug aan de afgelopen maandag en het bezoek van de prediker.

Toen hun dominee was vertrokken, met aardbeienjam op zijn overhemd, had mama haar langdurig ondervraagd. Ze had haar blijdschap niet kunnen verbergen. Joanna had nooit kunnen denken dat mama zo opgewonden zou zijn over Joanna's hoop op hereniging met Eben. Mama had natuurlijk gemengde gevoelens, van zowel blijdschap als droefheid – en o, wat tobde ze over het risico dat Joanna nam!

'Ik *moet* dit doen,' had Joanna uitgelegd en ze had haar naamgenote aangehaald als de bezieling voor haar gewaagde plan om naar Indiana te gaan. 'Wist u dat mijn voorgangster de man met wie ze uiteindelijk getrouwd is zelf ten huwelijk heeft gevraagd?'

Mama trok een grimas en zei dat ze niet zeker wist of die informatie feitelijk wel juist was, maar Joanna had volgehouden dat *Mammi* Kurtz er alles van wist.

Toen Joanna haar bedoeling had uitgelegd, vroeg ze mama het niet aan pa te vertellen. 'Alleen u en Cora Jane zullen het weten,' zei Joanna. 'Beloofd?'

Mama keek haar scheef aan, alsof ze wilde zeggen: *moet dat?*

'Ik zal het zelf aan Cora Jane vertellen,' verzekerde ze mama.

'Dat is veel beter, vind ik. Zus tegen zus.' Mama viel een tijdje stil. 'Je vader zou het nooit goedvinden, zou je nooit laten gaan, als hij het wist.'

'Nog een reden waarom het waarschijnlijk beter is dat hij het niet weet. Ik ben per slot van rekening toch oud genoeg om zelf te beslissen?'

'Hij zou zeggen dat het niet betamelijk van je is om achter een *beau* aan te jagen.'

Mama had ongetwijfeld gelijk. Alleen was Eben Troyer niet zomaar een *beau*. Joanna vertrouwde er met haar hele hart op dat God dit verlangen in haar hart had gelegd... en nu moest ze het vervullen.

Cฆอ᎒

De taxi sloeg een lange, met bomen omzoomde laan in. 'We zijn er, juffrouw.'

Ze betaalde de rekening en controleerde nog eens het adres dat ze zo goed had leren kennen. '*Denki*,' zei ze en stapte uit.

De taxi reed meteen weg en zij bleef achter vol bewondering voor de voorname gazons en het huis zelf van de familie Troyer. Er hing een vreemde stilte rond het huis toen Joanna verlegen de oprijlaan op liep, met een kleine weekendtas in haar hand. Was het maar verbeelding of hoorde ze haar eigen hart bonzen?

Vlekkerig zonlicht bescheen het bloembed onder reusachtige, bladerrijke eikenbomen langs de linkerkant van het huis en de omheinde veranda. En nu ze dichterbij was, merkte Joanna verscheidene Amish mannen op die langs de tegenovergelegen zijtuin slenterden en *Deitsch* praatten. Als ze zich niet vergiste, merkte een van hen iets op over een groot evenement dat binnenkort op dit terrein zou plaatsvinden. Wat kon dat betekenen? Misschien een kroonverjaardag voor een van Ebens ouders, zoals het feest van Mary Beiler? Of een trouwdag?

Ze concentreerde zich weer op het huis met de twee verdiepingen. Een boomtak boog zich als een beschermende vleugel over een wit tuinhuisje met een opzichtige versiering langs de onderkant. Het geurde naar de roze klimrozen op twee witte prieeltjes en op het gazon waren meerdere zwaluwhuisjes opgesteld. Ze keek zoekend rond naar een spoor van Eben, in de hoop hem te zien bij de schuur aan de westkant.

Helemaal achteraan stond een witte sportwagen geparkeerd en verrast vroeg ze zich af van wie die was. Een zwart met witte kat mauwde luid tegen haar, toen rende hij weg en verstopte zich onder de achterveranda, alsof hij haar uitdaagde om verstoppertje te spelen.

Joanna klopte aan de hordeur en gluurde naar binnen in de brede zomerveranda en daarachter, in de lange keuken. Ze zag niemand. Net toen ze begon te denken dat er niemand thuis was, hoorde ze iemand roepen en toen ze zich omdraaide, zag ze een roodharige *Englische* vrouw in een witte korte broek en een felrood mouwloos bloesje. Om haar slanke hals hing een hangertje met een kruis.

'Kan ik u helpen?' vroeg de jonge vrouw, terwijl ze haar mooie haar achter één oor streek.

Joanna merkte de fonkelende diamanten ring op aan haar linkerhand en vroeg zich af of dit soms Leroy's bruid was. 'Ik ben een vriendin van Eben,' zei ze. 'Ik wilde hem verrassen met een bezoek.'

De tengere vrouw keek nieuwsgierig naar Joanna's weekendtas en schudde haar hoofd. 'Het spijt me, maar Eben is een paar dagen de stad uit. Hij is vanmorgen weggegaan.'

'O,' zei Joanna ontmoedigd. 'Dan ben ik hem dus misgelopen.'

De jongere vrouw nam haar van top tot teen op, fronste haar voorhoofd even en keek Joanna onderzoekend aan. Toen draaide ze zich om alsof ze iemand wilde roepen, maar even snel draaide ze weer terug. Ze raakte Joanna's hand aan. 'Neem me niet kwalijk, maar u bent toch niet...' Ze zweeg even. 'Ben je Joanna?'

'Jah.' Ze knikte enthousiast, aangenaam getroffen dat de vrouw haar naam wist. *Een* gut *teken!* 'En bent u misschien Ebens nieuwe schoonzus?'

'Inderdaad.' De knappe vrouw knikte glimlachend. 'Ik heet Debbie.' Ze gaf Joanna een hand. 'Ik ben alleen maar voor de gezelligheid mee, zou je kunnen zeggen... om mijn man en zijn familie te helpen om een opeenstapeling van een leven lang te organiseren en te sorteren.'

Te sorteren?

'Wat bedoel je?' vroeg Joanna verbaasd.

'Leroy's ouders gaan de boerderij volgende week bij opbod verkopen... ze verhuizen naar Virginia Beach. Dus we verdelen de spullen die ze niet willen verkopen. Gevoelsdingen, weet je wel... dingen die in de familie horen te blijven.'

Joanna vroeg zich af wanneer dit zo gekomen was en welke gevolgen het voor Eben had. Haar hoofd tolde. Ze wilde vragen of Debbie echt wist waar ze het over had, want het klonk ongelooflijk. Wat een vreemde dingen vertelde ze haar... zo heel moeilijk te bevatten. Ging Ebens vader zijn boerderij verkopen?

Op dat moment kwam er een jonge man in een spijkerbroek en een grijs T-shirt uit de schuur, hun kant op. Hij leek genoeg op Eben om zijn broer te zijn, en zijn tred deed Joanna denken aan de eerste keer dat ze Eben langs het strand had zien lopen en foto's maken. In dat onwerkelijke ogenblik vroeg ze zich af wat er eigenlijk van die foto's was geworden. Had Eben ze bewaard? Ze smachtte ernaar om ze te zien... om hem te zien.

Debbie stelde Leroy aan haar voor en hij gaf haar meteen ter begroeting een hand. Toen sloeg hij tegen zijn voorhoofd en begon hard te lachen. Toen hij lang genoeg kon ophouden met lachen, zei hij: 'Je raadt nooit waar Eben op dit moment is.' Hij liet een korte stilte vallen. 'Hij is vanmorgen vroeg op een busje naar Lancaster gestapt.'

Joanna dacht dat haar hart zou stilstaan.

Leroy stond nog steeds te gniffelen en Debbie keek zo geschokt als Joanna zich voelde, kennelijk hoorde ze voor het eerst over dit verbijsterende toeval. 'Dat slaat toch zeker alles?' zei Leroy met een nieuwe lachbui.

'Wat gaat hij daar doen?' Joanna's stem klonk als van heel ver weg in haar oren.

Leroy haalde zijn handen door zijn haar en keek naar de lucht, toen weer naar haar, met een glinstering in zijn ogen.

Ineens wist ze het. Debbie had het over een veiling gehad. Dus Eben was naar haar op zoek gegaan... om haar het nieuws te vertellen dat hij eindelijk van zijn ketenen verlost was!

Maar Joanna wenste verder niets meer te horen van Leroy of van zijn vrouw. Nee, ze wilde het allemaal horen van Eben zelf. *Lieve, lieve Eben!*

Haar oog viel op de mobiele telefoon die vastgeklemd was aan Leroy's broekzak. 'Mag ik gauw je telefoon even gebruiken?' vroeg ze. Voordat het donker werd, wilde ze niet nicht Maria bellen.

Leroy gaf haar met genoegen de telefoon en liet haar zien hoe ze hem moest gebruiken. Ze belde om te vragen of ze de nacht mocht doorbrengen bij de kaarsenmaakster voordat ze morgenochtend een vroege bus naar huis nam en legde uit dat ze Salina's zus was, wat de deur naar Maria's hart extra wijd openzette. Zo leek het in elk geval door de opgetogenheid in haar stem.

Nog volkomen van haar stuk door de gebeurtenissen van de dag bedankte Joanna Leroy voor het gebruik van zijn telefoon. Toen hij aanbood haar met de auto naar Maria te brengen, met Debbie als gezelschap, wist ze niet goed wat ze moest zeggen. Dit was de man wiens dwaasheid, de afwijzing van zijn Amish erfgoed, haar en Eben uit elkaar had gehouden. Maar vergeving was een manier van leven, de diepste kern van hun geloof. Ze moest voorbijzien aan wat hij had gedaan, in de wetenschap dat mensen hun eigen keuzes maakten, voor God of voor de wereld. 'Goed,' zei ze instemmend. 'Dat zou ik op prijs stellen.'

'Wat zal Eben verrast zijn als hij te weten komt dat je *hier* bent!' zei Debbie over haar schouder toen ze in de sportieve auto stapten.

Het besef drong opnieuw met een schok tot Joanna door.

42

Op de oprijlaan versnelde Eben zijn pas, in het vooruitzicht Joanna te zien na al die maanden dat ze van elkaar gescheiden waren. Hij zette iedere gedachte aan een eventuele verloving met Jake Lantz, of een andere jongeman trouwens, van zich af, hoewel hij als hij eerlijk moest zijn wist dat hij zich zorgen moest maken. Hij concentreerde zich er nu helemaal op haar hart terug te winnen, als dat nodig was, nu hij eindelijk in staat was om naar Joanna's schitterende plekje op de wereld te verhuizen.

Een laag stenen muurtje langs één kant van de laan die naar het huis voerde, was bedekt met dik mos, en erachter bloeide een lange dubbele rij goudsbloemen. De windmolen achter het erf kraakte in een cadans die hem aan de windmolen van zijn vader deed denken, en Eben ademde het vertrouwde aroma in van aarde vermengd met de meststof van meer dan tweehonderd jaar, terwijl de zon naar de horizon neigde.

Rhoda Kurtz zat buiten op de achterveranda toen hij bij de deur aankwam. Haar adem stokte toen ze hem in het oog kreeg en ze stond meteen op van haar stoel om naar hem toe te komen en te mompelen dat Joanna niet thuis was. 'Ze is de stad uit,' zei Rhoda, kennelijk te verlegen om hem aan te kijken.

'Ik had moeten schrijven dat ik kwam…' Ebens schouders zakten en de adem werd hem benomen. 'Wanneer komt ze terug?'

Opnieuw gedroeg Rhoda zich uitgesproken bedeesd. Was

ze het type vrouw dat de buffer van anderen nodig had? Eben kende genoeg van zulke vrouwen, maar deze duidelijke verandering in Rhoda onthutste hem.

'Ik weet niet precies wanneer ze thuiskomt,' zei Rhoda aarzelend.

'Nou, ik wil graag wachten tot ze komt, als u denkt dat ze dat goedvindt.'

Ze knikte en gedroeg zich opnieuw compleet anders dan de eerste keer dat hij hier op bezoek was geweest.

Eben vroeg of ze wist waar hij de nacht kon doorbrengen. Onmiddellijk noemde Rhoda Rachel Stoltzfus en zei dat ze met alle plezier even met hem mee wilde gaan. 'Ze zullen je met genoegen weer onderdak geven,' drong ze aan.

'Ik wil niemand tot last zijn.'

'O, maak je daar maar geen zorgen over,' zei ze vlug. 'Ik zal een koud drankje voor je halen... je ziet er uitgeput uit.'

Hij liet zijn plunjezak op de veranda zakken en draaide zich om om naar de schuur te kijken, zwetend in het wegstervende zonlicht. Thuis was het net zo heet geweest. Hij vroeg zich af hoe het ging met Leroy en Debbie en met alle andere familieleden die de buit aan het verdelen waren. Hij was eigenlijk blij dat hij daar allemaal niet bij hoefde te zijn, al had hij best graag wat tuingereedschap willen hebben, zoals schoppen, troffels en dergelijke. Dingen die de handen van zijn vader al die vele jaren hadden aangeraakt. Wat persoonlijke spullen of meubilair betreft verlangde hij niets van pa, die hem sinds zijn late tienerjaren vast werk had gegeven en heel weinig kostgeld had gevraagd, zodat Eben een groot deel van zijn verdiensten had kunnen sparen.

Eben zuchtte en het drong tot hem door hoe moe hij was. Hij zag dat Nate Kurtz de muildieren van het land haalde, donkere silhouetten in de schemering, waar vuurvliegjes twinkelden zo ver het oog kon zien. Eben vermoedde dat hij na het eten weer buiten aan het werk was gegaan, zoals Ebens vader ook vaak deed. *Nu niet meer*, dacht hij. Hoeveel tijd zouden zijn ouders nodig hebben om aan hun pensionering te wennen, als de boerderij volgende week bij opbod verkocht was aan een andere familie van Eenvoud? Pa was de laatste tijd een beetje achteruitgegaan, had hij Eben die avond bij het licht van de schuurlantaarn verteld. En hij had een paar jaren gewacht, om zeker te weten dat dit was wat hij en mama wilden. En nu was dat zo, zei hij.

Eben kende maar al te goed de dagelijkse inspanning die het jaar na jaar kostte om te boeren op de ouderwetse manier – met behulp van muildier of paardenkracht om te ploegen, bebouwen en oogsten, in plaats van tractors zoals de *Englischers*. Veel Amish boeren hielden het maar twintig of vijfentwintig jaar vol voordat ze hun land verkochten aan hun oudste zoon of een andere bloedverwant, om de vruchtbare grond in de familie te houden.

'Hier is iets om je keel te smeren,' zei Rhoda, terwijl ze hem een groot glas ijskoude limonadegazeuse overhandigde. 'Vorige week pas gemaakt.'

'*Denki.*' Hij voelde zich verschrikkelijk nerveus bij Joanna's moeder, en zij voelde zich kennelijk net zo bij hem. Joanna was de belangrijke schakel tussen hen en zij was afwezig. Maar waar was ze heen?

Rhoda vroeg of hij een poosje wilde blijven zitten tot Nate binnenkwam en zich ging wassen. 'Het zal voor hem ook een verrassing zijn om je te zien.'

Eben hoefde er niet naar te raden wat dat betekende. En hij wist amper waar hij moest kijken, want als Rhoda sprak, ontweek ze zijn ogen en dat wees ergens op. *Waarop?*

Toen werd hij door een vreselijke angst bekropen. Was

288

Joanna bezet? Kon dat de reden zijn voor het merkwaardige gedrag van haar moeder?

Onrustig stond Rhoda alweer op. 'Wil je misschien een stuk taart?'

'O, dat is niet nodig,' zei Eben om beleefd te zijn, hoewel hij honger had. Het was uren geleden dat hij zijn brood, een appel en bijna een hele stengel selderij in het busje had opgegeten.

Maar Rhoda scheen er niet op te letten en ging weer naar binnen, terwijl ze zich koelte toewuifde met haar zwarte schort.

Hij zag Cora Jane door de wei lopen, op blote voeten en zwaaiend met haar armen. Pieken blond haar staken onder haar koningsblauwe hoofddoek uit. Ze had gele margrieten geplukt en wuifde ermee in de wind toen ze dichterbij kwam. Ineens kreeg ze hem in de gaten en ze begon naar huis te rennen.

'Wat ter wereld doe jij hier?' Haar gezichtsuitdrukking was er een van volkomen ongeloof.

Hij lachte. 'Dat is een interessante manier van begroeten.' Dit was de kranige zus, herinnerde hij zich.

'Nee, ik *meen* het... waarom ben je hier, Eben Troyer?'

'Ik kom voor Joanna.'

'Dat snap ik.' Ze knipperde met haar ogen en keek fronsend naar de achterdeur. Toen kwam ze dichter naar hem toe en fluisterde achter haar vrije hand: 'Ik mocht het aan geen mens vertellen... maar ik vind dat je moet weten dat mijn zus op zoek gegaan is naar *jou*.'

'*Wat* is ze?'

'Ze zit in jouw buurt.' Cora Jane knikte. 'Ze heeft ons allemaal laten beloven dat we niets zouden zeggen. Zelfs pa weet niet waar ze naartoe is.'

Eben kon het niet geloven. 'Ik ben hier en zij is daar?'

'*Jah*, maar denk erom, je hebt het niet van mij gehoord.'

'Bedankt voor de tip.'

Ze stond hem aan te kijken, nu met een glimlach op haar gezicht. 'En dan nog iets,' fluisterde ze weer. Ze zweeg even en woog haar woorden, dacht hij. 'Joanna is verliefd op je, Eben… dat is nooit opgehouden.'

Daarop maakte ze haastig de hordeur open en ging naar binnen.

Dit had hij zich in zijn mooiste dromen niet kunnen voorstellen. Maar wat was de oorzaak van deze plotselinge stap van Joanna naar hem toe? En wat ter wereld had haar bezield om naar Shipshewana te gaan zonder het hem eerst te laten weten?

Rhoda verscheen met een blad vol lekkers – taart en koekjes. Moest Eben nu doen alsof hij van niets wist en over koetjes en kalfjes blijven praten? Hij nam een royaal stuk van elke taart en bedankte haar, terwijl hij ook een vork van het blad nam.

Geen wonder dat Joanna's moeder zo raar deed!

Hij had moeite om te blijven zitten en zijn taart op te eten, al smaakte die werkelijk voortreffelijk. Rhoda zei amper een woord en hij was benieuwd hoelang het nog zou duren voordat Nate zich bij hen voegde, zoals Rhoda had gezegd.

Uit gewoonte trok Eben zijn zakhorloge tevoorschijn, het werd met de seconde donkerder. Het was een paar minuten voor zeven; hij had bijna de hele dag gereisd.

Is Joanna echt naar Indiana gegaan… kan dat waar zijn?

'Wat een rustige avond, hè?' zei Rhoda bij gebrek aan gespreksstof. 'Het is hier zo vredig.'

'Thuis is het op vrijdag ook zo,' zei hij en dacht aan zijn

familie. Zouden ze op een dag hiernaartoe komen om Joanna en haar verwanten te leren kennen?

Vrijdag!

Er ging een alarmbel af in zijn geheugen. Eben sprong bijna uit zijn stoel, waarbij hij een stukje taart morste, en hij bukte om het op te rapen voordat hij zijn gebaksbordje op het blad op een tafeltje zette. En ondanks het feit dat Rhoda waarschijnlijk haar wenkbrauwen op zou trekken om zijn impulsieve acties, excuseerde Eben zich haastig en keek niet over zijn schouder om de geschrokken uitdrukking te zien die stellig over haar gezicht speelde.

Hij zette het op een rennen over het erf, naar de stoffige landweg. Hoewel de kleine telefooncel nu bijna verborgen werd door maïsstengels die langer waren dan hij, wist hij de weg.

43

Joanna zuchtte en schudde de twijfels van zich af. Nee, ze was niet zo openhartig als Cora Jane... noch was ze zo zelfverzekerd als haar voorzaat tante Joanna. Maar ze kon geen weerstand bieden aan de merkwaardige aantrekkingskracht die ze voelde van de telefooncel een eindje van Maria Riegseckers huis aan Peaceful Acres Lane. Joanna moest met eigen ogen zien waar Eben altijd heen ging om haar te bellen, wellicht voelde ze zich dan vanavond een beetje dichter bij hem.

'Maar misschien moet je wachten tot je aan de beurt bent,' had Maria met een glimlach gezegd. 'Dat gebeurt soms, vooral op vrijdagavond.' Ze bedoelde dat de meer traditionele jongemannen hem gebruikten om contact te leggen met hun meisje. Anderen, die zich minder hielden aan de kerkordinantie, gebruikten mobiele telefoons.

Joanna was er met geen woord op ingegaan. Nu ze hier was in Ebens buurt – nu ze wist dat Eben vrij was om haar het hof te maken en naar Hickory Hollow te verhuizen als hij dat verkoos – voelde ze zich gedrongen om de cel te zien waar hij haar op vrijdagavond om zeven uur altijd had gebeld.

Het was nu dicht bij dat tijdstip.

Toen ze langs de kant van de weg liep, zag ze dat de deur van de cel openstond. Binnen duwde ze de deur dicht. Toen stak ze zonder na te denken of te twijfelen haar hand uit naar de zwarte hoorn. Langzaam tilde ze hem van de haak en draaide de telefoniste, klaar om de code te gebruiken die Maria haar had gegeven voor de rekening.

Er was weinig hoop dat er iemand in de buurt zou zijn van de tussen het maïs verstopte telefooncel, laat staan dat er iemand opnam en Eben ging halen bij haar ouders thuis. Maar Joanna dacht nu niet als zichzelf; ze deed wat Cora Jane had kunnen doen. 'Of mijn naamgenote,' zei ze hardop.

ജ

Eben sprong letterlijk op van schrik toen hij de telefoon voor het eerst hoorde overgaan. Bij de tweede ring duwde hij de houten deur open en pakte de hoorn meteen op. 'Hallo?'

Stilte.

'Is daar iemand?' vroeg hij.

Toen hoorde hij zachtjes haar stem. 'Ben jij dat, Eben?'

'*Jah…* Joanna?'

Ze zei ja. 'Ik kwam je opzoeken in Shipshewana.'

'En ik zit in Hickory Hollow, zoals je nu weet.'

Ze lachten om de prachtige onwaarschijnlijkheid van het geval.

Ze vertelde hem dat ze kennis had gemaakt met Leroy en Debbie en klonk alsof ze moest huilen en haar best deed om dat niet te doen. 'Ik sta in jouw telefooncel, niet ver van je vaders huis.'

'*Ach*, Joanna… dit is *erstaunlich* – verbazingwekkend!'

'Ik ben naar Indiana gekomen om je te laten weten dat ik mijn lidmaatschap misschien kan laten overplaatsen naar jouw kerk.' Haar stem begaf het.

Hij overdacht wat dit allemaal betekende en wenste dat hij nu naast haar stond en haar kon laten zien hoe blij hij was.

'Nou, wie had ooit kunnen denken dat we op dezelfde dag bij elkaar op bezoek zouden gaan?' bracht hij uit. Hij wilde sterk klinken, zodat zij sterk kon zijn.

'Vreemder dan wat je in een verhalenboek kunt lezen, hè?'

'Ik wil jou in mijn leven, Joanna. Ik wil liever met jou praten door de telefoon of brieven schrijven dan samen zijn met welk ander meisje dan ook. Maar dat gaat allemaal veranderen, als je me hebben wilt.'

'Jou hebben? O, Eben, weet je niet... dat ik van je houd?' zei ze, en zijn hart werd warm.

'Ik wilde wachten om die woorden persoonlijk tegen je te zeggen.' Kon hij haar maar nu meteen in zijn armen sluiten.

'Ja, maar ik wil ze *nu* horen,' verklaarde ze.

Ze had iets van de geest van Cora Jane overgenomen. 'Goed,' zei hij, grinnikend in de telefoon. 'Ik houd van je, Joanna Kurtz, met mijn hele hart. En ik wil je tot mijn bruid maken.'

Er viel een plotselinge, geladen stilte.

'Vraag je me nog een keer als ik je morgen zie?' zei ze, opnieuw tot zijn verrassing.

'Jazeker,' zei hij. 'En weet je wat ik denk? We moeten die telefooncellen op de een of andere manier vastleggen. Misschien kan ik een paar foto's maken.'

Haar lach klonk zo lief. 'Voor het nageslacht, *jah*.'

Ze lachten samen en hun vreugde vermengde zich terwijl de vrijdagavondzon onderging. En Eben had grote moeite om afscheid te nemen toen de tijd gekomen was.

CRØD

Toen Joanna de volgende dag thuiskwam, zag ze Eben op de voorveranda zitten. Ze dwong zich te lopen en niet te rennen over het gazon aan de voorkant en toen hij haar zag, vloog hij van de schommelbank en haastte zich het trapje af haar tegemoet.

'*Willkumm* thuis,' zei hij. Hij zag er uitgerust uit en net zo knap als ze zich herinnerde.

'Jij ook.' Ze glimlachte toen ze in zijn open armen stapte en zich door hem liet vasthouden. 'Ik dacht dat ik nooit thuis zou komen.'

'*Dat* gevoel ken ik.' Hij lachte. 'Mijn lieve Joanna.'

Ze genoot ervan om zo dicht bij hem te zijn, nadat ze al die tijd uit elkaar waren geweest. Maar dit was niet de juiste plek om zo intiem te doen.

Algauw liepen ze terug naar de veranda, waar hij haar vertelde wat hij vandaag allemaal had gedaan. 'Ik heb werk gevonden, bij smid Riehl. Volgende week ga ik beginnen, zodra ik mijn spullen hiernaartoe heb verhuisd.'

Ze was dolgelukkig en hing aan zijn lippen. 'Ga je dan bij hem en zijn vrouw logeren?'

'Dat hoort ook bij de afspraak.' Eben scheen reuze in zijn schik.

Ze bleef wachten op de woorden waar ze zo lang naar had verlangd, maar nam met genoegen de opwindende plannen in zich op die hij in zo'n korte tijd in werking had gezet.

Eben sprak verder over zijn vaders beslissing om de boerderij te verkopen. 'Het is zulk slopend werk voor mijn arme vader,' besloot hij.

Ze begreep het volkomen, maar stond er versteld van hoe alles zo bij elkaar was gekomen… en in hun voordeel nog wel!

'En het is maar dat je het weet, hij heeft me de boerderij te koop aangeboden. Maar ik heb het afgeslagen, in de hoop dat jij nog alleen was.'

'Heb je de boerderij opgegeven voor mij?'

Dit benam haar de adem. En nu smachtte haar hart ernaar om te vertellen wat ze had opgeofferd voor God – en ook voor hem – maar Joanna bedacht zich. *Misschien wacht ik tot mijn gedichten gepubliceerd zijn in het tijdschrift... als God het wil!*

'Jij en ik – dit hele geval – is een gebedsverhoring,' zei hij tegen haar.

Ze knikte beamend, met het gevoel dat ze droomde.

Hij pakte haar hand. 'Dus nu we hier zo samen zijn... wil je met me trouwen, Joanna?'

Even schrok ze van de woorden. Maar toen keek ze glimlachend in zijn dierbare gezicht. 'Ik dacht al, waar blijf je zo lang,' antwoordde ze.

Hij gaf haar een knipoog, genietend van haar pit. Hij boog zich naar haar toe en kuste haar licht, en toen nog eens. 'Is het komende bruiloftsseizoen te snel?' Zijn ogen hielden de hare vast. 'Vind je het goed?'

'Kunnen we dan alles wel klaar hebben?' Er moesten zoveel plannen worden gemaakt en het belangrijkste was dat ze een plek moesten zoeken om te gaan wonen. Ineens dacht Joanna aan het overvloedige selderijbed en ze was benieuwd of Cora Jane het erg zou vinden als ze het gebruikte.

'Ik zal er mijn uiterste best voor doen, mijn lief.' Hij legde zijn arm om haar heen en trok haar dicht tegen zich aan. Hij kuste haar nog eens, nu langer, zonder zich erom te bekommeren wat de buren ervan vonden.

En zij kroop dicht tegen hem aan... en bekommerde zich er ook niet om.

Epiloog

Binnen een paar weken na Ebens verhuizing naar Hickory Hollow vertrouwde mijn jongere zus me toe dat Jake Lantz snel een serieuze *beau* begon te worden. Cora Jane zei ook dat het prima was als ik haar selderijoogst gebruikte voor de traditionele romige selderijschotel op mijn bruiloftsmaal. Voordat ik het wist had ik meteen mijn belangrijkste vraag gesteld. 'Wil je overwegen mijn bruidsmeisje te zijn, zus? Het zou heel veel voor me betekenen.'

Er verscheen een ondeugend lachje op haar knappe gezicht. 'Ja, hoor, graag.' Ze stak haar armen naar me uit voor een knuffel en we lachten tot de tranen ons over de wangen liepen.

Eben en Jake hebben veel gelegenheid gehad om elkaar te leren kennen op kerkelijke en jeugdbijeenkomsten. We hebben het er zelfs over gehad om binnenkort met z'n vieren uit te gaan. Wat zullen we het *gut* naar onze zin hebben samen!

Intussen heeft *Mammi* Kurtz veel belangstelling getoond voor Eben, ze vroeg me bijvoorbeeld naar zijn aanwezigheid bij predikdiensten en dergelijke. Ook zij vermoedt dat we een van deze novemberweken na de kerk afgekondigd zullen worden. En pa en mama ook, dat weet ik.

Wat betreft de dubbele-trouwringenquilt die mijn bed heeft gesierd, ik heb besloten hem netjes te wassen en apart te houden voor onze huwelijksnacht. Ik zal mijn lieve Eben het verhaal vertellen van de vastberaden vrouw in mijn familiestamboom, die met haar hele hart geloofde dat we hier allemaal zijn met een bedoeling... dat niemand van ons een ongelukje is in Gods ogen. De hand van onze hemelse Vader is aan het werk in al onze gangen – en in de keuze van een levenspartner.

Voorafgaand aan hun verhuizing naar Virginia ging ik met Eben naar Shipshewana om kennis te maken met zijn sympathieke ouders. Ze waren enthousiast over onze aanstaande verbintenis en nodigden ons zelfs uit om bij hen op bezoek te komen als ze zich daar gevestigd hebben. Op die manier zal de cirkel rond zijn en zullen we langs het strand wandelen waar we elkaar voor het eerst ontmoet hebben. Eben zegt dat we er misschien wel voor onze eerste huwelijksverjaardag heen gaan.

Over huwelijksverjaardagen gesproken, nicht Malinda heeft een week voor haar trouwdag haar eerste baby gekregen, een jongen. Andy zei dat hij er blij mee was als God hen wilde zegenen met zo'n gezonde baby. En Malinda zegt dat de geboortedag van baby Aaron in geluk beslist kan concurreren met de dag waarop Andy en zij trouwden.

Wat mij betreft, ik ben steeds de wekelijkse quiltbijeenkomsten blijven bezoeken. Mama zegt dat er een bruiloftsquilt in de maak is. Ik heb het hart niet om hun te vertellen dat ik er al eentje heb waar ik gelukkig mee ben, maar heb de beslissing wat patroon en kleurenschema betreft aan mama overgelaten. Ik ben blij met het attente gebaar dat het is. Bovendien kan een bruid altijd meer dan één quilt in huis gebruiken!

Als Eben en ik getrouwd zijn, verblijven we tot de lente bij mijn ouders, zoals onze gewoonte is. Eben is hard aan het werk bij smid Riehl, dus hij verdient ook al boven op zijn spaargeld, en zijn lieve ouders hebben ons een deel gegeven van de opbrengst van de verkoop van hun boerderij. Hoewel er in de Hollow geen land beschikbaar is om te kopen, hebben we ons oog laten vallen op een klein huis niet ver van de bisschop.

Gisteren verschenen tot mijn verrassing Sallie, de vrouw van de diaken, en Fannie bij ons thuis met een aantal exemplaren van de *Ladies Journal*. Ze babbelden honderduit en sloegen vlug om naar de pagina waarop twee gedichten van mij waren afgedrukt.

Twee! Wie had dat ooit voor mogelijk gehouden?

Toen ik het later aan Eben liet zien, vroeg hij me dicht bij hem te komen zitten en ze hardop voor te lezen. Wat ik met genoegen deed, al kon ik bij de laatste strofe de woorden door mijn vreugdetranen heen bijna niet meer zien. Het was maar goed dat ik de rest uit mijn hoofd kende. Hij kuste mijn wang en ik begon des te harder te huilen, tranen van geluk.

Toen liet hij me de vele digitale foto's op zijn camera zien, waaronder die die hij die eerste avond op het strand had genomen – een prachtige serie van de oceaan, de lucht en het donkere schip aan de horizon. En nog een: een van veraf gemaakte opname van een eenzaam Amish meisje dat met haar voeten diep in het zand geduwd zit.

'Dus je hebt *wel* een foto van me gemaakt,' plaagde ik.

'Maar ik heb hem nooit laten afdrukken... in overeenstemming met de *Ordnung*, hè?' Lachend liet hij me de inzoomknop op zijn moderne camera zien. 'Ik zou niet weten hoe vaak ik die foto van je van dichtbij heb bekeken. Elke ochtend als het eerste en 's avonds als het laatste wat ik deed,' bekende hij.

Zijn liefde voor fotograferen deed me denken aan mijn liefde voor verhalen schrijven, een heerlijke maar snel vervagende herinnering. Ik heb het per slot van rekening te druk met mijn eigen gelukkige afloop om ergens om te treuren.

Maar als ik nog *wel* fictie schrijf, zou ik als beginregels van mijn eigen persoonlijke liefdesverhaal iets opschrijven als dit: *Drie keer bruidsmeisje, nooit de bruid.* Dat is precies wat mijn jongere zusje over mij zei... en nog wel waar onze verloofde nichten bij waren...

Van de auteur

Sinds mijn vroege tienerjaren hoorde ik het gezegde: *Altijd bruidsmeisje, nooit de bruid*, maar al die jaren geleden wist ik niet dat dat bekende gezegde mij als romanschrijfster zou verleiden om Joanna's unieke verhaal te ontdekken. Ik genoot van de ontwikkeling van de karakters van Joanna Kurtz (o, die schrijfkant van haar!) en haar pittige zusje Cora Jane. Om nog maar te zwijgen van hun toegewijde moeder Rhoda... en de *wunnerbaar* Eben Troyer. Ook was ik verrukt over de terugkeer van het personage van Ella Mae Zook, de Wijze Vrouw van Hickory Hollow.

Ik breng blijvende dank aan mijn lieve echtgenoot Dave, mijn brainstormpartner en eerste redacteur, die me op alle mogelijke manieren helpt mijn deadlines te halen.

Mijn oprechte waardering gaat ook uit naar het fantastische personeel van Bethany House Publishers, van wie de gezamenlijke expertise mij leidt en bemoedigt, en dat uiteindelijk meedeelt in het genoegen verhalen uit te geven voor massa's trouwe lezers. In eerste instantie dank aan Jim en Ann Parrish, David Horton, Steve Oates, Rochelle Glöege, Debra Larsen en Helen Motter – jullie zijn allen zeer getalenteerd!

Veel dank aan Mary Jane Hoober, vriendelijke hotelhoudster van de Peaceful Acres Bed-and-Breakfast in Shipshewana, Indiana, die voor dit specifieke boek onschatbare inkijkjes bood in de Amish in Indiana. Tijdens een herfstvakantie heb ik met mijn gezin genoten van een heerlijk verblijf in dit schattige logement, de bron van Eben Troyers fictieve huisadres: Peaceful Acres Lane.

De korte verwijzing naar John Newtons boek *Voice of the Heart* was ingegeven door het geliefde exemplaar dat ik kreeg van tante Ada Reba Bachman voordat ze bijna drie jaar geleden naar Huis ging.

Speciale dank aan mijn neef Dave Buchwalter voor het geschenk van een erfstuk, een vriendschapsquilt die in 1927 voor mijn grootouders van moederskant is gemaakt... het zaad dat het ondergeschikte plot van de familiequilt in dit verhaal plantte. Ik ben er dankbaar voor!

Denki aan mijn trouwe assistenten en consulenten – zowel Amish als mennoniet. Ik ben voor altijd dankbaar voor jullie gebed en bemoediging, evenals Barbara Birch voor het minutieuze proeflezen, en Dale Birch en Dave en Janet Buchwalter voor hun hulp bij de research en hun trouwe gebeden.

Alle eer en zegen zij aan onze verheven en eeuwig wijze hemelse Vader... *soli Deo gloria*.